人在美國西湖

張棠——著

與同學席慕蓉

與傳記文學出版社社長成露茜

與詩人瘂弦

廈門大學

電腦修飾過的照片

教授李兆萱

台大法學院

綠絨蒿（VanDusen 植物園）

Puya Alpestris（智利奇花、杭廷頓圖書館）

我家的神祕女郎

碩大的火龍果花

巫毒百合（VanDusen 植物園）

山茱萸（四照花）（VanDusen 植物園）

牡丹（杭廷頓圖書館流芳園）

沙漠之花

Matilija Poppy（康谷植物園）

我家天堂鳥

冰島罌粟（杭廷頓圖書館）

廈門雞冠花

自序

我喜歡寫作，但不愛出書，因為出書太辛苦了！

第一次出書是興奮的，因為剛出道，被人接受的每一篇文章都是榮譽，都想珍藏。《人在美國西湖》是我出的第二本散文集。因是第二次，出書的興奮淡了，添加了責任感，因為許多文章都曾是別人邀約的累積稿。因為是別人的邀稿，稿子就散在各處，收集成了大工程。

本來我的日子過得歲月靜好：我上運動課學跳舞，身體變健康了，上班時一月兩次的感冒都沒了；我寫文章，寫得不多，但時時被人邀稿催稿，後來我文章得獎了，還接二連三的獲獎；偶爾還去四處旅行，日子過得忙碌而充實。

我也應作家協會大陸文友之邀，撰寫台灣經驗，其實我在台灣才十六年，曾斷斷續續的寫過一些美好回憶，然後我就把這些故事合起來寫成台灣經驗系列。

從二〇二〇年起，瘟疫來了，這世界有了巨大改變，我的人生也有了重大改變：運動課不上了，旅遊減少了，與老公相處的機會增多了。我和老公開始在住家附近喝咖啡、喝熱湯、喝熱粥、曬太陽，享受兩人的退休生活。我的文章反映了生活上的種種改變。

我這本書是獻給老公的，他是我人生中重要的人，一開始他就以英文教師身分出現，我讀工商管理的人又特別需要英文。他原籍廣東、幼年隨父母遠去英屬國度，英文成了他的第一語文，他又喜歡華語，我剛好喜愛中文，我成為他的中文教師，從一開始認識，我們就有了一種中英雙語和諧的組合。我不但讀碩士學位靠他，日後工作寫報告也靠他修改、指導。我們結婚後，他勤於讀世界日報，中文大有進步，我寫中文文章有時也要徵求他的意見。

在我準備出版第二本散文集這段時間裡，我特別忙，忙於整理、編輯、出版了父親遺作《滄海拾筆》；同時我參與母親「錢塘吳氏」家譜的收集與編寫。天時地利人和，兩件事情的同時完成可以說是巧合中的巧合。

父親《滄海拾筆》的出版是因為李兆萱教授百歲生日籌備會，主辦人李玲玲要我坐在傳記文學社長成露茜旁邊陪她，我就問成社長是否對我父親遺留的自傳有興趣？成社長做事果決明快，很快就同意。

我母親的家譜就更離奇了，那是有一天我老公忽然在世界日報上看到一則浙江日報徵文鄉愁的消息，他就說，你不是浙江人嗎？為什麼不去投稿？我就寫了篇父親的甌江，想不到得到主辦人浙江日報海外版主編章建民先生的稱讚，我就說我母親杭州人，我還可以再寫一篇母親的吳宅，結果此文也在世界日報登了出來，被我從未謀面的表弟看到，透過世界日報和我聯絡，原來吳家人已有聯絡，剛好欠缺我房部分。由是吳家就開了宗親會，會中決意修家譜，我由是得以參與撰寫了我房部分的家譜。我自覺幸運，如不是這些巧合中的巧合，我怎能如此完美的為父母兩人同時盡孝？

想不到人到老年居然有此奇遇，在整理的過程中，我發現自己是母親這邊第十四代詩人之家的後人，在歷經百年亂世之後，仍然可訪查祖先的來龍去脈，說來真不容易。最幸運的是，我祖先的文稿，在國外都有收藏，所以不受國內政治的影響，例如我祖詩集《硯壽堂詩鈔》，在日本國會圖書館，就有掃描本，可以下載閱讀，我都不必親自跑中國和日本去搜查。此外叔祖吳仲雲一支家譜收集完整，我支又多由叔祖照顧，由是在我年老之際，得以參與家譜的收集，並寫下有關祖先吳曼雲（吳存楷）的生平，這是我媽那個時代的人做不到的事。現在更發現祖先吳曼雲的著作，被清詩委員會選入清詩八百冊中的第五百一十六冊。

我們住的地方十分安靜優美，前有小山巒相望，左有山坡，坡上有高大的常青橡林，是烏鴉家族的憩息地，每日清晨朝霞滿天，看烏鴉，雙雙對對，悠閒的飛來飛去。偶爾下雨，對面山谷雲霧籠罩，薄霧輕飄，真中國山水畫也！

在我退休時，我曾打算搬去一小屋退休。有一天雨後，天濛濛，雨濛濛，我忽一轉念，我工作一生，不就為了這幢房子嗎？為什麼現在還沒好好享用，就要搬出去了，太傻了，不管了，先享受享受吧！

所以這個房子的一樹一花一木，我們都珍愛得不得了，園中的松鼠爬上爬下，野兔跳來跳去，我們都不去干擾，這使我想起蘇軾的「記先夫人不殘鳥雀」，退休後，能享如此清福，日日看山看花看鳥，這跟旅行，有什麼差別？所以，我就有了花鳥系列。

這一本書是我退休後的日子，旅遊減少了，應酬減少了，我每天在家享用我這一輩子努力工作的成果。

日出日落，鳥雀樹上鳴，蝴蝶花間舞，風在吹，人在逍遙，人到老年，凡事一念之間，睡得好吃得飽，不煩惱，不就是神仙生活嗎？

我在此祝福大家，年輕時努力工作，老年時盡情享受。

推薦序　豐美多面向的文集

海外華文女作家協會第十三任會長　張純瑛

張棠和我互以「老戰友」相稱，因為我們曾經並肩作戰兩年多，有深厚的革命感情。

二〇〇八年我倆首度在女作協的拉斯維加斯雙年會上相遇。二〇一二年，我在武漢當選女作協的新掌門人，負責籌備二〇一四雙年會，慈眉善目的張棠恰好從面前晃過，就抓她進入內閣當副秘書長。兩年半期間，我們一共替女作協編了三本文選，並成功在廈門大學與金門大學舉辦女作協史上唯一一次跨越兩岸的雙年會。事務之繁瑣、工程之浩大、難題之接踵而至，全都在考驗我倆的神經、情商與體力。兩年多內，我就這樣認識了張棠的人品和能力。這次承她邀約寫序，我細細拜讀了她的文章，眼前一直浮現她的笑臉，耳畔一直聽到她那軟綿綿夾帶笑聲的話語，覺得不是在讀文字，而是和她一起煲著電話粥，更進一步了解我當年選中她為老戰友，實在是上天賜福。

原來張棠熱心公益，是一以貫之的常態。她替居住的千橡市華人社區創辦《千橡雜誌》，編輯一代傳一代，一傳就是三十五年，每期頁數多逾百頁，一度用手抄寫，這分服務社區的熱忱也是我們共事期間我對她的體認。同理，台大商學院的校友們為敬愛的李兆萱教授出《百齡紀念集》，張棠就成為眾望所歸的編輯。

在〈球友〉一文中，張棠分析她和球友薇的組合為何經常贏球，「兩個中等球員，只要配合無間，仍是可以勝過高手的。」不禁想起我和張棠服務女作協的任內應付種種挑戰，從編書、辦大會到維持網站，兩個門外漢全靠配合無間才圓滿完成任務。

張棠的幽默，不時流露於字裡行間。〈致無名英雄〉的題目彷彿是一篇悼念國殤的壯烈之作，看到文末始瞭解何謂無名英雄，不覺莞爾一笑。〈生日快樂！〉裡的張棠，面對八十歲將至呈現的正能量和自得其樂，會讓因為年邁而染上憂鬱症的老人們開心一下吧！

張棠寫了不少夫妻間的相處之文，可看出兩人的感情平淡中自見溫馨浪漫，例如一起去露天茶座喝咖啡，一起賞花觀鳥。〈烽火一年〉一文裡，張棠在磨洗燒焦鍋子時，想到「鐵杵磨成繡花針」，於是和先生手舞足蹈地吟起〈武訓興學〉的數來寶，反映兩人苦中作樂的睿智。〈洗手作羹湯〉流露張棠擅於自嘲的諧趣感：

「又是雞？」他跳了起來：「我們最近常吃嗎？」

「吃了不太久，才吃了三個月。」

〈珠寶製作〉不但具巧思，也很風趣，「作一個沒有藝術根基的華人，吃老祖宗的飯最現成討好。」據此做出一枚讓竊賊獨獨青睞的失臘壽戒，對於我這種缺才少藝的華人甚懷勵志性。

基本上，張棠的文字平易近人，不事雕鑿，但也不乏令人眼亮的詩意筆觸。〈流芳園、荷花、睡蓮〉裡，「一隻在南加州少見的紅蜻蜓，停佇在花苞之上，久久不肯飛去，吸引了不少遊人……『小荷才露尖尖角，早有蜻蜓立上頭』（宋，楊萬裡）……知否？知否？你在這花苞上已停了一千年了呢！」頗有泰戈爾清淡卻雋永的詩味。〈橡樹的故事〉中，「被剪斷的枝幹留下大疤，所以橡樹看起來一身都是瘡疤。這些瘡疤並不影響樹的威武，反而顯得老辣。我曾看過幾株滄桑老樹，他們枝幹如龍在飛，如蛇在纏，像是達到至高境界的中國書法。」

〈風的故事〉和〈野火燎原〉，敘述每年秋季至次年春天，有「魔鬼風」之稱的Santa Ana Winds，經常造訪南加，文字非常生動，形象躍然紙上：「這焚風極有個性，它來無影，去無蹤，說來就來，說走就走。每次駕臨舍下，都擺出一副善者不來，來者不善的高姿態：它有時來只為了發發小姐脾氣，而有時又怒不可遏，潑辣之至。」下面這段文字更有希區考克大師的驚悚風格：「焚風是夜貓子，喜歡在夜裡不請自到。就拿某一個靜得出奇、奇得詭異的夜晚來說吧！……忽然之間，我聽到屋角的木板很輕很輕的卡了一聲，輕到好像小貓踮著腳在屋頂上走路。幾聲輕手輕腳的卡卡聲後，呼呼風聲從屋角開始，繞著我家房舍，轉了一圈又一圈，聲音愈來愈急，愈來愈響……啊呀！Santa Ana風來了。」

〈吳哥印象〉裡也有一段合乎暴力美學的文字：「一根根驚人的巨大樹根，張牙舞爪，鋪天蓋地，四處流竄，像八腳魚的臂膀，硬生生的伸入石縫中，甚至把廟宇從中撕裂繃破，貪婪地饕食著一座座大石塊堆鑿而成的寺廟。樹根、石塊、石雕，盤根錯節，糾纏不清，大自然的『無情』，真叫人怵目驚心。」

這種清溪淡水中不時有異峰突起的文字功力，實源於張棠的藝文涵養。〈聆聽南宋白石道人歌曲〉可見張棠深厚的詩詞、古樂愛好。〈千里之行（隸書緣）〉展現其書法品味。旅遊文章如〈春風已度玉門關〉〈北京大學巡禮〉，都有很濃厚的知性，但非資料堆疊，筆端帶著〈源遠流長〉一文中流露的故國神遊深情。

張棠的戀舊，可以從多篇懷念大陸與台灣年少時光的文章中看出。她對母系先祖孺慕尤殷，寫了一篇又一篇的文章細說徽商先祖如何去到浙江杭州，開枝散葉成為儒仕有成的書香世家。緣起於張棠以〈母親的吳宅〉應徵「今日浙江」徵稿，從而結識到居美的表弟，之後回家鄉參加宗親會，收集家譜與祖先作品，杭州市政府收回祖宅改為博物館等。她也和表舅合作，連猜帶研究，將混亂的祖譜梳理清楚；在日本國會圖書館找到先祖曼雲公的詩集《硯壽堂詩鈔》八卷和詩餘一卷，予以掃描，便於閱讀和下載。這一切的盡心費力，似乎冥冥中受到吳家先祖的呼喚；而她從一個國際貿易系畢業的學生到日後熱中提筆寫作，何嘗不可歸因於血液中流動的書墨傳承？

張棠的父系先祖並無顯赫家世，祖父最初在浙江甌江做船夫。然而，她引述父親紀錄下來的當地風光清恬脫俗，亦是人傑地靈之鄉：「甌江潮水可沖到湧沙墩附近的花岩頭。花岩頭是花白色的懸岩峭壁，奇形怪狀聳立天空，突出江中和對岸山脈遙遙對峙，形成天然閘門，形勢雄偉瑰麗。甌江水受到兩山之約束不能恣意奔流，經年累月，江水把花岩頭的江面沖得特別寬廣。平時的花岩頭是一大片一大片高低起伏、沙丘和鵝卵石羅列的石灘，幾泓清澈碧綠的急流在卵石沙灘間匆匆流向東海。」

此文集中有兩篇格外令人深思。一是〈羅城無處不飛花〉，張棠回憶在紐約州的羅徹斯特（Rochester），她老公任職柯達公司，詳述創辦人喬治・伊士曼一生功業和晚年慘況。伊士曼予以員工優渥福利，且樂於回饋大眾，畢生捐款多達當時幣值的一億美元。公司從未懈怠科技研發，日花百萬美元，甚至是數位相機的鼻祖，後來卻因不能順應科技潮流而破產重組。對照目前美國的工業界，柯達因為自滿而沒有掌握大勢所趨，仍可作為殷鑑。

〈你們本來就是天鵝〉則是本書最為感人之作，也反映了張棠的樸實真誠。她毫不諱言上司嫌她英語欠佳而將其解雇，並送她去上十四堂英語演講課。老師很少傳授演說技巧，反而花了很多時間去稱讚每一位學生。十四週後，張棠竟然奇蹟似的脫胎換骨，不是英語大幅進步，而是心態改變，只因為老師與同學的話「擊中了我最深最遠最黑暗最痛苦的一角，十幾年來，無論在公司，在社會總覺得自己是個被歧視的少數民族，覺得自己寄人籬下，自己英文不如人。所以我忍耐努力，辛苦奮鬥，處處爭強求好。心中記掛的都是最近上司的責備，幾乎把其他這麼多關懷，愛護，疼愛的朋友，鄰居，上司都忽略了。」這篇文章中的心路歷程，值得每一位缺乏自信的移民學習。

推薦序　文如其人

海外華文女作家協會第十七任副會長　陳玉琳

認識張棠姐是在二〇〇七年那次與中國作協的文化交流活動，初春的乍暖還寒氣溫，使凝聚的文友熱情特別令人感到窩心，張棠姐的親切笑容更讓我歡喜、難忘。旅遊結束後，我們藉著郵件繼續往來，交換寫作心得，數年後；還同遊南美。

在不斷的交往中，我愛上張棠姐的文風，她行文樸實無華，但字裡行間總洋溢著令人感動的情愫，讀來別具風格甚是不俗。我更佩服她筆耕不輟，作品豐富，恭喜她再度出書。

說到張棠姐的文風，我想到「文如其人」四字，她為人謙和，親和有禮，樸實誠懇，令人歡喜。與她溫馨雋永令人回味無窮的文風相得益彰，因著這份欣賞，多年前我主編〈北德州文友社專欄〉時，就時常向她邀稿，為專欄增添許多文采。因為興味相投，十多年前我們相約遊南美，留下許多美好的旅遊回憶，事後又交換幾篇旅遊心得，真是非常投緣的文友與旅友。

不久收到她的贈書《蝴蝶之歌》，內容非常豐富。首先看到她個人、家人與友人為她寫的序文，可見她這本書的出版實現了親朋好友的期盼。隨著她清新雋永的篇章，我也見到她悠遊各地的芳蹤，與她一同觀美景嚐美食，又與她一同認識各地風情，實在受益匪淺。最開心的是，在我賞讀篇章時，腦海中總浮現張棠姐親切的笑顏，彷彿藉著文章在與我話家常。有時我喃喃自語道：「張姐的記憶力真好，往事記得如此清晰。」彷彿見到她聽到我的話語後對我頻頻點頭，那份隨和親切的文風與笑顏，再次印證我所認為的「文如其人」。

一直以來，我總認為張棠姐文中的字裡行間，帶著一分令人極為欣賞的清新脫俗氣質，因此我特別喜歡她「花鳥」與「浮生」，讀她介紹「花鳥」，有知性更有感性，感覺收穫格外豐富，我痴迷地閱讀，腦中不斷浮現出她親切的說話神態，言談中有著令人信服的權威性，更充滿怡情養興的雅趣，我非常喜愛。閱讀她筆下的「浮生」，更是趣味盎然，我是個極易憂慮的人，但見到她隨和寫意的生活點滴，總發出會心一笑，篇章中彷彿映出張棠姐的笑顏，說道：「開開心心地活著，生活中的趣味值得妳去探尋」。我若有所思的回味她的文意與話語，真是言簡意賅。

二〇二四年底又收到張棠姐將再出新書的喜訊，拜讀她陸續傳來的文章，文詞更加精煉，尤其看完她寫的數篇「臺灣經驗」，我立刻回信道：「妳的記憶力實在太好好了，連小學科任老師的名字都記得如此清楚，實在佩服！」又讀她的「流芳園」，再看她寫飛花說好鳥，又從玉門關飛到夏威夷，栩栩如生的花鳥與風情迷人的各地風光，讓我再次享受到張棠姐分享的好文彩，腦中浮現出張姐親切的笑顏；

沒有增添歲月的痕跡，但文筆的精進更洋溢著豐沛的神采。

恭喜張棠姐又出版新書，非常榮幸受邀寫出我個人與她的文友緣分，我非常珍惜這份珍貴的情誼，更感謝她的勤奮筆耕給我的激勵，我欣賞她為人處事的優雅風範，更喜歡她儒雅親切的文風，特此寄上我衷心的感謝與祝福！

二〇二五年三月十一日　於德州達拉斯　西窗前

獻給

先生　關德松　博士

目次

第二章　鳥語花香

第三章　江山如此多嬌

第四章　人在美國西湖

第五章　生活小品

第六章　百年瘟疫

第七章　父親和母親

第八章　懷念友人

第一章　臺灣經驗

臺灣經驗之一（初到寶島臺灣）

逃難總是艱辛的。在我七歲去臺灣前，逃難幾乎就是我童年的全部了。那時候的中國，正經歷內戰。

第一次有記憶的逃難，是隨著媽媽從廬山逃到上海。共軍來得極快，我們就變成真正意義上的「逃」難了。

臨行匆匆，媽媽帶著我們和十來個行李箱，坐上浙贛鐵路，我們的行李把火車一節車廂的一半都塞滿，人貨混雜，沒日沒夜的向杭州奔去。

走了一半，火車突然停了，聽說有人破壞鐵路，乘客都得下車，改換接駁車廂。我家情況特別艱難，我七歲，大弟六歲，小弟還是抱在手上的嬰兒。我外婆小時包過腳，後來放了，成了解放腳，平時走路就搖搖晃晃，重心不穩的。現在要換車廂，要走過鐵軌上的粗石塊路，我外婆的解放腳就不能走了。可憐的媽媽，手中抱一個，另一隻手還得牽兩個，就沒法照顧小腳外婆了。此時忽然過來一位軍官，把我外婆扶上新的車廂，才解決我們家的危難。從此，我們再也沒見過那位軍官了，但我常常想到他，他後來又回去打仗了嗎？這麼好的好人，希望他一生平安無恙。

至於我家的十來件行李，後來是如何處置的，就不知道了。據我所知，後來清點行李，少了一件，正好是我外婆的一件！我外婆為此很不高興！

在上海，待得極短。上海危急，只有再去投靠我媽在福州的堂弟，我們就坐上了一艘小船，在擠得不得了的情況下去了福州。

家在福州也是辛苦萬分的，因為言語不通，生活習慣又不同，此時天下已大亂，我們小孩都輟學在家，成天和鄰居小朋友玩、學福州話。我表舅比較胖，福州人叫他：「阿布端（胖子）」，或在家中用不值錢的金圓券折紙球、紙船等等。我和弟弟有時出門，逛市場，看市民生活，我最記得當時市場已不用紙幣，市場改用銀子，我看到賣燒餅的把銀塊磨成碎片，再用一把老秤秤碎銀子做買賣！

那時大陸政局已不穩，我堂舅工作的政府機構已準備撤離，他們就把不用的空簿本扔掉，我們小孩就去搶。我個性懦弱，搶不過別人。不過當時謠言滿天飛，說是共黨馬上要來了，凡是簿本上有國民黨黨徽的，都要撕掉，否則會被共黨抓去，結果不用說。簿本我都搶不到，撕毀國民黨印記的工作都落在我身上。

因我膽小，我住在福州是被欺侮的對象。記得房東小孩，不知從那個角落找出一個玻璃扣子，借給我玩，被我玩丟了，以後都不敢看房東孩子，成天躲著她，一直到搬走去臺灣。

當時要逃到臺灣去的人很多，都暫時租屋等待著去臺灣。我們住的地方，有位大哥哥總是帶我去騎腳踏車，我應該是在一群小朋友中算是比較討大人喜歡的。有一天，我看見這位大哥哥在門前廣場上賣東西，我跑去看，他就順手送我一本印著

《言慧珠》的書，我視若珍寶，一直把它帶到臺灣，後來才知那是京劇言慧珠的唱詞本。以後，我也時常想到那位大哥哥，當時，他應是位大學生吧？他後來是不是湊足了旅費，去了臺灣？

好在，爸爸突然出現了……他找到朋友，買了去臺灣的船票；他又找到朋友，水上警察局局長，在水淹福州時，局長用汽艇，把我們全家，送到馬尾，搭船去了臺灣。

這條貨輪叫「鳳山輪」，是座貨輪，好像是運木材的。我們上了船，他們才裝木材。我們坐在船上，只聽見很響的轟隆聲，然後船就一陣大搖晃，轟轟隆隆響聲，再加上巨烈搖動，坐在船上極不舒服，如此這般，一直響了一整天，這時水手才在甲板上鋪上木板，由客人自行搶地盤，爭取僅可容身的一席之地。同時，我爸媽花銀子，跟水手租了一個下鋪，由外婆、媽媽帶著小弟睡，我和大弟就跟爸爸睡甲板。開始時，我們小孩都爭著要睡甲板，因為甲板風涼。後來風愈來愈大，甚至聽說碰上颱風的尾巴，船在海上翻來滾去，人人嘔吐不止。到了這時候，才知道我是「暈船大王」，我爸說我連膽汁都吐出來，連到了基隆都站不起來。幸虧我爸在甌江長大，深諳水性，一家旱鴨子都靠他照顧。

我就在這種慘狀下，抵達了臺灣。

到了臺灣，蔣總統下野，群龍無首。父親失業了，這才知道，我家沒錢。

父親有位朋友在火車上做稽查，就推薦我們在臺北附近一個鄉下落腳，因為房租便宜。後來才知原來我們是第一個搬入的外省人家，消息傳開，我家門口擠滿看熱鬧的人群。母親無奈，只好把床單罩在窗上，擋住外面視線！

當時，鄉下小城還有日本人作風，員警抓到人，會毫不客氣的責打，人民看到員警都心生畏懼。誰也沒想到，日後，我爸居然當了桃園警察局長，這個鄉下小城竟在我爸的管轄之中。當然，這時的員警彬彬有禮，已成為人民的保姆。

桃園離臺北近，臺北的繁榮逐漸擴充到了桃園。去臺灣的人恐怕都去過桃園的中正機場。

到臺灣後，最不習慣當地人穿木屐的啪啪聲。原來當地人不穿鞋子，而穿木屐，也就是在兩木板前面釘上一根皮帶，腳被皮帶擋住，拖著木屐走路，發出啪啪聲，在晚上特別響。

我小弟聰明調皮，一下就學會閩南語，逢人就說「明拉早卡早來呷崩」（明早早點來吃飯），成為鄰里間的笑柄。

剛到臺灣，驚訝臺灣民風樸實，過拜拜就是其中之一。原來臺灣人一般信佛教，拜拜就是拜佛的意思。據說為了拜拜，有的人家不惜傾家蕩產，借錢辨拜拜，請客到家中吃酒席。我們這群外省人就是被拉去吃拜拜的人，聽說有在路邊拉陌生人吃飯的故事，我們沒碰過，有的，都是同學家長請我們去吃拜拜。

真想不到，在命運的安排下，臺灣竟成了我們的新故鄉，不但我父母親在臺灣過世，連我們到臺灣時還是孩童的第二代也垂垂老矣！

臺灣經驗之二（記得當時年紀小）

我記憶中的小學時光，多半是戰亂中的斷斷續續與支離破碎。我出生後不久就跟著父母顛沛流離：在重慶、南京上幼稚園，廬山、上海讀小學，在福州的幾個月，更因時局緊張，輟學在家。這種戰爭的飄泊與不安感，一直到我進了臺北「國語實小」以後，才有了歸屬的感覺。

國語實小位於臺北南海路，在「臺北植物園」的對面，緊鄰的建國中學是臺灣最優秀的男子中學。當時一般小學不是縣立就是市立，臺北市卻有國語實小、女師附小與北師附小三座省立小學。這三座小學因為風評好，聲譽佳，而被合稱為臺北「三省小」。

我媽是孟母型的母親，我們初到臺灣，父親工作不穩定、家中經濟窘迫，但她縮衣節食，費盡心力，也非要搬到「國語實小」附近，讓孩子們上一所好小學。

國語實小，原名「臺灣省國語推行委員會附設實驗小學」（現名臺北市國語實驗國民小學，簡稱臺北實小），是臺灣政府有鑒於臺灣初光復，語言複雜，在臺灣推行「國語」（普通話）而設立的實驗小學。學校老師多來自北平，說北平話；學校中的重要課目是注音符號ㄅㄆㄇㄈ。我是四年下學期，經一位老師介紹插班入學的，因為我入學時年紀已大，語音已定型，就一直沒有學會老師們的京片子。

我爸在一九五三年拍過一張國語實小的照片，照片裡的學校是一幢兩層木樓，教室的玻璃窗上貼著米字與井字的防震紙條。那些看起來像裝飾用的紙條，其實是戰爭的產物。那時國共內戰，空襲警報之聲時有所聞（其實都是虛驚），老師們就帶領學生，把白報紙剪裁成長條，塗上漿糊，貼在玻璃窗上，以防飛機來襲時，震碎的玻璃會傷及學生。

做為實驗性質的小學，學校的師長必然是一時之選。校長張希文，是國大代表、國民大會主席團主席之一，是一位非常受人尊敬的女性。我偶爾在街上看到她坐著私家三輪車來去，跟她行禮，她都會點頭回禮。

跟我們學生關係最密切的是幾位導師。我們那一屆共有四班，我四、五年級時被編入乙班，導師是王文潤老師。五年級快結束時學校舉辦了一次智力測驗，我數學差、被分到丙班，導師換了，同學也整個換了一批。

老師當中，最受人矚目的當推勞作（手工）老師毓子山。毓老師是王文潤老師的先生，原名愛新覺羅・毓嶦，是滿清皇室，是著名昆曲家溥侗的兒子。他是一位多才多藝的藝術家，除了精通昆曲外，還曾赴日學畫，後來還當過演員。

毓老師的兒子恒昌，也在學校就讀，我們小學生常好奇的問：「為什麼毓老師父子不同姓？」因為當時我們並不知道，滿清的習慣是稱名不稱姓的。

我在勞作課上學了些什麼，現在都忘了，記得的，只有一件「紙糊車子」事件。大概是因為當年家庭自製的漿糊品質太差了，全班的車子都糊得不像樣，毓老師很不高興的跟我們說：「你們的車子全被我扔了！」

圖畫老師曹端群也是教人難忘的老師，她非常著重圖畫的基本功，她要求學生每天要在特別設計的筆記簿上練線條：第一行畫滿橫線，第二行直線，第三行斜線，第四行圓圈，她每堂課都要檢查作業，連寒暑假也得練習畫線條。我每次都要到寒暑假快結束的最後幾天，才會乖乖地坐在書桌前，一口氣畫上幾十頁像鬼畫符似的線條，然後草草交卷。

我們那一屆有一對王牌師生：甲班導師席淡霞和她的得意門生夏祖焯。席老師並沒教過我，但她是天生的老師，是學生們人人崇拜景仰的老師。幾年前我回臺北，參加同學安排的一場與席老師午餐的同學會，老師風采依舊，魅力不減當年，至今依然是學生們最喜愛的老師。夏祖焯（筆名夏烈）是名作家何凡（夏承楹）、林海音夫婦的長子，他口才好，能力強，凡是學校的對外比賽，都由他代表參加。幾年前我曾到他三藩市家開過一次同學會，現在的他在臺美之間著書、教學與演講，日子過得像小時候一樣的有聲有色。

至於對兒童成長很重要的課外活動，當年並不貧乏，在戰亂中，政府也沒有忽略小學教育。我們那一代雖然沒有富裕的物質生活、昂貴的玩具、也沒有學這學那的機會，但窮孩子有窮孩子的福分，來自天南地北的老師和家長們，都會想出各種價廉物美、簡單易學的童玩，讓飽受戰亂的孩童有一個快樂的童年。

在學校中的下課時間，我們從未閒著：男生喜歡打彈珠和跳雙杠；女生則在教室外踢毽子和跳橡皮筋。跳橡皮筋其實是一種很好的有氧舞蹈，我們利用橡皮筋的彈性，變著花樣跳橡皮筋舞，一邊跳，一邊吟唱：「小皮球，香蕉梨（亦有人說香蕉油），滿地開花二十一，二五六，二五七，二八二九三十一……」。

國語實小的啞鈴舞非常有名，教啞鈴舞的白永孝老師來頭不小，曾獲山東省運動會撐竿跳冠軍（也有人說他得過全國冠軍），著有《最新實驗改良啞鈴操教材》與《中國書法正楷基本教材》。同學李玲玲是被大家公認的啞鈴舞高手，她現在是天主教修女，不知是否還跳啞鈴舞？

一九五三年，我小學畢業，考上臺北省立第二女子中學（現中山女高），結束了我的童年。我覺得自己很幸運，在童年結束以前，兒時的飄泊與不安感，在國語實小的兩年半中找到了心靈的歸宿。

國語實小（一九五三年張毓中攝）

臺灣經驗之三（往事只能回味）

良師益友，北二女記憶

當時在臺北，最好的五所中學都是「省立」的（隸屬臺灣省政府），臺北有五所省立中學：建國中學、成功中學、師大附中、北一女和北二女。其中北一女和北二女兩所是女校。我在小學讀的不是精華班，我班四、五十人，考上省中的只有七人，我家為我的考上省中而歡欣鼓舞是顯而易見的。

北二女[1]以文科著稱：有以寫小說，拍電影，比我高二屆的瓊瑤，和我同屆的有詩人席慕蓉（初中和我同班），和散文作家荊棘（原名朱立立）等等。剛到臺灣時，北二女的碧濤籃球隊稱霸全省，極為有名。

我在北二女從初一讀到高三共六年，占十八年華的三分之一，所以「老牌」兩字可以當之無愧的。我是校長王亞權[2]的學生，上過北二女的都知道這表示輩分極

1 北二女，臺北第二女子中學，現中山女高。日據時代為第三高女，後臺灣義務教育改為九年遂改名市立中山女高。

2 王亞權校長日後擔任過臺灣中等教育司司長；教育部常務次長；蔣夫人辦的婦聯總會總幹事。

高，不可等閒視之的意思。

不過我這個前輩開竅特別晚。初一初二兩年迷上小說，成天「不務正業」，在小說的世界中過著不識人間煙火的仙女生涯：什麼簡愛、咆哮山莊、金石盟、紅樓夢、京華煙雲的，看得廢寢忘食，津津有味。北二女圖書館有大量的優良藏書，我和班上的幾個小說迷，下課鈴一響，就衝到圖書館，搶在人群之前，把手臂伸得好長，向圖書館員遞上書單，搶借小說。

天上人間，我終於仙女下凡，上高中後，我從小說的夢幻世界回到人間。在班上我交到不少才貌雙全，端莊賢淑的好朋友，我愛動、愛熱鬧的個性如有一分安靜兩分溫柔都是受到他們的薰陶。

我也很幸運地碰到了許多對我愛護備至，鼓勵有加的老師。

教我們高一國文（中文）的張卜麻老師是每一位學生夢寐以求的好老師。張老師也是我們的教務主任，在他繁忙的教務工作中只教兩班國文，老師學問淵博，為人風趣幽默。我們受到他的感染，也成天嘻嘻哈哈笑語不斷。

初中的我

記得老師的名字就是我們大作文章的好題材。老師名字張卜麻中的麻字看起來像痲字。卜、不諧音，我們學生有事無事就故意把老師的名字叫成「張不痲」。更有一位同學糊塗到家，不但把麻字看成痲字，還把橫寫的張卜麻看反了，看成了痲卜張，痲卜張正好與麻布髒同音，自然贏得全班同學哄堂大笑。難得老師心胸寬宏，不以為忤，任由我們小女孩亂幽默一通。我們深藏不露，尚未發掘的幽默感就如久逢甘霖的雨後春筍，紛紛出籠了。張老師在學生週記（每週一記）與作文本上的評語堪稱一絕，為了得到老師的幽默評語，人人勤寫週記，猛寫作文，一時天馬行空，佳作如湧。如有同學得到老師風趣雋永的評語，全班爭相傳閱，然後東倒西歪的笑成一團，樂不可支。國文課成為我班的最愛。

歷史老師王嘉祥連著擔任我們導師兩年之久。王老師屬於婆婆媽媽型的老師，常在課堂上和我們講禮義廉恥，四維八德。我班同學對她的說教聽得入神，就是到了下課時間也不放她休息，我保守而中國味的個性想是那個時候奠下的基礎。到了高三，大專聯考的壓力，就連我這個懶學生也不得不夙興夜寐，不眠不休起來。在學校中讀書累了，去王老師宿舍，聆聽教訓成為最好良藥，對於我班學生，王老師扮演了一個如姐似母的溫馨角色。

我和數理一直不能投緣。我的數理不是「滿江紅」（不及格）就是在六十分上下徘徊。然而我在高二時卻碰到了化學老師衛秀儒以後出現了一樁奇事。事情是這樣的：在某次化學月考之後衛老師忽然在班上稱讚我的聰明。衛老師一向以嚴厲著稱，我是如假包換的「低」才生，自然受寵若驚，被稱讚得莫名其妙。但是那次事件中最重要的物證：考卷，一直沒有發回來，我心中雖有千萬個問候號卻也無從查證。我七上八下，想來想去只有一個可能：一定是螞蟻報恩，在關鍵的地方加了一點。就在美麗的錯誤發生後的一個禮拜，另一件驚心動魄的事情又爆發了，那一天衛老師一連叫了七八位同學上講臺上去平衡化學程式，都沒有答對，衛老師就把我這個「聰明」的學生叫了起來，叫我做給其他同學看，我一向對數理有如天書，頓時嚇出一身冷汗，不知如何是好，只有硬著頭皮、慢慢吞吞、不情不願的走上講臺。說也奇怪，就在我拿起粉筆觸及黑板的那一剎那，突然靈光一閃，茅塞頓開，填對了答案。更奇妙的是，我百讀不通的化學從此豁然貫通。

全民皆兵的時代

我們讀中學時期，全民皆兵，男學生大學暑假要像正式軍人一樣去成功嶺受軍訓，大學畢業後正式進入軍隊，一般服役二年。北二女平時的校服是白衣黑裙，但為了戰爭教育，我們每個禮拜一都要穿土黃色的軍服，還邀軍人教官來講與戰爭有關的課程。其中最可怕的是去實彈練習。實彈練習的那次，平時吱吱喳喳的女生，忽然互相推諉，誰也不肯去打第一槍。後來逃不掉，才硬了頭皮豁出去了，記得等我打完第一槍，旁邊督視我的軍人高叫一聲：「鴨蛋」，原來得了零分。

我們中學生，包括女生，都要接受軍人正步走的操練，雖然我們學生從來沒有正式受邀表演過。正步走可以算是終生難忘的技能，一旦踢正步，愛國之心就會油然而生，尤其當我心情低落時，只要看到年輕人青春煥發，生氣勃勃的踢正步，都能振作我的精神。

還有，作為女學生，我們有義務去蔣夫人成立的婦聯會替軍人縫衣服，都是縫些簡單的內衣內褲什麼的。但因為我們學校著重課本教育，並未學過縫紉，縫出來的褲腰帶開口有的在左，有的在右，甚至有在後的，笑話百出，還死不認錯。現在回想都忍俊不已。

北二女座落在臺北長安街上，在我班畢業五十年的同學會上，我曾以北二女生活寫過一首《長安曲》與同學共用，詞曰：

〈長安曲〉

長安街頭，曾經白衣黑裙，花樣年華

黎明即起：朝會、升旗、唱國歌，做早操

留我屐痕：圖書館、大禮堂、風雨操場

王亞權、石季玉是我尊敬的校長

穿軍服的高中女生

春風化雨，博學多聞有我敬愛的師長
情同手足，互切互磋是我親愛的同窗

音樂、美術、烹飪與女紅
籃球，排球，壘球，田徑，鐵餅，標槍
穿軍服，戴軍帽，真槍實彈上靶場

溫馨的回憶，快樂的時光
只有你，能與我分享
你我……一同攜手……一同成長

附錄——北二女雜憶（張卜庥老師遺作）

我是民國三十九年（一九五〇年）七月隨從王亞權校長到校接任教務主任之職的。那時距離臺灣光復已經將近五年，也是大陸撤守將近一年之期，秩序大致安定，前任校長是鄭英勵女士，是位老好先生，所以對學校老師比較放任，因之學校的讀書風氣並不濃厚，加以過去日治時代遺留的習慣，一般人只是讀到公立學校（國民小學）畢業為止，女孩子能讀上中學已經是了不起的事了，所以能上第三高女便是一張光輝燦爛的結婚證書。說這所學校為新娘學校也一點不為過，至於進而深造幾乎是沒人想過的。記得我到校的第二年高三畢業的一位陳姓同學每學期學業平均都在九十分以上，如果去投考臺灣大學，定是勝券在握的，但是她就是不肯報名，我勸說她不下十次，她就是堅持不考，二十年後，偶爾在士林菜市場遇到了她，談起過去的一段，她也深感後悔不已。

北二女的前身第三高女的創建也有一段故事。第一女高是早就有了，但是它只收日籍學生，就是極少數的台籍生也是家庭條件很特殊的才能進得去，後來一些有志之士發起捐錢辦了第三高女，連那幢大樓也是比照一高女（北一女）的樓修了，而且要他要比它的更為堅固，那棟大樓的確堅固異常，二次大戰末期，美國飛機曾經投中兩顆輕磅炸彈，可連屋頂都沒有炸透，稍加修理就復原了，不過在樓頂的邊欄水泥柱上，還留下許多炸片遺跡，諸君在校幾年，可曾注意到沒有？

大樓的走廊，在一排向南的窗戶之下，有一排上下幾層的小櫃子，諸位知道是幹什麼的嗎？那是三高女時代學生到校都要脫鞋子，穿襪子進教室。因為教室鋪的是榻榻米，大家都席地而坐，十分的家庭化，也是一種特色，學校雖是臺灣人辦了，可是教師就是清一色的日本人，因為日治時代臺灣人只能學醫科、藝術、農技、家事，至於理工、法律、財經、文學等等都是不准碰的，所以臺灣光復之後日本人遣送走掉了，第一女高的女生也大都走掉了，來了一批接收人員的女兒頂了缺，當然也來了一批教師撐起了學校，第三女高學生沒變，就是老師全變成閩粵一帶的人了。這便是北二女的來由。當然早期的老師素質並不太整齊，但是他們熱心仍是值得稱許的，尤其是和家長們的聯繫，以及師生之間的情感，真是水乳交融的。所以在二二八事變的時候，暴民到處找外省人撲殺，北二女的幾十位家長率領高中部的學生住進學校，環著學校的圍牆巡邏，阻擋暴民到學校逞兇，這是那一批老師親口告訴我的。

我們到校時，已是大陸撤退後一年多了，北二女也接受了一批大陸學生，他們沒有家產可以依賴，所以非要升學深造不可，讀書非常認真，也因此帶動了非常好的風氣，也開始有漸進的成績。例如我進校教的第一班高三智的學生，就有三分之二的人進入了大學，也不乏後來頗有成就的，當然現在看來不算什麼，可是在當時是足以告慰的了。

王（亞權）校長對我十分信任，也放開手讓我去籌畫一切，所以學校的一切規章制度，都是那個時候研究制定的，而且為了具體的考核成效，我每個禮拜天都在學校教務處檢查各班作業以及筆記本，沒有清閒過，也逼得老師們個個認真不敢輕忽！

後來，臺北的五省中聯合招生第一屆就是由北二女承辦的，由報名、插花、填座次、選擇命題、入圍印刷、印卷彌封，分配監考、收卷保管、分配閱卷、複閱、拆封登記、按志願分發、榜單分送報社、寄發通知都是我一手籌畫，而且執行的。記得登記之後，五位校長，連同我帶的三位工作人員，集中在新北投養氣閣旅舍，共同檢查各個步驟，然後分發，我四十六個小時不曾和眼，一直到事事完成，深受五位校長的讚許，也傳頌一時。所以四十三年夏，我要離開北二女時，建中的賀（翊新）校長，北商的吳（仕漢）校長都極力要我去接他們的教務，甚至於兩年之後，我在政工幹校教學很固定了，成功中學，潘（振球）校長接任省訓團團長還邀我去擔任教務組長，他們都認準了我的工作韌性。

北二女的行政效率是足以自豪的。當年的省教育廳不論二科科長黃季仁以及廳長陳雪屏遇到中等教育方面的問題，都會遵循我們的意見，有一次參加陳廳長的早餐會報，在廣州街中心診所餐廳，陳廳長知道我很會吃，特別交代，給我雙份的分量引來一陣訕笑，就是教育部程天放部長也常垂詢我們的意見，所以後來王校長離開北二女到教育部做中等教育司的司長，都是有淵源的。

註：

（一）插花：指考試時，將各校考生分開雜坐，以防作弊。

（二）臺北五省中是北一女、北二女、建國中學、成功中學、師大附中。

（三）名詩人瘂弦（王慶麟）是張老師政工幹校的學生。

（原載第三高女，北二女中，中山女高旅美校友會年刊，此文由張老師授權刊）

臺灣經驗之四（臺灣大學）

臺大校總區

臺灣大學在日據時代是臺北帝國大學，一九四五年臺灣光復後就改名國立臺灣大學（簡稱臺大），臺大是全臺學生和家們最嚮往的大學。我當然也不例外，我聯考的第一志願就是臺大，我父母的最大願望也是我能考上臺大。

我媽是個特別注重考試的人，我才讀小學四年級，她就咕噥我考不上大學。我以為人是有考運的，我從小數學不佳，除了讀文科從不敢奢望讀別的科目。誰知就在我考大學的前一年，臺灣教育部忽然下令，無論文法或理工，考題都一樣。這消息有如晴天霹靂，我這數學不佳的人怎麼辦？幸虧教育部的這次實驗以失敗告終，從此再也沒人提起。到我高中畢業時，學生又可選理、選文了。

我就這樣投考了文組，只是那個時候文商不分，工商管理屬於文組，這造成我選系的困擾，自不在話下。我的第一志願，一下國文（中文），一下歷史、一下哲學。平時我媽對我的學習極為堅持，但對填志願，她居然一無意見。最不可思議的是到了填志願的最後一刻，我居然跑去以上屆錄取分的最高分為準，改「臺大商學系國際貿易組」為第一志願。更想不到我後來居然以第一志願第一名錄取。記得我高中班導師曾昭儉來班上巡視，他看了我的志願就笑著說：未來會上商學系。我在學校很少得到老師誇獎，所以對他的評語並未放在心上，聯考多難呀！聽說當時全台錄取率還不到百分之五，只要「榜上有名」就祖宗有德了，誰還敢奢求第一志願呢？

我在高中三年只得過地理老師屠婉瑩的稱讚，她給我地理一百分，讚我有「觸類旁通」的本領。後來我長大工作了，我發現自己真有東拉西扯的天賦。

後來臺灣成為亞洲四小龍，臺灣的商業變得重要了。從此「臺大商學系國際貿易組」就取代「臺大外文系」成為文商科考生的第一志願，長達四十年，一直到最近，才被臺大法律系所取代。

有趣的是，多年後我的一位同學告訴我：「當年我以為聯考我會拿國際貿易第一名的，結果被你拿去了。後來我女兒替我爭了一口氣，考了國際貿易第一名。」同學，祝福你和你的女兒啊！

為了出國後的吃飯的問題，我也學過電腦打卡（Key Punch），只是我不是打卡的料，每次打卡，打到了後來，我都會愈打愈快，快到欲罷不能的程度。後來我去學打鼓發現我有「有條會亂」的缺陷。所以我的打卡當然不及格，但是我不得不佩服中國人的智慧，原來我畢業時的證書要比同學們短一些，經我仔細比對後，我發現我的證書上少了一個successfully，也就是說我同學們的證書是successfully completed the course，而我的是completed the course。這些用字上的些微差別，恐怕糊塗的老美看不出來吧！也幸虧電腦是淘汰率極高的行業。等我到美國時，打卡已經過時了。以後除了自己寫作之外，從未從事過打字或打卡的工作。我常想：這必是天意吧！

有一次我和老同學聊天，我說讀臺大最大的好處是遇上高人，例如說同學中有智商極高的；記憶力超人的；胸懷大志的；興趣廣博的。總之，不缺我見賢思齊模仿的對象。

臺大法學院

我們商學系大二轉到徐州路法學分院就讀，基本上我們商學院就和校總區分開了。我對校總區最懷念的居然是農學院研發出來的花生冰棒和紅豆冰棒。

說來慚愧，我讀臺大真沒好好上過課，也沒珍惜這得來不易的機會。在臺大的四年中，我最後悔的事，就是和歷史上的兩位人物擦肩而過。

第一位是李敖。好像是大二，我們剛到法學院，有天下完課出來，就遇見一群學生，簇擁著一個瘦小、穿灰色長袍的男生，在走廊上走過，我聽人說這是李敖。我一點也不再意，就回家了。後來買了他的書，也聽了他的演講，覺得錯失良機。

我錯過的第二個人是教育部長程天放。我在大三時被選為商學會代表，代表四個年級，有一天，我被派去接程部長來演講。現在已經忘記是怎麼去接的了，只記得是去接一位德高權重的老前輩，一到老前輩面前，我就靦腆得說不出話來。總之，那天就糊裡糊塗的過了。近幾年，我幫忙編家譜，才知道程天放是我媽吳家的長輩。我媽杭州人，一定想不到江西程家跟她有親戚關係。拜網路之賜，我才得知，程天放是革命的活躍分子，他的回憶錄說他的啟蒙老師是他的表哥吳士鑑，吳士鑑就是我媽的十一世叔祖，後來考上榜眼（全國第二名）成為翁同龢的學生，官拜南書房行走，光緒皇帝侍讀。當滿清滅亡後，吳家人選擇了效忠滿清，而程天放則選了留學加拿大並拿到博士學位。同是表兄弟想不到後來的選擇有這麼大的區別。現在吳家十一世已無人在世。我是第十四代。

畢業後多年，我時來運轉，初等會計教授李兆萱百歲大壽，我居然被同學們推為編輯，為李教授編《百齡紀念集》，負責編輯李教授臺大學生的文章，想到李教授春風化雨，在臺大教「初等會計」二十四年，學生中高官鴻儒大有人在，其中第一位執筆的就是臺大校長孫震（後來的國防部部長），想不到教授《百齡紀念集》編輯殊榮竟會落在我這會計極不出色的學生身上。而我居然膽大包天，答應挑下此一重任。我們那時召集了一、二十位前後屆的校友，每週聚會一次，談完編書的公事，就全體坐下吃午餐。李教授是美食家。她家保姆做的菜特別精細美味，一直到今天我仍齒頰留香，懷念不已。

李教授《百齡紀念集》出版後不久，李教授就過逝了。我去參加她的追思禮拜，靈堂中花圈擺滿，都是各屆學生送老師千古的花圈，這是我參加過最溫馨的一個告別式。老師！永別了，您一路走好。

臺大的事是講不完的。現在我年事已高，回想我這一生，考上臺大是我最高的榮耀。有回李嗣涔校長來訪南加州校友，我看到貼在牆上的兩句話「昔日我以臺大為榮，今日臺大以我為榮」。沒錯！我以考上臺大為榮，能考上臺灣最好的大學，也是臺灣最難考的大學是我畢生最大的光榮。至於「臺大以我為榮」，說實話，我真的沒什麼光宗耀祖的成就，但我一生兢兢業業，認真工作，努力向上，算是不愧父母對我的期望與母校對我的栽培。

臺大第三女生宿舍

二〇一〇年十一月，我去臺北參加「海外華文女作家協會」大會，因大會會場離臺大校總區不遠，我就在報到之前，特意繞道臺大，去探訪我曾住過的第三女生宿舍。

我於一九五九年考上臺大，大一在羅斯福路的校總區上課。當時校總區只有兩個女生宿舍：第五女生宿舍是僑生宿舍，另一個就是第三女生宿舍。

一般學生宿舍，每間上下鋪四床八人，但因宿舍不足，我住的是一個十八人的

「大統艙」。當我搬進去時，其他的十七位室友都已安居樂業（學業），她們都是來自臺灣中南部各女中的精英，讀書非常認真，最叫我羨慕的是，才大學一年級，就有幾位在當時的中央日報副刊上發表文章了。

臺大正門對街有一排商店，到了下午四、五點，起士麵包出爐，香氣遠傳，我是每天去麵包店買麵包的「進香團」團員。剛烤好的起士，黃澄澄的一層，覆蓋在香噴噴的麵包之上，一口咬下去鬆軟香甜，真是人間美味。當時臺灣的麵包極其簡陋，這家麵包店首開先例，十分難得，我上課有時遲到，但到麵包店買起士麵包卻從無耽誤。

臺北天氣濕熱，宿舍沒冷氣（當時尚不知冷氣為何物），空氣也不流通，我晚飯後在宿舍看書，總覺得煩熱不安，頻頻找人說話，只要聽到有人問：「誰要去福利社吃冰棒？」我總是第一個回答：「我！」

去福利社要經過一排走廊，到了黃昏，臺大情侶，雙雙對對，在廊下約會，我們小女生結隊經過，大驚小怪，視為校園奇景。

臺大福利社的冰棒非常有名，是臺大農學院研發出來的成品，其中以花生冰棒和紅豆冰棒最為好吃，冰棒材料足，味道濃，甜味適中，與當時流行的「清冰」相比，簡直是天上人間。如今這些冰棒在臺灣街頭依然受人歡迎，只恐怕沒有多少人記得臺大農學院的研發之功了。

臺大社團多，好幾個室友都是合唱團團員，我經常在洗衣間裡聽她們練唱：

「When the sun says good night to the mountains」（夕陽向群山道晚安）。不久前，我的朋友寄給我一個Power Point（幻燈片），上面用的音樂竟然就是這首「夕陽向群山道晚安」，使我驚喜不已，我告訴這位朋友，我最後一次聽到這首歌曲時，才只有十八歲。

細雨中我在傅園旁邊找到了第三女生宿舍，現在的宿舍完全不同了，以前只有兩層樓，我們的寢室在二樓第一間，門口有一排對外的走廊，現在的宿舍有好幾層樓，全封閉在樓層之中。聽說我是校友，年輕的管理員非常熱情的招待我，我說的這個那個，她完全不知道，她熱心的告訴我：「我們這裡有一個做了二十多年的管理員，她一定知道你講的那些地方」，我笑了起來：「她也不會知道，那是五十年前的事了！」

煙雨濛濛，棕櫚依舊，我在雨中尋尋覓覓。想不到五十年過去了，五十年前第三女生宿舍的那些人、那些事在我心中依然清晰，依然鮮活，依然生動。

臺灣經驗之五（教授李兆萱）

李兆萱教授九九壽宴

一九〇六年地牛翻身，美國三藩市發生了舉世震驚的七點八級大地震；臺灣嘉義縣民雄鄉也發生了七點一級大地震。一九〇六年，也是女權萌芽開始，這一年，芬蘭開風氣之先，成為歐洲第一個賦予女子投票權的國家。

就在這一年的中國，一位新時代的女性，李兆萱教授誕生於江蘇南通。

李兆萱教授是位奇女子，他出生一個富裕家庭，遠在七八十年前一般中國人都不知「會計」為何物時，她就遠赴美國密西根大學修習「會計」。在密西根州遇見了當時讀教育的沈亦珍教授，婚後雙雙回國。育有二男二女：沈中一、沈定一、李淮安、李明安。李教授思想先進，為了紀念視她如己出的二叔母，兩個女兒，從母姓。因叔母名安素。長女取名淮安，以懷念叔母之恩情。沈教授體諒愛妻之孝思，欣然應允。在百年前的中國，這種開明的想法與做法幾乎是聞所未聞的吧。

從美國回國後，李教授相夫教子，作育英才，教學，著書，和沈亦珍教授分別為臺灣的會計與英語教育打下了堅實的基礎。沈亦珍教授所編著的英文教科書是臺灣中學生的必讀，沈教授曾是臺灣來的人幾乎無人不知，無人不曉的人物。

一九九九年匆匆飛過，李教授在洛杉磯退休，兒孫滿堂一門七教授，個個優秀。沈教授於一九九三年以九十四歲高齡辭世。現李教授一人獨居一幢寬敞整潔的兩層樓房（二公子沈定一住在同一街上）。她十分會安排自己的生活，雖至耄耋，耳聰目明，不但上下樓自如，還勤做運動，日日看書，看報紙，還特別喜歡請學生吃飯，學生也時時去看她，請她參加各種活動，她每週去教會參加團契，背誦經句，是教會中最受歡迎的長者。

李教授在臺大教初等會計二十四年，初等會計（簡稱初會）是臺大商學系的必修。李教授在商學系把關，二十四年如一日，桃李滿天下，如今學生在臺灣執工商業之牛耳，尤其會計一門，代代相傳，連綿不斷。根據臺灣近期的一項民調，臺灣的會計系以臺灣大學的聲望最高，是全臺會計的龍頭。

李教授以教學嚴格著稱。進入臺大的莘莘學子，剛剛寒窗十數年，好不容易過五關斬六將，擠進了臺灣大學的窄門，正想來個「春天不是讀書天」，把書本往旁邊一扔，大玩特玩一番，馬上就有李兆萱，邢慕寰，兩大教授像是神荼，鬱壘兩門神在廟門口把關。兩位教授教學嚴謹，採用英文原文課本，逼得學生查英文字典，查得昏頭轉向，李教授的會計更叫人陷入迷魂陣中。借來貸去，一張公司行號的資產負債表（Balance Sheet）一算再算，永不平衡，幸虧商學系的同學都能再接再厲，努力不懈，在八卦陣中，奮勇而出。日後出了不少CPA（會計師）、會計博士、銀行總經理等。商學系學生靠會計為終身職業者人數極為可觀。

所謂初等會計其實就是一種科學的記帳法。用雙向登錄法（double entry）記帳，也就是每一筆金錢的收入和支出各在左右雙方登錄，左為借右為貸，如果記載正確，就會左右平衡（即借貸平衡）。用這種方法記帳，不但可以減少登錄時的手誤，更重要的是可以防止帳目上的弊端。因此，對初學會計的人最大的錯誤，就是硬要將一般生活上的收支，強行用在會計觀念之上，因此借方貸方成為罹患「會計恐懼症」學生們的終身夢魔。

李教授對臺大學生期望高，教學極嚴，每次上課「身著深色旗袍，頭髮一絲不苟地在腦後挽成髻」（學生趙榆華的形容）腋下夾著正方形的皮包，準時上課，上課必點名。

每星期一下午會計助教，帶學生在在大禮堂做習題，一作四五小時。習題即多又難。第二題要用第一題的答案，第三題，要用第二題的答案等等，因果循環，一有小錯，全盤皆錯。這個時候，同學之間爭相討論，借貸有聲，愁容滿面、苦海無邊，想不到因上會計課反而培養的出同學間同舟共濟，患難與共的「革命感情」。上實習課是最受人歡迎的人物，就是有幾位商職來的同學。他們的會計在商職打下基礎，算盤打得啪啪響，（當時還沒有電腦）。在一般「女中生」、「男中生」面前神氣得很。

當時，臺大還有一個特色，就是僑生人數眾多，華僑學生來自世界各地，以港澳與東南亞為最多，其中成績優秀者大有人在，但也有許多僑生連聽國語看中文都十分費力，就因為僑生素質參差不齊，所以每次考試下來墊底的常是僑生，當時不明白為什麼本地生考臺大，千辛萬苦，而僑生程度良莠不分，一律照收。幾十年後，臺灣經濟起飛，在國際上飛黃騰達，成為「亞洲四小龍」。跨國貿易，天涯若比鄰，僑生遍佈世界各地，通風報信，攜手合作，對臺灣國際貿易的成功功不可沒，現在回想起來不能不佩服當年政府的魄力遠見。

壽宴二〇〇四年

二〇〇四年，教授九十九歲，設宴美國洛杉磯環球影城希爾頓（Universal Hilton）大飯店，被請賓客多達二百五十人。

李教授子孫滿堂，桃李滿天下，親朋好友，門生故舊，齊集一堂，喜氣洋洋，一同前來祝賀李教授九十九歲大壽。

在洛杉磯政府水電局擔任資訊中心主管的同學李玲玲，父親是李教授在北大預科的同學，她對李教授瞭解最深，由她發起李教授九九壽宴，臺大商學系前後同學一呼百應，從世界各地紛紛趕來，共襄盛舉，預定給臺大同學一百三十個席位一下子定光，雖然學生們希望羅漢請觀音，為老師祝壽，但李教授的四個子女堅持不允。

正如眾所周知，數十年來臺大商學系（及管理學院）在各行各業各領風騷，在籌備壽宴的過程中，同學們竟發現「臺灣之子」陳水扁總統也曾讀過臺大商學系一年，後來再重考進入法律系就讀。據說，陳總統是上過李教授的初等會計課的，至於陳總統是不是被李教授的初等會計嚇倒，而轉讀法律，那就不得而知了。

在眾多學生之中，李教授最記得的一位學生是陳河東，記得他是因為他調皮，為了教授的壽宴李玲玲（一九六七）、江大嘉（一九七一）和寇蕩平（一九六五）三位校友尋尋覓覓，終於把陳河東找到，他現在住在臺灣，擔任總統府資政，三商集團董事長，此次他不克前來參加壽宴，他夫人許昌惠（也是商學系學生）代表致辭，並帶來陳河東的聲明：「謠傳他初等會計被當掉的消息是不正確的，他得了六十分！」李教授的分數以「低」著稱，據李教授的女兒李明安透露，李教授打分是開方乘十。例如三十六分，開放方是六在再乘十等於六十分，雖然教授網開一面儘量讓學生過關，一班三分之一被當掉需要補考的故事，時有所聞，所以陳河東當年能考六十分，應該是不錯的了。

短劇（李教授的初等會計課）

就是因為李教授上課極為嚴肅，李教授的初等會計課，幾乎沒什麼輕鬆場面，要以喜劇的方式來重現當年的情景是不可能的。畢竟商學系人才濟濟，校友趙榆華

（一九六五）把李教授的初等會計課以「課前、講課、考試、考前、考中、考後」六個單元變編成一個短劇，趙榆華從未編過劇本，這次她不採「樣板戲」的腳本，巧妙地以形形色色的學生組合，把當年李教授的初等會計一課誇大渲染，以爆笑方式，表現出來。劇中妙語如珠，亦莊亦諧，相當不容易。

劇中演員都是李教授當年的學生，例如演「省中女生」的是來自北一女的高材生黃玉瑛。演僑生的是馬來西亞的僑生譚繼城，他們都是自己演自己，演來特別傳神，江大嘉的夫婿周祖涵，手拿算盤，啪拉啪拉，神氣活現的代表商校生（臺北商職，台中商職畢業生）十分討喜。

最特別的是林淑媛演「作弊生」，張壽華演「補考生」，他們原是商學系的高材生，卻把補考生與作弊生演得活龍活現，由於他們的表演，把全劇穿插得活潑生動。事實上李教授的會計課，補考生比比皆是，作弊生則無。因為在考場中，防範極為森嚴，考場學生的座位都經過精心安排，不但國際貿易、會計銀行、工商管理三組要錯開排位，每排之間還空一行以防作弊，助教在考場中來回巡走，考場中鴉雀無聲，考會計有如聯考，緊張之外還是緊張。

全劇最重要的當然是飾演李教授人選，為了這個角色李玲玲煞費苦心，最後找到湯銘皓同學飾演，她本人並不酷似李教授，但化妝上臺，梳髻，穿旗袍，就把李教授「教學認真」的「貌嚴心慈」的風采演了出來，尤其她最後一句臺詞：「我是用心良苦，恨鐵不成鋼啊！」叫人聽了，不能不動容。

因為學生們是「兵演兵」，完全沒有演戲經驗，來自李教授故鄉江蘇南通的青年才俊穆曉澄，就被請來擔任義務導演。他在美國華納影視公司工作，不但有豐富的影劇經驗，也是黎錦揚教授自傳《躍登百老匯》一書之譯者，有了他的指導，「業餘藝人」也都有了專業的味道了。

慶生會主持人李恕成（一九六七）幽默風趣，逗著壽星不斷地哈哈大笑，他的妙語：「大家看到李教授都不相信，她已經九十九歲高齡了。但一看他的學生李恕成，連牙齒都掉光了，就不得不信了」聽得人人捧腹，事實上，李恕成「牙齒好像沒有缺。頭髮仍有三兩根。」

幸福的公式

學生代表簡鴻基（Bristol Myers臺灣部門董事長）、陳有智（美國數家銀行總裁）、李玲玲、廖敏聰（三菱公司顧問）、劉斌（長青書局老闆，代表復旦大學）、「好牧者教會月齡團契」團長，許引經等人都被邀上「憶往思今」，讓我們聽到許多李教授默默行善的好人好事，就連我這個平淡無奇的學生也受到百歲老師的精神感召。

我和李教授極有緣分，李教授在洛杉磯退休，我不但求得她的長壽秘訣，更驚訝的發現，九十九歲的李教授，她雍容華貴，豁達睿智，思想清晰，記憶驚人，李教授除了養生有道之外，在婚姻，家庭，與事業上也同樣的幸福美滿。

四十多年前我讀會計一竅不通，四十年後，常見李教授，我一向不通的會計，竟豁然大通。原來我們每一個人的一生也有一張資產負債表。李教授九十九歲的資產負債表上婚姻、家庭、事業、健康、長壽，各項處處平衡，樣樣美滿。以我的研究，這都是因為李教授對人處事，也用「有借就有貸，借貸要平衡」的初等會計原理，由是我野人獻曝，把李教授的幸福之道，用會計原理，寫成公式以打油詩的方式，獻給世上所有的有緣人，希望人人和李教授一樣，有一張幸福美滿的資產負債表。

〈幸福的公式〉

初等會計壹零壹
教授課裡有玄機
家庭事業與健康
借來貸去費思量
只要借貸能平衡
就是最完美的資產負債表一張
人生幸福有公式
會計教授好榜樣

福如東海……壽比天長……

原載《李兆萱教授（百齡紀念集）》

附錄：百齡李教授養生八要則

教授百歲。我有幸曾獲得她的養生八要則，現我抄錄如下，願與有緣人分享她的百歲秘訣。

養生八要則（李兆萱教授）

人人希望活得長久還要活得健康，卻非人人得償所願，其中因素甚多；為先天的遺傳與後天的際遇等等。可是最重要的一點乃在個人的養生保健工作，做得夠不夠？做得好不好？任何人倘欲延遲老化，延年益壽，就非要善自珍攝不可，是以古往今來，不少專家學者，達官貴人，寫下了許多篇章，告誡人們如何追求健康而長生不老，茲轉錄張（群）祕書長一文如下：

一、起得早

二、睡得好
三、七分飽
四、常跑跑
五、多笑笑
六、莫煩惱
七、天天忙
八、永不老

養生八要者乃是融合前人所言老，擇其要者重新組合而成。雖無新意與創見，但蘊含著很多人的體驗和心得，如能切實遵行，定能活得好且又活到老。茲再將八要則抄錄於後，以供參考。並祝諸位得到健康並享受健康，個個身強體壯，如松柏之長青，永不言老。

養生八要則

（一）生活要規律

一、起居有時

二、作息有序

三、動靜有制
四、勞逸有度
（二）飲食要控制
一、定時進食
二、細嚼慢嚥
三、營養足夠
四、還需均衡
（三）身體要多動
一、經常活動
二、量力而為
三、清晨體操
四、傍晚步行
（四）頭腦要多用
一、勤讀書報
二、增廣見聞

三、悠遊藝海

四、培養興趣

（五）胸襟要開朗

一、知足常樂

二、有容乃大

三、退一步想

四、多留餘地

（六）心氣要平和

一、怡情養性

二、笑口常開

三、不可激動

四、更勿動怒

（七）表裡要清潔

一、體內應清

二、體外宜潔

三、天天沐浴
四、日日通便

（八）守則要有恆
一、養生在動
二、養心在靜
三、持之以恆
四、效益無窮

臺灣經驗之六（同學幸世間）

臺大會計教授幸世間於二〇二一年九月一日病逝臺北，享年八十六。

幸教授是我臺大商學系（一九六三年）的同學，但他並不是一位普通的同學，而是比我們年長許多的退伍軍人。我們上大學一年級時只有十七、八歲，看到已是「中年」的同學，當然十分吃驚，覺得他很「老」。也許是因為打過仗、帶過兵的關係，他也真的十分老成，時時以老大哥自居，不時地照顧我們這群半大不小、說懂事又不懂事的同學。

那時（一九五九年）國民政府遷臺不久，百廢待興，臺大各院各系還都在起步階段，法學院有商學、法律、政治、與經濟四系。當時的商學系也很年輕，只有商學、國際貿易與會計銀行三組。幸世間棄武從文，從軍中退伍，當然是有備而來的，當我們還在為興趣與愛好舉棋不定的時候，他早已立志讀會計了。

臺大會計系十分有名，早年的幾位名師都以「嚴格」著稱。「初等會計」的李兆萱教授與「高等會計」、「成本會計」的朱國璋教授都是叫學生們談「會」色變的嚴師。

臺大商學系的「會計」非常先進（這是我後來才知道的），遠在那麼早的年代，我們學生就要讀歐美式的「複式簿記」記帳法了。也許很多人不知道，這種記帳法，在臺灣經濟與世界貿易接軌的進程中，發揮了極大的作用，成為日後臺灣經濟起飛的一大功臣。

「複式簿記」（double-entry bookkeeping），簡單的說是一種科學的記帳法，那就是將每一筆收入或支出的款項，分成「借與貸」兩方同時登錄，然後用「借貸平衡」的原理來防止記帳的手誤，或作帳的弊端。

沒想到，在中學上過代數、三角、幾何，又一次一次通過聯考的學子，居然會被只有「借與貸」兩個變數的會計搞得頭昏眼花。從外人看來，我們成天抱著一本英文會計書，在校園中走來走去的，十分神氣，其實我們真的有苦說不出，才不過寥寥幾筆小帳，居然借來貸去的，無法平衡。這時幸世間老大哥就會走過來拯救我們了：「等下我要去圖書館複習初等會計，要聽的跟我來……」就我所知，他當時確實拯救過不少的「迷途羔羊」。

大學畢業後，我們成家立業，各奔前程去了。我只是斷斷續續的聽到有關幸大哥的消息，知道他在美國讀完會計後，回母校教會計，逐漸地接下了李兆萱與朱國璋教授的棒子。以後他與幾位學成歸國的同學與系友，都出了新書，並改進了會計的教學方法，臺大談「會」色變的時代，也就慢慢的過去了。

二〇〇三年，我班畢業四十年，我一時靈感到來，寫了「四十年歲月悠悠」一文，細數我班同學近況。那時臺大商學系早已擴充為獨立的管理學院，兩座巍峨高樓，屹立於臺大校園中的基隆路上。我在網上找資料，看到臺大會計系林蕙真教授的網頁，提到她恩師幸世間將會計系系主任寶座讓給同學張鴻章的一段佳話，我這才知道我所認識的幸世間，原來還有我所不知道的一面。

至於我班同學張鴻章，確實是一位優秀的學者。他獲有美國賓州大學華頓學院（Wharton School）的經濟學博士學位，在擔任臺大會計系系主任以後，更於一九九六年，升任臺大管理學院院長。

二〇〇五年，李兆萱教授九十九大壽，商學系洛杉磯校友李玲玲發起為李教授編寫《百歲紀念冊》，我有幸被推為該書編輯之一，由是我自告奮勇，去聯絡我班的幾位李教授的接班人。

沒想到幸世間在電話中客氣的回拒了我，他的理由是早年從軍，吃過苦，到了老年身體差了。以後我又打過一次電話問他，他還是一樣，客氣的回拒了。鐘鼎山林，各有天性，既然他堅持，我當然尊重他的意願，從此不再催問。

又過了二年，我班在臺北開了一次盛大的同學會，幸世間和幸大嫂都來了，這還是我大學畢業四十多年來第一次見到他，他的外表幾乎沒變，反倒是他當年十七、八歲的同學都年入花甲，有些滄桑了。當晚他說話不多，但看得出來，他的健康已亮起了紅燈，當然更想不到這會是我最後一次見到他。

幸教授為人低調，謙虛為懷，他承繼了李兆萱教授與朱國璋教授的認真與嚴格，出書教學，培育英才，是學生心中的好老師，是臺大會計系成為臺灣會計龍頭的重要推手。我們回顧他的一生，從家世良好的愛國青年、到裝甲兵部隊的中校、到以實力考上臺大的高材生、到出國留學、回到母校教會計的用心與認真等等，無一不是奇人奇事。

最後值得一提的是，在幸教授臥病期間，我班同學洪文湘教授（曾任臺大會計教授與商學系系主任），將幸世間的會計著作，作了修正、再版問世，說來，這又是與幸教授有關的一段商學系佳話了。

後記：

我從同學張鴻章處得知，臺大會計系成立「臺大幸世間會計研究中心」，將於十二月十三日（星期五）舉行成立茶會。特此附上「臺大幸世間會計研究中心」成立茶會之文宣：

已故幸世間教授，任教臺灣大學會計學系二十四載，作育英才無數，為人清廉剛正、淡泊名利，畢生奉獻會計學術，素所共仰。要紀念一位有卓越貢獻的賢師，最好的方式莫過於繼續光大其志業。幸教授功成辭世之際，在張鴻章、尹衍樑、林世銘等多位幸師同學弟子的發起下，經由劉啟群系主任多方奔走，並蒙會計界賢達鼎力支持，終能成立「臺大幸世間會計研究中心」，並敦聘國際知名學者MIT Ross Watts 教授擔任中心創立首任主任。茲訂於一〇二年十二月十三日星期五，於臺灣大學管理學院壹號館B1正大國際會議廳舉行成立茶會，敬請各界先進及幸老師之友人學生大駕光臨，共襄盛舉。

（原載世界日報〈上下古今〉）

台大同學幸世間

與陳蕙真教授（左）

臺灣經驗之七（吃在臺灣）

近六十年來，由於歷史的因緣際會，中外飲食、南北小吃，盡匯於臺灣一島，又恰逢臺灣經濟起飛，人民生活富裕，培養出大批會吃、懂得吃的美食家，美食與美食家的相互碰撞的結果就產生了今天的臺灣美食。

臺灣美食之中最為人稱道的莫過於臺灣小吃。臺灣小吃，以價廉物美、推陳出新、種類繁多而蜚聲國際。

川味臺灣牛肉麵

牛肉麵，我們總以為源自大陸四川，大陸開放後，臺灣人去大陸旅行，才知道臺灣牛肉麵是臺灣獨創的，可能開始於到臺灣的老兵。總之，日後忽然變得如雨後春筍，一家比一家好吃，我小時候最愛牛肉麵，還要放些辣椒才過癮，後來發現辣會上癮，愈吃愈辣，這才終止辣癮。

在我讀書時期，在繁忙的課本之外，人生最大的享受就是和三五好友邊吃牛肉麵邊聊天。那時牛肉麵便宜，小孩子天不怕地不怕，隨便找一個路邊攤，坐下去就大吃起來，除了好味道，最叫人開心的是和幾位好友沒天沒地亂聊，反正坐多久也沒人趕你，要坐多久就多久。

臺灣的牛肉麵，愈來愈講究，愈來愈多元化，臺北市政府甚至年年辦「國際牛肉麵節」，舉行牛肉麵比賽。我弟住的東門就有家曾得第一名的牛肉麵店，我們常去吃，他們有紅燒、清燉兩種。我喜歡紅燒番茄（西紅柿）牛肉麵，麵湯略帶酸甜，合我口味。牛肉麵種類繁多，有的店還有咖哩、沙茶、麻辣等各種特別口味。

後來我發現我的老公也酷愛牛肉麵，自我們搬到洛杉磯後，四處找牛肉麵鋪，尋尋覓覓，居然被我們找到一家。

因我們常去，常跟老闆聊天，知道這老闆是成人學校的老師，他教新移民做牛肉麵維持生計。他店裡的師傅都是他牛肉麵班的學生。一定是老師有兩手，教出來的學生也不弱。

日後，中國城漸漸東移，老闆的麵店也就搬來搬去的。我上班的人口普查局，為了一九九〇的人口普查，就在聖谷找了個辦公室，我也被調去工作。有天下班，我居然發現這家牛肉麵店竟然搬到我公司附近，我大喜過望，從此經常下了班，買牛肉麵回家當晚餐。

有一天，如往常一樣去買晚餐，忽然老闆神神祕祕的來問我：「想不要開牛肉麵店？」我驚詫萬分，就吱支吾唔的說：「不想」，還加一句：「就是烹飪技術不行，才天天來買牛肉麵。」

原來，老闆想把店賣給我，他說「可以跟你合夥。」

我太吃驚了，就回拒了。

不久，我在報上看到，這位老闆回大陸開牛肉麵去了，在大陸生意火爆。

這事真叫我後悔得要死，這千載難逢的機會，賺不賺錢是一回事，至少我可以學做牛肉麵的手藝，以後走遍天下也吃得開呢！

溫州大餛飩

餛飩在福建叫餛飩；廣東叫雲吞；四川叫抄手。本是中國最普通的點心，只是不知何時跳出一種「溫州大餛飩」，在臺北的大街小巷流行起來。所謂溫州「大」餛飩，餛飩皮又薄又大，肉餡也多，味道極其鮮美。除了高湯，有的還外加紫菜、榨菜、蛋絲等誘人的配料點綴，看了都好吃。

據說溫州大餛飩也不源於溫州，是臺灣獨創的一種美食，源自臺灣眷村的溫州媽媽。

燒餅油條

我小時候，臺北的燒餅是用炭爐烤的，泥製的火爐燒得紅燙，師傅用手將灑了芝麻的麵餅，一片片貼在爐壁之上，幾分鐘後，用一個長柄鐵叉在烤好的燒餅後面，輕輕一鏟，voila！香熱酥脆的燒餅就出爐了，然後他把炸得肥胖金黃的熱油條塞在中間，再舀上一大碗濃熱香甜的豆漿端到我面前，烤得發黃的燒餅微微裂開，露出炸得油亮飽滿的油條，嗯，好吃！好吃！

隨著時代的進步，現在的燒餅油條店早就不用泥製烤爐了，代之而起的是現代烤爐，聰明的臺北人用它烤出來的燒餅和以前一樣，而酥脆則更有過之。

臺灣夜市和臺北美食街

沒去過臺灣夜市，等於沒去過臺灣。臺灣人多創意，因歷史的因緣際會，中外美食集於一處，臺北人又酷愛旅遊，國外美食經臺灣手一變，變成臺灣美食，臺北的夜市應運而生矣。

我們小時，夜市還不流行，直到近期，回臺灣旅行，才有機會見識。我去的第一個夜市是師大夜市，在臺灣應是個小夜市，小巧精緻，我們一進夜市，就如墜入迷魂鎮中，眼花撩亂，什麼都好吃！我們最先被引誘的是刀削麵，司傅當眾拿著一塊冬瓜狀麵團用刀往外削，削成麵條狀長條，我們當晚就點了碗刀削紅燒牛肉麵，正宗牛肉麵味道，好吃！

然後我們東逛西逛，有生煎包、滷味、烤雞等等，都是當街當眾烹調，現做現賣的，每個攤位前都大排長龍，剛剛一大碗牛肉麵碗下肚，已吃不下別的美食了，我只有忙著拍照。回家後做了個Power Point（幻燈片），時時播放，尤其那碗牛肉麵，使人饞涎欲滴，回味不已。

臺灣夜市形形色色，每個夜市各有特色，好吃的東西太多，一定要空著肚子去逛才行。

除了夜市，臺北還有一個有名的美食街——永康街商區。商區中小吃店林立，饕客雲集，從有名的鼎泰豐、高記、老張牛肉麵、東門餃子館、冰館（冰店）小店、菜場到街頭小吃等等，行行色色，應有盡有。

回憶臺灣熱帶水果

臺灣首富郭台銘響應韓國瑜市長推銷高雄農產品，第一批六千五百公斤的燕巢芭樂於三月中運到郭董深圳的龍華廠，郭董親自上陣賣芭樂，一小時之內，完全賣光，事後還有十五萬盈餘，內部會議決定將盈餘，退還給農民。以後鏡頭轉到田間的農民，他們在陽光下，收到萬元紅包，人人眉開眼笑的樣子，使我想起：「鋤禾日當午，汗滴禾下土，誰知盤中餐，粒粒皆辛苦」。

最近我和一位臺大農工系的朋友聊天，她特別提到早年的農耕隊。是的，臺大農學院很早就出國賺外匯去了。臺大農學院很有成就，記得我大一住宿舍，就常去福利社買紅豆和花生冰棒吃，據說這些冰棒是農學院研發出來的，甜淡適宜，有花生和紅豆的香氣，在臺灣炎炎夏日，黃昏時和宿舍室友們，大啖冰棒的美好時光，至今仍念念不忘。

我們外省小朋友，到臺灣時最愛吃熱帶水果，當時最普遍的是龍眼（桂圓）。臺灣處處龍眼樹，結果纍纍。記得有小朋友相告，他們爬到樹上，坐在枝枒間，大吃龍眼，吃到流鼻血為止。使我聽了，非常羨慕。

臺灣是水果王國，很多水果都是農業技術的改良。芭樂原產於中南美洲，富有唯他命C，但有一種獨特的，叫人難以拒絕的芭樂香。芭樂英文名：Guava，記得小時叫「巴拉」，我小時吃的野生巴拉，是小個頭，有紅紅軟軟的心，紅心中有很多咬不動的子。有一年，我回臺灣看爸媽，突然發現，巴拉不同了，個子變大了，中間軟軟的紅心變硬了，子變少了。只有那種迷人的巴拉香氣未改。

臺灣的蓮霧，是另一個例子，蓮霧是熱帶水果，原產地馬來群島，英文名「Syzygium」，形如玲鐺，在新加坡與馬來西亞叫水蓊、天桃，色彩紫紅而透明，多水多汁，名字美麗、顏值高，是很理想的水果。但對嗜甜的人來說，味道有些淡。後來蓮霧也漸漸變甜了，相信這都是農業改良的結果。

棗子是水果的大突破，本來棗子是瘦小、紅乾的水果，朋友家種了一株棗樹，生滿一樹的棗子，我們用網子去摘，覺得非常有趣。新改良的棗子，完全改觀了，長得像青蘋果，肥美多汁，我參加高雄工商訪問團去溫州作半屏山交流，溫州以青棗招待我們，這是我生平第一次吃到青棗，在錯愕之餘，我吃了又吃，覺得甜美無比，當時以為是溫州特產，現在回想，說不定就是高雄人帶去的。

釋伽（Sugar Apple）：英文名「Annona Squamosa」因果皮凸起，外型像佛頭釋迦牟尼而得名，裡面是像南瓜子的子包裹了甜美果肉。釋伽原產地美洲，目前全世界以台東生產最多，是臺灣輸大陸水果的第一名。有次，我們參加環島旅行，車到台東，忽然焚風吹起，我下車去買東西，都被狂風吹著跑，車外賣釋伽的人，就便宜賣給我們，一百元台幣一籃，我們撿了便宜，家家買了好多籃。

有次，我們大學同學會，住台東老爺飯店，同學中有兩位，在飯店請客吃晚餐，飯後水果是釋伽，據說這是新品種鳳梨釋伽（是本地種和秘魯種的混種）。到此，十道美食下肚，已吃不下了，只好打包回臺北，和弟弟一家分享，我們一致稱讚這種釋伽的甜美多汁。難怪是輸大陸水果第一名。

臺灣天熱，不適合種溫寒帶水果。臺灣長久無梨，後來在梨山種植二十世紀梨成功，全島歡欣鼓舞。我媽特別買來品嘗。就我記憶所及，當時的二十世紀梨，個子小小，但味道甜美，有點像如今的新疆李。後來我去山東旅遊，看到山東的梨，種類多，個兒大，水分充足，覺得山東梨實在太美味了。難怪在兩岸隔絕時，「梨」是多麼叫人思念的水果了。

現在臺灣賣得最好的是金鑽鳳梨。聽說菠蘿和鳳梨是有些微不同的，我小時候吃的好像是菠蘿，有點酸，要泡鹽水，因為要削皮，又有點酸，所以我比較少吃，我最喜歡吃菠蘿中間的心，因為比較甜。我在網上看到北京人試吃「金鑽鳳梨」，在他們試吃後，滿足的說「好吃」時，我感同身受，也覺得甜美細膩。不過，我近來聽說，金鑽鳳梨太暢銷，已賣完了。我希望韓市長訪美以後，可以在洛杉磯市場買得到。

用鳳梨製作的鳳梨酥，是到臺灣必買的伴手禮。鳳梨酥不但味美，還包裝精緻可人，是送禮的最佳禮品。

今年暖冬，全台水果盛產，從香蕉到鳳梨到芭樂全島盛產，我剛聽說紐約也要舉辦臺灣週，推銷臺灣水果。以洛杉磯離臺灣之近，我們只偶爾吃到為數不多的臺灣水果，實感遺憾！希望在不久的將來，可以大吃特吃，以解饞耳。

寫到這裡，我忽然想起在臺灣與父母相依的童年，懷念起臺灣的水果，似乎看見了：「鋤禾日當午，汗滴禾下土，誰知樹上果，顆顆皆辛苦」的鏡頭。

臺灣夏天的清涼味

「春天不是讀書天，夏日炎炎正好眠，秋天一過冬天到，收拾書包好過年。」這是我這個懶學生的座右銘，反正一年四季，季季都不是讀書天。

「夏日炎炎正好眠」，我家從大陸到臺灣，我才真的領會夏熱的滋味。剛去臺灣，沒有冷氣，那種熱像是蒸籠的悶熱，尤其上學，坐在熱騰騰的教室之中，老師在臺上講課，學生就在台下打瞌睡，尤其下午的課，更是昏昏欲睡。

就因臺灣天氣燠熱，加上臺灣人對吃的創意，臺灣的防暑小吃不但數量多，種類也數不甚數。其中最簡單的莫過於綠豆湯，綠豆湯性涼，清熱解毒，每到夏天，媽媽總會準備一鍋綠豆湯給家人解熱。

到了炎夏，街上會出現手推車酸梅湯的叫賣，打著「正宗北平酸梅湯」，生津止渴的旗號，想必是臺灣外省人帶來的，酸梅湯由烏梅、仙楂、冰糖、甘草等中藥熬煮加冰而成，烏梅取其酸，冰糖取其甜，後來有人更以加桂花、陳皮，以特有香氣吸引顧客。也有人為了衛生，去中藥店買材料，在家自己熬煮。我到美國以後，發現店家開始賣「酸梅湯基礎包」只要買現成的基礎包，倒入鍋中一煮就好，那就更方便了！

臺灣的夏日消涼聖品還有愛玉，仙草等，愛玉瑪瑙色，仙草色黑，容易辨認。愛玉透明、是臺灣特產，盛產於中央山脈的一種藤本植物，纏繞於岩石或樹幹之上，雌雄異株，雌果有豐富的果膠和果膠脂酶，愛玉子可在水中搓揉成果凍，加碎冰和檸檬汁成愛玉凍。據連雅堂著《臺灣通史——農業志》記載：「某有女曰愛玉，長日無事，出凍以賣，飲者甘之，遂呼為愛玉凍。」愛玉與另一種亞洲植物「薜荔」（音畢利）相似，所以有人稱之為變種的薜荔。

涼粉草（英文Chinese Mesona），臺灣叫仙草，色黑，有特殊香氣。潮汕稱「草粿草」，是涼粉（燒仙草）原材料。涼粉顧名思義，是降溫解暑的寶物，仙草用水煮後，過濾，可煮成茶，但一般用澱粉勾芡，成仙草凍，仙草以臺灣新竹關西最有名，稱「關西仙草凍」。

臺灣最直接的解暑妙方，莫過於吃冰了，早期的臺灣，冰店都十分簡陋，我們到冰店吃冰，吃的是「刨冰」，那就是老闆和老闆娘，從冰箱中取出一塊人造冰（除了高山上，臺灣不下雪，冰都是人造的）然後放在一個刨冰冰器上刨出雪花花的雪粉，雪粉上澆上糖水，是解暑的最佳良方。後來經濟富裕了，雪粉上的配料愈來愈豐富，在臺灣的學生生活，最叫人懷念的莫過於邀約三五同學或友人去冰店吃刨冰，逍遙自在的吃冰消涼，有一句沒一句的談天說地，談當時最喜歡的明星什麼的，年輕是多麼的快樂！多麼的無憂無慮！有了冰，臺灣的夏天也不熱，我們的心也不煩躁了。

自臺灣生活富裕後，品味愈來愈精緻了，擺設愈來愈藝術化了，刨冰可以任意挑十來種配料，上面提到的綠豆，愛玉和仙草都可任意加添，我最愛的一種芒果刨冰，層層芒果片上面澆著厚厚濃濃的黃色奶精，看了就叫人食指大動，饞涎欲滴，芒果味特別香甜，吃過一次就不想吃別的了。

當年的冰棒很簡陋，就是糖水加色去冰凍一下。臺灣的農學院很了不起，尤其臺大農學院，對臺灣的農業作了很多改進。我大一住臺大第三女生宿舍，每到黃昏，在燈光暗淡，天氣炎熱，和蚊蟲叮咬下，無心讀書，就拉著室友去福利社吃冰棒，福利社的冰棒是臺大農學院研發出來的，他們的紅豆和花生冰棒特別好，味足，甜味適中，當時覺得此味只有天上有。多年後我回臺灣，發現當年的冰棒已遍佈全臺灣，更美味了。

後來臺灣流行「波霸奶茶」，傳到美國，我一試之下，驚為天人，我特別愛吃奶茶中的黑珍珠。每次駕車去東區小臺北買菜，吃飯，都會順便買一杯奶茶，在烈日照射下，一面開車，一面喝著回家，夏日炎炎，暑氣頓消。

在美國，中國超市什麼都買得到，愛玉、仙草都買得到罐裝，洛杉磯是地中海氣候，夏日高溫，可達華氏百度，朋友們聚餐，有聰明的家庭主婦就做一大盆涼湯，倒入愛玉、仙草，各類熱帶水果，甚至南洋椰塊椰心等，再加一瓶百事可樂，倒入碎冰塊等合成一大盆世界合璧的綜合清涼湯，作法既簡單，又清涼止渴，真人間美味也。

少小離家

我七歲到臺灣，在去臺灣的七年前，我隨著父母，東奔西跑，沒有安寧過，我對大陸的回憶，也因此都是零零星星的。

我出生於四川海棠溪，一個美麗的城市，一條美麗的河流。父親晚年告訴我，因為你，我還特別辦了一家幼兒園。我都記不得了，我是家中的老大，記性最壞，我小弟說他三歲的事，有的還記得，而我，什麼都記不得了，只有保留下來的幾張照片，還有些早年的痕跡。

第二年弟弟出生了，我爸抱著弟弟，照了好幾張照片，我站在旁邊的竹床中，一手拿著一個搪瓷杯，鼓著一張小胖臉，傻傻地向前看著，這是我生平第一張生活照，這麼小，似乎就對未來充滿了迷茫。

「飛流直下三千尺，疑是銀河落九天」（李白）。廬山是中國的名山之首，夏日涼爽，是富人的避暑勝地，我何其榮幸，在如詩如畫的名山中，度過了幼年的兩個年頭。

我一年級，帶弟弟去上學，老師師數來數去，都多出一名學生，後來把我弟弟叫出來問：你是誰？我媽說我理直氣壯大聲的說：「他是我弟弟。」弟弟是數學天才，我媽常在朋友前炫耀弟弟的心算。我的數學剛好不及格，有一回，老師問我：三加五等於多少，我回答：二。老師跑過來，捧著我的頭直搖，一付無可救藥的樣子。

我二年級時，老師選我參加演講比賽，我初生犢兒，不怕生，站在學校的大石頭上練習，侃侃而談，結果拿了第一名。我媽九十歲去世，去世前，她還記得我的演講：「舞臺這麼大，你的個子這麼小，一個人在舞臺上表演，好像整個舞臺都是你的。」

好像這是我這個女兒做得最叫她驕傲的事了。

在廬山，我最記得的是蟬嘶和雞冠花。廬山的蟬鳴竟是如此的清脆響亮，因為天氣炎熱，我們小朋友，都得睡午睡，我總在清亮的蟬鳴聲中昏昏睡去。

雞冠花，花頂毛毛的像雄雞的冠，我在臺灣很少見，在美國根本見不到，我去參加海外華文女作家協會開會，居然在廈門的花園中意外的看到大紅色的雞冠花，我如獲至寶，左拍照右拍照，好像又回到那清純愛花的幼小年紀。

過年是難忘的時刻，民間人士組成的新年民俗團來一家家的表演，因為我爸，他們就說：「為警署長，多表演一場吧！」他們就在我家門口表演，我也擠在人群中觀看，老背少，娶新娘，多麼簡單迷人的民俗。我最愛貝殼精，喜歡看貝殼一闔一合的神態，後來，我在溫州博物館看到貝殼精的紙貝殼，我覺得十分傳神有趣。

這種農閒時中國特有的民俗，在外國是看不到的。

那時，因為環保意識，山上沒有汽車，上山下山都要坐轎子，我小弟離開四川時，才一歲，所以他在廬山長大。聽我媽說，因為廬山有錢人，平時不住廬山，就把鑰匙，交由一位先生統一保管，像我們短期居住，那位先生，就開了一幢房子給我們居住，例如說，我們家就借住過宋子文別墅，可惜我都記不得了，因為這種空著的別墅甚多，既寬大，又漂亮，大家住著，也見怪不怪了。

我小弟自小住在廬山，覺得世界上最可怕的，莫過於老虎，所以，當我們離開時，到九江坐浙贛鐵路，去上海和父親相聚，我小弟才四、五歲，生平第一次見到汽車，他臉色蒼白，慌張跑來大叫：「老虎！老虎！」這個鄉下土包子的笑話，一直被家人笑。

我們一家人，後來逃難到福州，去投奔我媽的表弟，此時，已戰火連天，我們無校可上，只有在家摺不值線錢的金圓券，摺船是我們的最愛。我們租了間民宿，和鄰居打成一片，學說福州話，我媽的表弟，是個胖子，我跟著大家用福州話叫他「阿布端」。我和鄰居小朋友玩在一起，但我很受大人歡迎，鄰人中有位大學生，每到黃昏，就騎著腳踏車，帶我出去兜風。有天，我看他在園內擺地攤，賣東西，我去看熱鬧，他就隨手送我一本書，我當時識字不多，只認識言慧珠幾個字，這是我人生收集的第一個寶貝，就愛不釋手的帶去了臺灣，後來才知道是那位大哥哥的京戲戲譜。戰爭中的萍水相逢，以後再也沒見過面，我常想到那位大哥哥，他是否賣家當，湊足了旅費，去了臺灣？我們後來去了臺灣，我也逐漸長大了，女大十八變，我想就是見了面，他也認不出，那個烽火中，暫時住在鄰家瘦小吱喳的女孩了吧？

後來父親來福州接我們去了臺灣，我們就此告別了美麗的祖國，只有一次又一次的旅行，去完成我少小離家的遺憾。每次回美，都會想起鄭愁予的〈錯誤〉：「我打江南走過，那等在季節裡的容顏如蓮花般開落……我達達的馬蹄是美麗的錯誤，我不是歸人，是個過客。」

第二章　鳥語花香

沙漠奇花

位於洛杉磯的杭廷頓圖書館（The Huntington Library）植物園，佔地一百二十英畝，有十多個主題花園。四月初是洛杉磯遊春的最佳季節，植物園中，綠葉新發，樹上鳥聲啾啾，春花正開，花間蜜蜂嗡嗡。茶花、杜鵑、玫瑰，紫藤……千朵萬朵，姹紫嫣紅，香氣四溢。

在一片花海當中，最難得一見的，當推「沙漠花開」的奇景。

沙漠公園（Desert Garden）佔地十英畝，收集了五千多種Cacti（仙人掌）或Succulents（沙漠多肉植物），是世界上歷史最久、佔地最廣，收集種類最豐富的室外沙漠花園。

所謂沙漠，必有缺水之苦。沙漠植物是自然界「窮則變，變則通」的最佳模範。為了生存，沙漠植物不得不挖空心思，千變萬化，想出各式各樣的「特異功能」來儲水省水。例如仙人掌，為了將水氣蒸發量減到最低，不惜改變體型，演化成各種圓形球狀，葉子退化為針刺（兼防敵人吞食），莖則變得肥厚飽滿，便於儲存水分。

在千萬種省水妙方當中，最神奇的，莫過於「景天酸代謝」的化學變化。原來有些沙漠植物，為了減少白天高溫失水，就把吸收二氧化碳的氣孔白天關閉，改為晚上開啟。但因夜間無陽光，無法進行光合作用，他們就將吸進來的二氧化碳轉化為蘋果酸儲存體內，到了白天，再將蘋果酸轉回為二氧化碳，進行光合作用。真想不到，看似「木訥」的植物，竟會如此的聰明！（景天酸代謝 Crassulacean Acid Metabolism，簡稱CAM，是最先發現於景天科植物上的一種現象）。

就是因為省水儲水的方式千奇百怪，沙漠中就產生了一群群奇形怪狀、可愛無比的植物：有的「葉瓣」像玫瑰，一朵朵整齊排列，有如幾何圖案；有的形如大鼓小鼓，然而全身上下佈滿堅針硬刺，叫人退避三舍，不敢招惹，待走近細看，卻發現這些刺針的「製作」極為精美；更有的身上滿披軟毛，叫人憐愛有加，忍不住伸手去摸一下，結果刺了一手的血，小刺扎進手指中，連拔都拔不出來。

看花要看天，沙漠植物的花季短促，年年不同，我曾多次來沙漠花園，不是花期剛過，就是花期未到，只有這一次運氣極好，正好趕上花開季節。

沙漠之花多濃豔。豔麗多彩的鮮花開在稀奇古怪的沙漠植物之上，奇上加奇，新鮮有趣，我們一面遊園，一面讚嘆，又一面驚呼不已。園中有一種叫Puya Alpestris的樹木，遠看平淡無奇，但那樹上又藍又綠、美得怪異的外星花朵，使人情不自禁、一再地驚問：「這花是真的嗎？」

「You've come a long way, baby!」沙漠花園中的奇花異卉，不但是真的，而且都是經過漫長的煎熬與痛苦、浴火重生的奇蹟。無論外在的環境如何惡劣，他們都能改變自己、適應環境、開出美麗動人的花朵來。

流芳園、荷花、睡蓮

（一）流芳園（Garden of Flowing Fragrance）

橫槊賦詩、文采風流的翩翩公子曹植（西元一九二年至二三二年），從京都洛陽回封邑鄄城，在洛水邊休息時，恍惚中見到一位絕色佳人，佇立於水中崖石之後，曹植為她超凡的美貌，與高貴的氣質著迷不已，回去後，就寫下了千古傳頌的〈洛神賦〉。

曹植在「洛」水邊所見的「洛神」，翩若驚鴻，婉若遊龍，風華絕代，美之極也，她步履所過之處，更是花香瀰漫，步步生香，美不勝收（踐椒途之郁烈，步蘅薄而流芳），就在二千年之後，萬里之外的「洛」城，也以她走過的芬芳美景為藍圖，建造了一座美侖美奐的中國庭園，並以「步蘅薄而流芳」取園名為「流芳園」。

「流芳園」位於洛杉磯「漢庭頓圖書館」（Huntington Library）之內，占地十二英畝，是亞洲以外最大的中國園林，面積與江蘇拙政園相當，有「海外拙政園」之美譽。

圖書館對庭園的興建十分慎重，不但經過長達十餘年的策劃，還特別從蘇州延請著名園林設計師前來設計與參與築建工程。因為經費的緣故，庭園工程分二期進行：第一期工程佔地三點五英畝，於二〇〇八年二月對外開放，目前第二期工程已經完成，重達一千噸的太湖石已經運裝好，在原有的人工湖、平臺與石橋之外，還要加上第一期所沒有的畫舫、戲台、假山、盆栽區與觀景台。

「流芳園」是一座江南園林，進門處的格局與蘇州拙政園相似，波狀的白牆上覆蓋著黑瓦（景雲壁），太湖石與綠竹相映成趣，雖然園中的一石（太湖石）一木（雕刻）皆來自中國，畢竟洛城不是煙雨濛濛的江南，流芳園又才完工不久，庭園看起來似乎「新」了一點，但除了這些說不清、理還亂的「故鄉情結」之外，園中的亭台、拱橋、迴廊、假山，漏窗等，無不美感十足，拍出來的照片，張張色彩雅致、景色迷人。

（二）荷花（Lotus）

七、八月中最亮麗的主角當推荷花了。

流芳園中，處處有水，有水處就有荷花。「愛蓮榭」是設計師精心設計的觀荷景點，「愛蓮」兩字，取自北宋周敦頤的「愛蓮說」：「予獨愛蓮之出淤泥而不染」。「愛蓮榭」前有一塘一湖，人坐「愛蓮榭」中，就可近觀「碧照塘」的荷花花容，但要欣賞遠方「映芳湖」的蓮荷，就必須沿湖繞行，且走且看。流芳園的建造，用的是「移步換景」的中國園林佈局，一步一景，景景不同，遊人沿湖漫步，不論過橋、過亭、過洲，處處賞心悅目，風景宜人。

「荷花」和「蓮花」，花似而名不同，這兩花之間到底有什區分，實在叫人撲朔迷離，分辨不清。後經查證，「荷花」是「蓮花」的學名，荷花就是蓮花，蓮花就是荷花。李時珍在「本草綱目」（一五七八年）中說荷花是根據「荷」的外形而命名的：「蓮莖上負荷葉，葉上負荷花，故名。」荷花的別名甚多，最常見的有芙蓉（水芙蓉）、菡萏（音汗旦）、芙蕖等。「說文解字」更進一步的解釋：「未發為菡萏，已發為芙蓉」。荷花在中國古藉中現身甚早，三千年前的詩經就有「山有扶蘇，濕有荷華」之句，「荷華」就是「荷花」。

二〇〇八年八月，我初訪流芳園，園中荷花新栽不久，雖離青蓋亭亭、一池熱鬧的情景還有一大段距離，然就在為數不多的紅荷、翠葉、蓮蓬之間，蝴蝶翩翩飛舞，蜻蜓頻頻點水，已頗有江南風味。一隻在南加州少見的紅蜻蜓，停佇在花苞之上，久久不肯飛去，吸引了不少遊人……「小荷才露尖尖角，早有蜻蜓立上頭」（宋・楊萬里）……知否？知否？你在這花苞上已停了一千年了呢！

南宋定都於「有三秋桂子，十里荷花」的杭州，詩人詞人詠荷的詞句特別傳神。姜夔形容荷葉是「青蓋亭亭」，荷花是「嫣然搖動，冷香飛上詩句」，句句都是神來之筆；而北宋周邦彥「家住吳門，久作長安旅」，寫的就是我這「半個杭州人」。

附錄：

〈**念奴嬌**〉（南宋・姜夔）

鬧紅一舸，記來時嘗與鴛鴦為侶。三十六陂人未到，水佩風裳無數。翠葉吹涼，玉容銷酒，更灑菰蒲雨。嫣然搖動，冷香飛上詩句。日暮青蓋亭亭，情人不見，爭忍淩波去？只恐舞衣寒易落，愁入西風南浦。高柳垂陰，老魚吹浪，留我花間住。田田多少，幾回沙際歸路。

〈**蘇幕遮**〉（北宋・周邦彥）

燎沈香，消溽暑。鳥雀呼晴，侵曉窺簷語。葉上初陽乾宿雨，水面清圓，一一風荷舉。故鄉遙，何日去？家住吳門，久作長安旅。五月漁郎相憶否？小楫輕舟，夢入芙蓉浦。

（三）睡蓮（Water Lilies）

蓮花與睡蓮是荷塘中的一雙美女，在高大挺拔的荷花身邊，睡蓮顯得嬌小羞澀，楚楚動人。睡蓮俗名是Water Lily（水中百合），原產於北非和東南亞的熱帶地區，學名為Nymphaea，源於拉丁語Nymph，Nymph有人翻譯成「寧芙」，是神話故事中半神半人的水中女神，被視為聖潔、美麗的化身，也是古埃及的「尼羅河新娘」。

在中國，二千年前就有睡蓮的記載，東漢輔佐昭宣兩帝的大將軍霍光在「園中鑿大池，植五色蓮池，養鴛鴦三十六對」，這「五色蓮」，指的就是花色繁多的睡蓮。

睡蓮和蓮花（荷花）雖同是水中之花，卻是兩種截然不同的水中植物。荷葉與荷花，落落大方，高高的伸出水面，而睡蓮的莖梗卻十分軟弱，只能任蓮葉飄浮水面；又荷花有蓮蓬、蓮子，而睡蓮則無；睡蓮也沒有藕，她的根像芋頭。

漢庭頓圖書館中可看Water Lilies（睡蓮）的地方不止一處，除了流芳園與日本花園之外，還有一個「Lily Ponds」，在沙漠公園（Desert Garden）附近，池塘小巧精緻，水聲潺潺，池邊四周滿種綠竹與熱帶植物，在綠蔭之下，睡蓮、荷花與各種水草並存，設計之美，堪稱洛城早期水景庭園之精品。

池塘之中，一朵潔白的睡蓮，藏在蓮葉與水草之間，她的潔白、她的孤獨，好像是Theodor Storm（施篤姆）的經典名著《茵夢湖》（Immensee）：垂垂老矣的萊因哈特，想到了青梅竹馬的伊麗莎白……「黝黑的水波，一個接一個的推向前，愈來愈深、愈來愈遠……在那遙遠寬闊的葉片間，孤寂的飄浮著，一朵白色的睡蓮……。」

歲月像水波，一個接一個的推向前，當年曾經為茵夢湖傷感的少男少女，已在逐漸的老去……而蓮塘中，朵朵睡蓮，浮在水面之上，朝朝暮暮，依然嫵媚。

後記：

今年三月，我的電腦當機，去年荷塘喧鬧繁華的照片也就消失了，為了彌補損失，我今年七月二十三日，再去流芳園賞荷拍照，誰知一年不到，去年亭亭玉立的紅荷不見了，「碧照塘」中只有數十枝快要凋謝的白蓮，看來今年忽冷忽熱的異常天氣，縮短了荷花花季，八月不到，花季就要接近尾聲了。幸好我在Lily Ponds找到了紅荷，叫人慶幸的是今年的睡蓮，開得比去年還要漂亮。

橡樹的故事

橡樹是美國國樹，一般長得魁偉高大，相貌堂堂，是美國強盛、多元和美麗（Strength，Diversity and Beauty）的象徵。

橡樹主要分佈在北美洲，在歐美文學與藝術作品中時有所見。一九七三年美國的一首《Tie a Yellow Ribbon Round the Ole Oak Tree》（把黃絲帶紮在老橡樹上）的歌曲，更風行全球，無人不知，無人不曉。

在南加州，以橡樹為名的城市、街名，比比皆是。其中尤以位於洛杉磯西北山谷的小城千橡市，最為有名。現拜市名之賜，橡樹不但得到市府法令保障，居民也以保護橡樹為己任，千橡市因而成為洛杉磯附近橡樹保存得最好的一個城市。

因為橡樹給人壯健天成、易長易養的感覺，所以一般人對橡樹的「生老病死」多不關心。其實橡樹和其他花木一樣，因氣候、環境等等差異，而多種多樣，在美國就有九十種之多。好在南加州街邊路旁常見的，大抵只有落葉的Valley Oak（山谷橡）和常青的Live Oak（常青橡）兩種而已。

我家門前馬路的正中央，曾有一株落葉型的「山谷橡」，長得極其威武雄壯，我每次路過都會對他肅然起敬。這株橡樹之王，秋冬落葉，春天長茼蒿狀綠葉，樹幹粗壯，樹皮粗糙，有一片片寬闊的魚鱗裂紋，像是歷經風霜的北國男子。龍蟠虬纏的枝幹，在樹葉落盡後，尤為遒勁，特別有英雄氣概。

想不到這樣一個威武不屈的錚錚鐵漢，卻經不住病菌噬食，雖經學者專家們百般營救，終因病入膏肓，不得不離開敬他愛他的人們而去。當他離去後，我們從「訃文」中得知，這株德高望重的橡樹王，已經壽高三、四百歲了。

樹王被砍掉以後，鄰居們依依不捨，在原地刻石立碑留念，並重新種植了一株四季常青的常青橡。現在石碑上有一張歷史舊照：在一大片黃土地上，一株大樹巍然屹立。那株大樹就是現在被命名為Lone Oak（獨行俠）的橡樹王。

橡樹是長壽之樹，樹齡三、四百歲的並不少見。在千橡市附近有一座叫Encino的城鎮（Encino，是西班牙文常青橡的意思），就曾有一株叫Lang Oak或Encino Oak的老橡樹，活了一千年，一直到一九九八年才倒下。據報上說，倒下的原因是蟲害，和聖嬰現象（El Nino）所帶來的雨水浸泡。這株自中國北宋時就誕生的老橡樹，一直站在同一個地方，歷經暴雨、狂風、大火與地震等的自然災害，也經過印地安人、西班牙人和美國人的統治。一千年以來，他一定什麼都看過，什麼都遭遇過，終究還是抵擋不過蟲害、雨水浸泡和環境污染。

橡樹雌雄同株，有雄花也有雌花，但一般人很少看到，那是因為橡花色綠個小，極不起眼。而橡子則時常在鄉間、公園和路上被人撿到。這些橢圓形、果核或棕或綠，包裹在杯狀「帽子」中間的種子，就是英文叫Acorn的橡子。

橡子和橡葉含有丹寧酸，會傷及牛、馬、羊等動物的腎臟和腸胃。但橡子卻是印地安人和西班牙人的食品，只是味道苦澀。退澀去苦，頗為麻煩，倒是松鼠們捧著大咬大嚼的美食。

橡樹上還結有貌似土豆（馬鈴薯）的「圓形果實」。這些「果實」大小不一，大的有乒乓球大小，緊夾在橡樹小枝間。如用力掰開，裡面有像乾海棉似的纖維狀物質，實實硬硬的，上面有小洞。原來這綽號叫「橡樹蘋果」的樹瘤（Galls），是一種黃蜂（Wasp）用來產卵孵幼蟲的窩。

橡樹枝幹一般生得低，枝葉常拖在地上，看起來就像梳著「爆炸頭」的男女。如要橡樹長得高頭大馬，就需要經常修剪。也就因為修剪的關係，被剪斷的枝幹留下大疤，所以橡樹看起來一身都是瘡疤。這些瘡疤並不影響樹的威武，反而顯得老辣。我曾看過幾株滄桑老樹，他們枝幹如龍在飛，如蛇在纏，像是達到至高境界的中國書法。

常青橡，四季常青，葉小而濃密，樹葉邊緣一般成鋸齒狀，有點像冬青葉（Holly）。但樹幹較山谷橡平整光滑，所以不顯粗獷，只是壯碩而已。

常青橡樹高葉密，冬天不落葉，自然而然地成了百鳥棲息的天堂。我家屋後山坡上有十來株這種橡樹，葉密枝茂，樹樹相連成林。橡林中鳥雀成群，每天飛出飛進，最明顯的是有一群烏鴉世居於此。這群烏鴉，聒噪不休，時常成群結隊地從我家屋頂低空疾飛而過；又有時在鄰居樹上，不停地從這個樹頂躍到那個樹頂，呼朋喚友地，好像在比賽籃球；又有時在黃昏時刻，比翼雙飛，甜蜜又安詳。這些橡林鳥雀與人類和諧相處，彼此尊重，悠然自在地過著快樂與幸福的生活。

現在的「大洛杉磯」是座超級大城，但由於多年來不斷地開發，許多珍貴的樹木都不得不讓位於人。千橡市是一個限制擴充的城市，人口增加緩慢，橡樹不但有法令保護，居民也十分珍惜寶貝。如今千橡市處處橡樹，尤其年屆耄耋的老樹，因沒受到都市擴充時的嚴重破壞與砍伐，至今仍保存良好。這些歷經歲月、老而彌堅的橡樹最具魅力，他們有著中國書法老而澀、澀而辣的剛勁氣概，真叫人百看不厭。

月下佳人

這次瘟疫突然襲來，長達兩年多，連美國這樣自由的國家也開始「禁足」，一般日常活動被迫取消，一些日常快樂一一被剝奪後，「問渠那得清如許，為有源頭活水來」，禁足期間，我們成了沒有活水的魚。

在一片哀聲嘆氣中，唯一能鼓舞我的是我家的兩位月下佳人：曇花和火龍果。

曇花

小時候在臺灣，曇花是稀有珍貴的花卉。父親的朋友中有種曇花的，總引以為寶。他家的曇花開了，便奔相走告，準備茶水點心大宴賓客，邀請親朋好友到家中觀花賞月。

所以我自小就以曇花為珍貴。曇花夜間開花，開花時間極短，如不及時觀賞，就看不到了。曇花雪白美麗，香氣盈盈，在月下靜靜地開花，常令我驚豔不已。

我們搬到洛杉磯後，朋友送了我們一盆曇花。曇花之美是脫俗的，從不張揚，每年到了花季，我一定找出照機拍照，拿出紙筆寫詩讚頌，歲歲年年如此，好像這世界上，只有「一花一世界」。

曇花，拉丁學名為Epiphyllum Oxypetalum，簡稱Queen of the Night（夜后），仙人掌科，花重瓣，純白色。原產地墨西哥和中美洲的沙漠，它之所以夜間開花，是因為沙漠地區天乾地旱，不得不改變生活型態。

洛杉磯和墨西哥比鄰而居，應當也適合栽種曇花。但朋友初贈時，數年不開花，老公問朋友，朋友輕描淡寫地說：「多澆點水。」此一秘方，我們一用多年。我們的曇花從原來每年九月開花一次，到後來，從每年六月一直開到十月不斷，甚至到十一月初還群花怒放。曇花一次可開一、二十朵，如同時開放就很壯觀。如果是一次開一朵，則有孤芳自賞的安靜優雅。今年因為天熱，七月的花還沒凋謝，八月的花苞就已紛紛竄出來。

火龍果

最近我們又找到曇花的堂姊妹：火龍果（Dragon Fruit），兩者品種相似，都屬於仙人掌科，但中文名字卻相差甚遠，一安靜，一鬧火。

火龍果的拉丁學名為Epiphylllum Pitahaya，不但和曇花極為相似，連葉子形也極近似。火龍果葉上有刺，用以保護果實，而且葉厚呈立體三角形，可多存水。它的葉也是落地生根的，因為栽種容易，又不需照顧，果實甜美，在我們華人朋友中，很多人家種火龍果，分享火龍枝葉也成為朋友間的一樁美事。朋友送我們一盆插枝，到第三年就有果可食。但因天氣差異，火龍果的產量不定，我家種植多年，由一年一顆到十一顆，年年不同。

火龍果原產地也是墨西哥和中美洲，和曇花一樣，它也在夜間開花。火龍果花既大且美，是曇花的一倍，有一尺長，花開時極為壯觀華美，有霸王花之稱。開花後，它會開始結果，留下皮紅、肥美多汁、混身是寶的火龍果。

每年的七、八月，火龍果多刺的條莖上會突然爆出一兩粒花苞，被綠色絲帶似的葉瓣層層包裹，接著「一瞑大一吋」，花苞不斷迅速抽長，一個月後，隨著日出日落，被綠色絲帶一層層撐著向上攀爬的花苞，變大變胖，胖到像一顆玉米。終於在八、九月中的一個燠熱的黃昏，花苞緩緩地鬆開，綠色絲帶的葉瓣一瓣瓣向後倒了下去，被緊緊包裹了的米黃色花瓣露了出來，在夜幕中綻放了。厚厚密密的黃色花粉，圍著像花一樣的花心，恣意地綻放，受到黃色花粉與淡淡幽香所吸引的昆蟲，在花粉間爬來爬去，夜色中，沾滿金色花粉的昆蟲，完成了授粉的任務。

疫情禁足期間，日子過得枯燥煩悶。到第一個夏天過了一半，我才想起夏天是仙人掌季節，到園中一看，曇花已花開花謝了好幾次，火龍果早已結了苞，快開花了呢！此後，我的生活又有了生氣、有了希望，我每天去看曇花和火龍果，日日等待，從曇花的花開花謝，火龍果的結苞、開花、結果、果紅、果熟……每一個等待都是都是希望，都是沉悶燠熱日子中的陣陣清風。

萬紫千紅總是春

白雪覆蓋了寂靜的小路
幾片淡紫乍然冒出
花瓣上還留著
點點冰珠

受盡寒風淩虐的枯木
一夜間盎然復甦
爆出新綠
滿枝滿樹

殘雪猶在窗外徘徊
迎春花就撲面而來
以嬌滴滴的嫩黃
驚心觸目

美國幅員廣袤，東西溫差大。我曾在紐約羅徹斯特居住九年，羅城的冬季既冷又長，春天要遲到五月才姍姍來遲。所以在漫漫長冬中，我最盼望的是看到滿樹爆出的新綠，那綠油油的新葉，欣欣向榮，帶來萬物新生的希望。隨著春日的乍然到臨，殘雪裡冒出萬紫千紅，繁華多彩，總是帶給我滿懷無比的驚喜。

淡紫的番紅花，花形像一球矮小的鬱金香，當大地還覆蓋著白雪，它就迫不及待地從雪中掙扎出來，花瓣上還頂著碎冰。正如春江水暖鴨先知，番紅花就是帶來春天資訊的使者。一種秋天開花的番紅花最為奇異，它們生長在印度、伊朗、西班牙等熱帶地區，其金黃色花蕊就是世上最昂貴的香料「藏紅花粉」，用它作的飯菜會變成美麗的紅黃色，還帶著特殊的辛香味，是西班牙名菜海鮮飯的主要調味作料。「藏紅花粉」每磅約值五千美金，價比黃金，有「紅金」之稱。昂貴的原因是因為採集不易，一磅的藏紅花粉需要從七八萬朵番紅花上採集。可惜我家這種生長在北美早春的番紅花沒有藏紅花粉可採。

迎春花的中文名字叫連翹，在初春時，綻放一樹耀眼的嫩黃黃花，所以被稱為迎春花。連翹出自《神農本草經》，清熱解毒，是治感冒良藥。在沉靜了一冬的原野，叢叢散佈在大地的迎春花，把大地燃燒出金黃的色調。

一九八〇年，因為老公更換工作，我們十一月來洛杉磯找房子，當時羅徹斯特已是攝氏零下二十多度，而洛杉磯依然陽光和煦，有如初春，我們沐浴於陽光之下，好像在作夢。從此我們定居洛杉磯，不再回美東。

洛杉磯屬於地中海氣候，溫和少雨，常年陽光普照，花樹也開得繁盛。每年二月，首打頭陣帶領萬花突如其來的是梨花。正是唐朝岑參所寫：「忽如一夜春風來，千樹萬樹梨花開」，加州南部的改良梨樹，只開花不結果，潔白的花瓣特別嬌嫩，只要一吹風，就如江南柳絮，滿城飛舞著白花。

一八九〇年，加州州立花卉協會舉行了一次選美比賽，有三位本地土生土長的美女參加：它們是蝴蝶花（Mariposa Lily）、瑪蒂麗哈百合（Matilijia Lily）和加州罌粟花（California Poppy）。結果金黃色的加州罌粟花以壓倒性多數奪得花魁，成為州花。

加州州花的中文名是「花菱草」。每年三四月開花，每年四月六日為法定的加州罌粟花日，每年花開得旺不旺，與雨水直接有關。因為加州的雨季在冬春之際，所以加州罌粟花開得好不好，要看初春天氣和雨水量。

洛杉磯附近賞罌粟花的盛地是羚羊谷一帶，佔地一四七五英畝，是南加最大的罌粟花海。每年賞花季節，如果碰到雨水豐富而氣候適當的春季，報紙媒體都會通告賞花時辰。看花的人接踵而至，人潮洶湧。

我們照著網上指示開車到了保護區，走下汽車，我們立即被鋪天蓋地的大片金黃花海震撼住了，立即童心大發，想跳進花海去翻滾一番。我們去的那天風極大，花姿亂顫，顯得特別自由狂野。正因為開得狂野稀疏，使我們以為對面山坡上的花一定會更密集更美麗。結果走了一處又一處，這才知道天涯何處無芳草，每處都差不多。

蝴蝶花在加州常見，類似劍蘭，個子高高的，開紅白色小花，形象如蝴蝶，也是供應蝴蝶花蜜的好植物。

瑪蒂麗哈百合可真是絕色美女，不但個子高挑，潔白的大花瓣內有鵝黃花心，在風中飄蕩時，一如芭蕾舞者在翩翩起舞。每年四，五月開花，但不常見。我們住家附近的公園，剛好種植了這花，並訂每年五月一日為瑪蒂麗哈日。我對此花一見鍾情，每年四月底必去報到。有一年我運氣極好，正好碰到培育此花的專家帶著朋友來參觀，我跟在後面聽他解說，才知道這是從南加州到北墨西哥一帶乾旱地區特有的花卉，甚難栽種，一千粒種子才長出一株。此外，又因個子高大，不開花時，會被人誤以為是野草而拔去。所以一般人很少在園中種植。

大地春回，春花爛漫，為了留春，我曾在我家附近山坡為百花拍照，並用我弟妹陳盈伶演唱的〈三月來了〉配樂，製作了一個幻燈片（Power Point）。〈三月來了〉是一首由呂泉生大師作曲，王毓騵作詞的圓舞曲。我幻燈片中的花都是粗布裙釵的當地普通花樹，但優美的女高音和愉悅的和聲呈現出隆冬過後，春色盎然，萬花齊放的美好。

女高音首先唱出對每一朵綻放的花朵的讚美；桃紅李白，花容燦爛，鮮花盛開。金黃帶紫冠的天堂鳥（Bird of Paradise）對著藍天白雲歡鳴；金合歡開出一樹毛絨絨的黃刷子；五顏六色的雛菊，滿山遍野，隨著陽光轉頭癡望太陽。蝴蝶雙雙飛舞，小鳥枝頭歌唱，風是歡欣微醺的。然後低沉的和聲加入女高音而唱「……三月來到真正好。」一株株不知名樹上的花兒開放了。三月來了，春天來了。

從古至今，多少文人騷客為春感動，留下數不盡的名言美句。其中最善解人意的當推宋朝的朱熹，他為我們總結了一聯：「等閒識得東風面，萬紫千紅總是春！」

三月來了

中國文化重心在中原，我在臺灣長大，長年居住美國，少年時讀中國詩詞，常覺得有季節「時差」。這和臺灣、及我現在居住的洛杉磯是不同的，一直到我聽到臺灣呂泉生大師作曲的〈三月來了〉，才真正感覺到春天早到的人間歡樂。

〈三月來了〉是一首由呂泉生大師作曲、王毓騵作詞的圓舞曲。我弟妹陳盈伶是呂老師的學生，她十八歲正是春天的年紀，曾在呂老師的指導下，錄過一首〈三月來了〉的CD唱帶。優美的女高音和愉悅的和聲呈現出隆冬過後，大地脫去冬裝，萬花齊放的美好。

呂泉生是臺灣知名的合唱之父，作曲無數。他和辜偉甫先生合作，一手打造了榮星兒童合唱團，培養了眾多的臺灣古典音樂人才。呂大師名氣大，成就高，但為人低調。我因沾了弟妹之光，得以結識這位臺灣音樂強人。呂老師為人嚴肅沉默，學生對他十分尊敬崇拜。孩子們從小從接受呂老師嚴格的訓練，我弟妹七歲加入榮星。有回我弟妹來洛杉磯開獨唱會，接受電視十八台卓蕾女士的訪問，從訪問中我才得知呂老師教學極嚴，學生勤勞樸實。有一回，我聽他們同學談天，其中一位男同學還記得小時候學唱歌時有牛奶可喝，使他的朋友和兄弟十分羨慕。所以在這種環境下成長的孩子，互助互持，情同兄弟姐妹，有很高的凝聚力。現在孩童們長大了，他們走進臺灣全省各地，乃至海外華人圈，教導古典音樂。

我曾在我家附近，為百花拍照，並用我弟妹演唱的〈三月來了〉配樂製作了一個幻燈片（Power Point）：「啊啊……啊啊啊！」花紅柳綠，朵朵鮮花盛開，女高音的開頭，是對每一朵花綻放的讚美：桃紅李白，笑容可掬；天堂鳥對著藍天白雲歡鳴；金合歡露出毛絨絨的黃刷子；一團團粉紅色的玉蘭花似笑非笑。風是歡笑的、微醺的。蝴蝶雙雙飛舞、小鳥枝頭歌唱；然後「……三月來到真真好」低沉的和聲加入獨唱……一株株不知名樹上的花兒開放了。「三月來了日暖寒消，人人歡喜春又來到……」。

神祕女郎

虎尾蘭，英文名snake plant，葉子類似仙人掌，卻是天門冬屬，葉的兩面有許多深綠色，橫帶狀斑紋，如老虎尾巴，故名虎尾蘭，是公認的空氣淨化的盆栽，有「天然清道夫」之美譽，能吸收空氣中的有害物，特別對甲醛和二氧化碳等有害氣體吸收性特別強。又因非常容易照顧，所以又叫懶人植物。

不知什麼時候起，一枝虎尾蘭就來了我家，因葉子類似仙人掌科植物，只要把葉子往土裡一插，一株新的虎尾蘭就由此誕生了。

不知不覺，我家就前前後後生出七八盆綠油油的室內盆景。虎尾蘭葉很厚很長，厚厚重重的，看起來並不討好，但給屋子帶來一點綠意，所以我老公偶爾就澆點水，每一株都健健康康，給廚房客廳，和這整個家庭，帶來些綠色氣息。

多年以後，一件想不到的事發生了，一片片厚葉中間，忽然抽出一條透明細絲，和虎尾蘭葉子一樣長，上面開著透明花苞，最下面花苞先開，每瓣向後倒下，好像在用力撐開，花瓣尖端還掛著露珠。虎尾蘭葉子粗壯厚實，像戲曲中的霸王，而透明花朵卻似嬌嫩的妖姬。

因花開突然，我老公一口咬定，一定是此綠色植物，放在屋外庭院時，有別株花木，隨風飄來，借土而生，所以他尋尋覓覓，左看右看，四處尋找類似花朵，都尋找不到。

　　此花下面幾朵先開，然後謝掉，中間幾朵才開，正以為花謝了，最下面幾朵未開的卻又開了，如此輪流開花，花開的時候，每朵花似乎都卯足了力氣，使勁的往後仰去，花瓣尖端都有滴著水珠，最後下面和中間的花謝去，才輪到最上面的幾朵開花。

　　從下而上，花苞都開了一輪，我老公才相信，虎尾蘭確會自己開花，並不是我們以為的外面飛來種。花開期間，我們每天都帶著詫異的眼光，去欣賞自然界帶來的奇蹟，這時老公不得不承認，虎尾蘭真的會自己開花。後來我們查了資料，一般虎尾蘭五年以上才會開花繁植，花期在十一、二月，而我家八月開花。

　　現在我家，這花有了新名字：神祕女郎。

VanDusen植物園

前言：

二〇一二年六月詩人節，我去加拿大溫哥華參加「開創華文文學時空」的文學論壇，見到了痖弦與洛夫兩位詩壇大師；又與北二女同學胡有瑞、朱立立（荊棘）相聚；更承加拿大華文作家協會徐新漢會長，在百忙之中，開車陪我們三位老同學去美麗的VanDusen植物園賞花觀木……）

VanDusen植物園位於溫哥華市的37街與Oak街交界處，原是加拿大太平洋鐵路局的高爾夫球場，後由富商VanDusen（Whitford Julian），卑詩省（British Columbia）省政府，與溫哥華市政府各出資一百萬元，將球場改建為植物園，於一九七五年對外開放，並以VanDusen命名。

植物園佔地五十五英畝（acres），有花木二十五萬株。花園設計極為精美，連路邊的一株小草，池邊的一塊石頭都美得動人。遊人信步走去，時而蓮塘，時而瀑布，時而松柏成林、綠野仙蹤，時而草長鶯飛、雜花生樹。朱立立和我，跟著照相機，隨興而行，一路鮮花鋪地，蝴蝶飛過，人在園中彷彿來到了人間天堂、伊甸樂園。

Dogwood（山茱萸，直譯為「狗木」）

山坡上的小路兩邊，杜鵑花（Rhododendron，映山紅）剛開過，而山茱萸正開得滿山遍野，密密麻麻，層層相疊，紅得耀眼。

我曾住紐約上州，家中後園有一株山茱萸，每到春天，一片粉紅花色從落地窗映入屋中，美得叫人屏息。然而這次我在園中所見的山茱萸，似乎特別的紅豔濃密，與我記憶中的清淡高雅很不相同。後來我從她的名字「Kousa Dogwood」才發現，這花樹竟是Chinese Dogwood（中國山茱萸），在中國叫「四照花」，那是因為她的美豔「光彩四照」而得名。

除了四照花，植物園中的山茱萸多種多樣，讓我大開眼界，嘆為觀止。其中Pacific Dogwood不能不知，她是溫哥華所在地，卑詩省的省花。

Sino Himalayan Garden（中國喜馬拉雅區花園）

「中國喜馬拉雅區花園」是非常難得一見的花園，園中種植各種喜馬拉雅山區的花卉與樹木。我們去時，Himalayan Poppy（綠絨蒿）正在盛開，有藍白兩色，色彩淡雅清麗，是一種極為珍貴的高山花卉。

六月底是溫哥華的poppy花季，「罌粟科」家族中的花朵，色彩繽紛，迎風招展，其中包括橙黃色的加州州花California Poppies（加利福利亞罌粟，又叫花菱草）。

Peony（牡丹花）

中國的「國色天香」，牡丹花，雖遠涉重洋，從一千多年前的唐朝長安古城，來到了二十一世紀的溫哥華，但她依然風姿不改，華麗富貴，豔冠群芳。

在英文中，Peony既是牡丹（Tree Peonies），也是芍藥（Bulb Peonies）。但在中國，牡丹與芍藥是不同的：牡丹是花中之王（木本），芍藥是花中之相（草木）。我這次在園中所見的「Peony」似乎都是芍藥，但在我看來，不論是木本或草本，她們都一樣的雍容華貴、豔光照人。

Voodoo Lily（直譯為「巫毒百合」）

植物園中最奇特的花木，當推巫毒百合。這花有她獨一無二的容貌，叫人一見難忘。她來自地中海地區，據說會散發臭氣來引誘蒼蠅，但時間很短，只有一天，所以並不惹人嫌厭。我在網上還看到我們愛吃的「蒟蒻」（魔芋）居然跟她有點親戚關係，奇怪吧！

Cherry Blossoms（櫻花季）

園中還有二十四種不同的櫻花共一百株，我去也晚，錯過了花季，雖然沒有親眼目睹花開時的盛況，但也可以想像百株櫻花齊放時的那種華麗之美。

好鳥枝頭亦朋友

幾年前，我老公和鄰居展開了一場倫鳥（Wren）爭奪戰。

老公去買了一個鳥屋，上面是灰色斗笠狀的屋頂，下面是土黃色，像客家土樓般圓圓的，中間有好些小洞，方便小鳥進出。當初買時只是覺得好看，並沒有什麼企圖，想不到吸引了一隻來找新居的倫鳥。這隻倫鳥長得小小胖胖的，十分活躍，非常可愛。牠極會唱歌，歌聲婉轉動聽，常常在窗外高歌，把我和老公都迷倒了。我們四處打聽，才知道牠是倫鳥（Wren）。後來牠的歌聲吸引了一隻雌鳥，牠們順理成章地用我們的鳥屋作了新房。

這隻雄倫鳥活潑外向，很會敦親睦鄰，常到鄰居家窗外一展歌喉。本來相安無事的鄰裡就開始有了騷動。後來右鄰也去買了一個鳥屋，結果左等右等，就是無人問津。原來倫鳥是有地盤性的。整個夏天，我的老公都沾沾自喜，在鄰裡之間不停地炫耀我家有一隻極會唱歌的倫鳥。

那年秋天，我老公在洛杉磯找到了新工作，他想把鳥屋也帶去。但我想這對倫鳥夫婦，在春天回來後找不到鳥屋會著急，一定會去了鄰居家。這鳥屋現在掛在我洛杉磯家的後院樹上，從沒有任何鳥搬進去，現在守著空屋的是我們了。

一天，我福至心靈地上網查詢，發現Wren Bird的中文名為「鷦鷯」，名字有點陌生。但早在《莊子・逍遙遊》裡就有記載了：「鷦鷯巢於深林，不過一枝；偃鼠飲河，不過滿腹。」

洛杉磯天氣好，我家又在山坡上，一年四季鳥雀成群，我家右邊一片橡林，是一群烏鴉的棲息地。我們常說的「烏合之眾」，講的就是烏鴉群居的習性，牠們平時嬉戲玩樂，都是成群結隊的。有一群烏鴉經常低空掠過我家屋頂，然後飛到對面鄰家樹頂，跳躍不止。

好幾次，我們聽到群鴉聒噪不止，出去一看，原來有入侵者。這些入侵者個子和烏鴉相當，有幾隻年輕力壯的烏鴉，用盡力氣對牠們喊喊嚷嚷，那飛在前面的入侵者，便灰頭土臉地落荒而逃。跟中國電影裡的鄉民碰到賊寇，人人出來喊打是一模一樣的。等入侵者被趕走了後，還有幾隻烏鴉用沙啞的聲音追在後面，咕咕噥噥地叫個不停。彷彿在說：「看你以後還敢不敢再來！再來，就啄死你！」這種鳥兒連續劇煞是好看。有一回當敵人被趕走後，群鴉依然鼓噪不安，我居然好像聽見鼓聲隆隆、群鴉正齊唱韓德爾的〈看那英雄凱旋歸〉：「英雄們凱旋回家鄉，號聲嘹亮……」

因為烏鴉兇悍，附近的小鳥極不易存活，每回有烏鴉來到我家院中巡視，我就有不祥之感。有一次，一對小鳥在我家屋簷下築巢，還孵出小鳥。正當我們夫婦歡欣鼓舞、興高采烈之際，忽然看到一隻烏鴉在我家院中，頭一伸一伸地走來走去，後來還看到牠撲向屋簷下的鳥窩，我老公及時上前一擋，才把牠趕走。但後來小鳥一家還是不見了。幾天後，我們看到散在地上的羽毛，不禁悲痛萬分，看來這小鳥家庭最後還是沒逃過魔掌。丈夫忍不住嘆氣說：「這就是弱肉強食的自然法則啊！」

我們和鴉群之間本來相處和諧，卻因一樁離奇的命案拉開了距離。數年前，南加州乾旱，但我們天天澆水，而引得鴉群好感，有數隻烏鴉就在我們澆水時來我們身邊廝混。這樁離奇命案就在這個時候發生了。有隻松鼠過街時被汽車撞死了，一隻烏鴉看到美味當前，便飛上去準備飽食一頓，結果正當牠撲在松鼠身上時，卻又被另一輛路過的汽車輾死，成了雙屍命案。這件命案正好發生在我家山下的小路上，因為山下小路過往的車輛甚多，到底是誰闖的禍，實在無從追究。但奇怪的是，烏鴉們從此與我們保持距離。

我老公剛拿到博士時，工作極難找。有一次他要去外州參加兩個口試，那個週末，我坐立不安，乾脆就去午睡。正睡得熟時，忽然被鴉啼喚醒，看看錶，老公口試應當結束了。當時沒有手機，只有等他坐飛機回來報告結果。結果兩個口試都是好消息，他都被錄取了。這會不會是烏鴉提早來報喜？烏鴉哇哇啼叫被古代中國人視為不吉利的預兆，但對我而言卻是吉兆。

我們在洛杉磯看到最好看的鳥兒是蜂鳥。蜂鳥以翅膀快速擺動而聞名，所以想仔細看蜂鳥很不容易，因為看不清楚，更顯珍貴。蜂鳥身體嬌小，羽毛光澤華麗，飛行速度極快，其技術之高超是自然界的奇蹟，其中以「往後倒退飛」更是其他鳥類所沒有的獨門功夫。蜂鳥對美洲情有所鍾，尤其喜歡南美洲，全世界三百多種蜂鳥，大部分都集中在南美洲，厄瓜多（Ecuador）一國就有一百六十三種。

美國蜂鳥據說也有十五、六種，在我洛杉磯家中，曾見過大中小三種。大的，似麻雀大小，但不常見。一回，一隻大蜂鳥誤闖入我家客廳，被我老公捉住。我說要去拿照相機時，蜂鳥就趁我老公分神之際，掙出手心而去。而我們最常見的是羽毛閃綠色霓虹光澤的蜂鳥，這種蜂鳥極愛吃我家的百子蓮，百子蓮有長筒狀花朵很適合蜂鳥的長喙。最小的一種蜂鳥，瘦小乾黑，只有一根小指頭長，飛得極快，很不容易被人發現。但牠極愛吱吱喳喳地說話，我只要聽到吱喳之聲就可循聲找到。

有一天，我正在為父親的遺作《滄海拾筆》校稿，為了要全神貫注，我就改換座位，坐在大門口的石階上。石階上方的屋簷有個掛鉤，老公剛好買了一個種滿鮮花的花籃掛在上面，我等於坐在花籃下的石階上校稿。正當我全神貫注之際，忽然聽到蜂鳥的吱喳聲，抬頭一望，看見一隻小蜂鳥在我頭上向花籃飛去，然後，回過頭來對著我吱喳。我忽然感覺，這會不會是父親透過蜂鳥在向我表達謝意？

如果細心觀察，放眼望去，我們周圍的飛禽鳥獸的故事，絕對可媲美連續劇。宋代詩人翁森《四時讀書樂》中有句：「好鳥枝頭亦朋友，落花水面皆文章。」誠哉是言也。

我家蜂鳥

魂歸離恨天

我家附近的超市的濃湯不錯。

一個禮拜天中午，我和老公決定去喝湯。我老公就先去佔了一個背對著超市大門的位子坐下了，我則忙著買濃湯，買完湯我就在他對面坐下來，正當我們雙雙坐下，輕輕鬆鬆喝湯時，我一抬頭，忽然看見兩隻白色身影快速飛來，一隻剎車不住，往超市玻璃窗撞去，另一隻則猛一剎車，往外飛走，撞上玻璃窗的那隻猛被彈回，一動也不動的落在窗前的一排推車上。我希望牠暫時昏過去，就遠遠觀望著，誰知過了幾十分鏡仍沒動靜，我走過去，想用手摸一下，我老公就在一旁阻止……你不知牠是不是有病？又過了幾十分鐘，仍然沒有動靜。我記起來了，就在這條街的轉角有家寵物醫院，不如去看看，我到了醫院門口，看到招牌上寫著貓狗，沒提到鳥……我猶豫了……我走來，又走去，最後又隻身走回來了。

我和老公再也無心喝湯了，說來說去，都是談那隻昏迷的鳥，老公說，一家超市最不要看的就是一隻死鳥，你去通知店東，他們一定把牠扔進垃圾桶，不如任牠自己醒來飛走。

我再去看牠，像一隻鴿子，雙眼緊閉，雙足緊抓，時間已過了一小時，看牠仍然沒有蘇醒的跡象。此時一對年輕夫婦已走近推車，看到這隻昏死的小鳥，就跑進店去，不久就從店中跑出兩位手拿掃巴的打掃人員。顯然是來處理這隻鳥而來的。我就跑上前去，把我看到的故事向其中一位說了一遍，果然這位清潔工當成鳥瘟，以為是從屋頂上掉下來的死鳥，奇怪的是，這麼久了，牠的伴侶到現在也沒出現，在一旁最著急的人居然是我這個目擊人。我老公說，你怎知牠的伴侶沒有回來在一旁偷偷觀看。我們兩老七嘴八舌的擔心得不得了。時間滴答滴答的過去，我們午餐時間已過，而這隻鴿子仍無蘇醒的跡象，而昏迷鴿子已由清潔工處理。

可憐的鴿子，你快快樂樂的比翼雙飛，愉快的出門，誰知出門卻遭到如此的不幸。你會不會半夜醒來，發現自己躺在垃圾堆中，掙扎著飛起來？還是你的靈魂已離開你的軀殼，化為一縷輕煙，隨著魂魄的行列，默默的走向天堂？此時你已無痛苦，只有解脫的輕鬆，只有我這個目擊者一直為你憂傷，為你難過！祝你一路好走！

第三章　江山如此多嬌

哈佛與MIT的早春

文友張鳳主持哈佛中國工作坊有年，經常邀請文化界人士去燕京圖書館演講交流，今年五月初她邀我們南加州的蓬丹、彭南林與我和紐約的鮮于箏、宣樹錚、陳九、趙武平和臺灣來的青年才俊李時雍等人參加。

我和老公已久未旅行，就決定早去早回。

我們不想太早趕飛機，就搭禮拜六下午二點飛機，晚上十點半抵達波士頓，再去租車，到早已訂好的民宿就已經很晚了。我們預備第二天早上，到校園中走走看看。第二天起床，我穿了球鞋，皮鞋放在背包裡，聽了民宿主人的勸告，坐公車去哈佛，哈佛不遠，公車司機極有耐心的跟我們解釋費用，總之，價錢很公道，作為耆老，一個人不到一元美元，公車開進校園的地方，有人下車，過了一下，另一批人也要下車，司機說這不是站，那些人就說剛剛也不是站，你為什麼停，兩邊爭執起來，這位司機忽然堅持起來，說不停就是不停，就跟站在旁邊的我們抱怨：好好的一個禮拜天，清早起來被人責怪，早知如此，不如不早起工作了，我們在旁，一再讚他，幸虧有你，我們外鄉人才會賓至如歸的感覺……。

說也奇怪，汽車駛入地下隧道不久，就在昏暗的隧道中間停了下來，哈佛到了……大部分人都在這裡下了車，包括剛才想要早下車的人。我們跟著人潮，橫過隧道，走上石階，到了石階頂端，來到一個小廣場，很多人在這裡走來走去，我們找到一個穿保安制服的女人，問她怎麼去燕京圖書館，她看了看我們手中的地圖，就把手往右邊一指，說往那邊去。

我們往右邊走過去，走到一幢大樓門口，很多人在此駐足瀏覽，有的一看就是父母親帶子女來參觀的，另外還有跟著導遊參觀的團體，一團團從身邊走過，此時天陰陰的有了雨意，這使我想起，出門前看了氣象預報，今天會下雨，但到現在還沒下，只是有了溼意。我搶在眾人之前，站在木棉花下照了相，今年洛杉磯春天來得早，一月時，木棉花期已過，這裡要到五月初，才開得極盛。

原來，洛杉磯已近夏天了，這裡才春花盛開。我們順著馬路走走逛逛，都是一幢幢古色古香的紅磚大樓。今天禮拜日，學校不上課，大樓都鎖著，但是仍然沒有停車位，幸虧我們聽了民宿主人的勸告，沒開車來，不必為停車傷腦筋。

我們先找到燕京圖書館，在四周的高樓中此樓顯得矮小，門前有兩株盛開的梨花，這種無子梨，是洛杉機最早報春的花，一月也開過了，這裡的白梨花，開得又濃又密，確實比洛杉磯的漂亮。

我們到得太早，圖書館還沒開門，我們就在附近逛逛，看到附近有一座古色古香，大塊石片嵌造的小教堂，叫 Swedenborg Chapel，花園中花色嫣然，我仔細觀看，都是五顏六色的鬱金香，被深紫色的風信子（Hyacinth）圍了一圈，這風信子一般在雪後開花，洛杉磯無雪，所以在洛杉磯從未見過，這裡的其他花木也都是我住東部時常見的。波士頓的風有些涼，這是一種在洛杉磯無法體驗的微涼，我們在微涼的風中走著，萬紫千紅總是春，有紫色的和白色的丁香（lilac），我看到一株白色丁香依偎在紅磚前，有些嬌羞的模樣，俗語說人比花嬌，此時此景，絕對花比人嬌，在雪白的梨花後面，有株米黃色的白花樹，我就猜，這必是Dogwood（山茱萸），我走近去看，果真有十字的花心，這花在洛杉磯，是完全看不到的。舊夢重溫，年輕的歲月，初春的花季，似乎又都回來了。

星期日，哈佛的教室都關著，我們找到Science Department，是星期日唯一有活動的地方，我們在館裡休息，吃中飯，然後就去燕京圖書館，這時，已有人在館中出出進進。

燕京圖書館的內部很新穎，演講的人也陸續到來，這次演講，借場地極不容易，所以時間一改再改，最後改在五月六日，主持人張鳳這段時間在佛州探親，也要匆匆趕回。

這次演講，大家的講題以學術性為多，我來之前，做了些查證，知道我媽的錢塘吳氏家族的書籍在哈佛有收藏，我六世祖的《江鄉節物詩》還被掃描，掃描本上有「中日圖書館」的印章，顯然這本書的收藏，時日久遠。此館還收藏了我第八世祖吳灝的《國朝杭郡詩集》，以及其他族人的詩集和文稿。近期的，有我父親的自傳《滄海拾筆》，並承張鳳女士的推薦，也收藏了我的《蝴蝶之歌》，我也因此與祖先的作品，同列燕京圖書館，這是我和家人最引以為傲的一件事了。

當晚，張鳳邀我們吃中式晚餐，因為一連幾天，忙於奔波，沒有好好用餐，所以覺得這頓晚餐特別美味。吃完飯，又去一家好客的文友家做客、閒聊，原來波士頓流行Uber，我們也預備搭Uber回家，但文友好心要送我門回去，走到門口時，一直預報要下的雨，終於滂沱而下，也幸虧文友送我們回去，在大雨中似乎走了好久才到民宿，到家時，民宿主人已睡了。

一夜好睡，第二天早上起來，我已聽到老公與房東聊天的聲音。等我下樓吃早餐，我才知道，去愛爾蘭旅遊的女主人，昨晚回來了。

喝了咖啡，吃了麵包，男主人殷勤的帶我們樓上樓下參觀，原來一般Boston的平民屋是瘦長窄形的，每屋有地下室（basement），此屋還有閣樓（attic）。男主人在閣樓放樂器，在我們出門前，他特別彈了一段大提琴給我們聽；地下室則是男主人維修腳踏車的地方。昨夜的大雨此時幾全停了，清晨的空氣清新無比。我們問了路，知道ＭＩＴ不遠，就開車上路了。

ＭＩＴ果真不遠，很快的看到了民宿主人提到的橋和悠悠流水，再一下就看到民宿主人說的boxes（他說ＭＩＴ的教室如方盒子），ＭＩＴ到了。

我就問一位貌似教授的中年男子，我要找一個地方照幾張像，作為我到此一遊的紀念，他就說你剛剛照的奇形怪狀的教室，是近一、二十年的作品，你要看老一點的作品，就往右轉，就可看到一個穹頂（dome），我就告訴老公，往右轉就可以了，果真一座雄偉高大的大理石門樓迎面而來，上面刻著：「Massachusetts Institute of Technology」，老公叫我自己進去參觀，他就跑去找停車位了。

這ＭＩＴ和哈佛截然不同，哈佛秀麗，古色古香，ＭＩＴ則是雄偉（Majestic），在綠葉新發，百花爭豔的初春，兩校一文一武，一秀一威，此時此刻，我覺得空氣中都一樣的漾溢著，初春甜美的、年輕的、蓬勃的校園氣息。

就在迷人的春意中，我們告別了久仰的哈佛與ＭＩＴ兩大世界名校。

羅城無處不飛花

美國最迷人的地方，莫過於無處不在的小城鎮。這些小城有的在郊區，有的在鄉村，無不樹木高大，空氣清新，環境優美。在我住過的城鎮中，最叫人念念不忘的是以「春花、楓花、雪花」三花著名的美東小城——紐約州的羅徹斯特（Rochester）了。

羅徹斯特（簡稱羅城）是紫丁花城，因地近加拿大，北國之春姍姍遲來。每年五月，海蘭公園舉辦紫丁花節，二百多株或紫或白的花樹，如早有約定，同時綻放。公園中，陽光羞澀，滿園花香，蜜蜂嗡嗡採蜜，蝴蝶花間飛舞，兒童蹣跚學步，笑聲咯咯……羅城的春天到了。

我們第一次購屋，喜惡全憑直覺。當時建築大師賴特（Frank Lloyd Wright）的「大草原」自然風格開始流行，羅城也有一位風格類似的先進，叫傑布南斯基（Jablonski）的建築大師。他在愛麗森公園的後山上，設計了十七幢房子，十七家彼此連成一大院落，以花樹為界。屋內客廳、起居室、飯廳，全採用高大落地窗，三室之間自由流通，沒有阻隔。

前房主是退休的柯達工程師，他精通園藝，把一幢外表看來平淡無奇的房屋，設計成「花與窗」的美麗組合，把天人合一的建築，用花樹設計成「花中有人，人中有花」的人間仙境。我們去看房子，門一開，目光就被窗外的白樺和一片姹紫嫣紅給迷住了。

春天，是羅城最美麗的季節，經過長冬之後，大地漸漸甦醒。窗外雪還沒完全融化，客廳外白樺樹下的紫白番紅花，從雪地中突然鑽了出來，花上還帶著雪珠。臥房窗外，迎春花（連翹）首先爆出耀眼、清純的黃。再過幾天，客房窗外與右鄰間的一排紫丁香，開出紫色丁香花朵，香氣襲人。到了四、五月，飯廳外的落地窗，映進一屋子的粉紅，山茱萸（四照花）開了。

然後，粉紅色的蘋果花，花開滿枝。此樹由七種不同蘋果樹接枝而成，長出來的蘋果，顆顆香甜，個個不同。屋前白色流蘇（White Fringe Tree）花開，更是春日盛事。這種「美東流蘇」，白中帶一絲絲淡黃，花濃氣香，清而不俗。花開時，香氣四溢，整條街都醉在花香之中。

羅城夏日，天氣悶熱，附近的大小湖泊是有名的水鄉。西有尼加拉瓜大瀑布，北有五大湖中的安大略湖，南有手指湖（Finger Lakes）。手指湖共有湖十一座，因貌似手指而得名。手指湖湖水清澈，環境清靜，風景秀麗，是夏季的避暑勝地。湖邊丘陵盛產葡萄，是紐約州醇酒產地。九、十月葡萄成熟，此時參觀酒廠、品嘗葡萄酒、吃葡萄派，什麼都以葡萄掛帥。其中最難忘的是「愛玲葡萄派」，不甜不膩，百吃不厭。

手指湖中的「堪那德瓜湖」南端，最靠近羅城，開車只要一小時可到。堪那德瓜湖最宜看楓，車過處，一片通紅，轉個彎，又是一片金黃，紅飛黃揚，滿天飄舞，美之極也。只可惜楓花雖美，卻經不住秋風瑟瑟，等黃葉落盡，大雁南飛，漫天雪花的日子就到了。

羅城冬季美則美矣，就是太長，長得叫人難以忍受，但柯達公司福利又好得又叫人不忍離去。每年年底公司發紅利的消息一公佈，全城商家都敲鑼打鼓，大登廣告：「先買貨，發紅利後再付款」。除了紅利，柯達員工的其他福利也多種多樣，公司對員工十分慷慨大方，包括用底片有優待；每年只要交一元美金就能使用公司沖洗底片的暗房，及借用最好的攝影器材；中午午餐時間員工可以免費打保齡球，或看柯達彩色電影；員工與家屬可以免費上各種光學有關的課程，例如絲畫（Silk Screen）等等，數不勝數。

柯達的福利好，跟創始人喬治・伊士曼（George Eastman）的善心有關。羅城的繁榮，是喬治・伊士曼一手創造的奇蹟。

伊士曼生於一八五四年。因父親早逝，他輟學到羅城的一家銀行當職員。有次他準備到加勒比海旅行，朋友建議他帶「照相器材」去拍照，當時的照相方式既笨重又複雜，基於「發明家的本能」，他就取消旅遊，開始在家研究攝影之道。

在一八九二年他發明照相膠卷之前，羅城只是一個以麵粉業為主的小型工業區。伊士曼有卓越的科技能力和獨到的市場眼光，他發明「底片」（film）的過程堪稱順利，到了一八九九年，他就賺進了人生的第一桶金，第一個一百萬。

他把賺來的錢全都回饋大眾，他一生的捐款總數多達一億美元，是當時美國數一數二的慈善家。他的饋贈主要捐給羅大（University of Rochester）和羅城理工學院（Rochester Institute of Technology）。他的遺產也全數捐給羅大。他還用「史密斯」（Smith）的匿名捐鉅資給麻省理工學院（ＭＩＴ）。

七〇年代初，我們到羅城時，伊士曼已去世四十年。但他的傳聞逸事，仍是大家津津樂道的熱門話題。例如說他一生忙於工作，從未結婚，跟母親相依為命。又例如他對音樂有特別愛好，他家正中央裝有管風琴，他雇了風琴家，每天在風琴聲中下樓用早餐……他擁有一個四人弦樂隊，一週兩晚，弦樂隊在他家為他和賓客們演奏音樂。所以他捐資成立「伊士曼音樂學院」（Eastman School of Music）是其來有自的。一直到今天，「伊士曼音樂學院」仍是全球音樂界的翹楚。

伊士曼選擇死亡的方式也非常奇特。到了人生的最後兩年，他背痛日趨嚴重，連站都站不起來，走路得慢慢搓地而行。一九三二年三月十四日，他七十七歲，在家中舉槍自盡，留下一張日後非常有名的紙條：「給朋友們，我的工作已經完成，還等什麼呢？」

七〇年代，二次大戰結束後已有二十多年，從戰爭中走出來人們，慢慢站穩腳跟，對娛樂的需求方興未艾，價廉物美的電影成為一般家庭的主要娛樂。隨著戰後經濟的復甦，人們出外旅遊和拍生活照也漸成風氣。

當人們二〇〇〇年作百年回顧時，電影專家認為一九五〇中到一九六〇中期所拍的電影，是電影藝術的黃金高峰期，經典名著層出不窮。當時柯達底片執世界之牛耳，高品質的影片都驕傲地標上伊士曼彩色（Eastman Color）標籤。此時，家庭生活照相由奢侈而大眾化，柯達底片成為消費者的首選。據當時報紙報導，柯達公司以科技起家，從未懈怠科技研發，每一天花在科研的費用就高達一百萬美元，一天一百萬美元？這是何等傲人的數字！

我們離開羅城不到十年，就逐漸傳來柯達公司營運不佳的消息，最後更傳來破產的惡耗：照相技術的電子化，把膠片技術取代了。以柯達公司投入科研經費之多，和研究成果之豐富，似乎不可能突然被新科技打倒，更何況數位照相機的發明人，不是別人，正是柯達自己。所以有人認為柯達的破產是「反應遲緩」，美國《富比士》（Forbes）雜誌更認為柯達之敗，是敗於自得自滿（complacency）。

是耶？非耶？《紅樓夢》講賈家由鼎盛到衰敗，用了一百二十章回，都還沒說清楚講明白。大廈之傾，百年老店之敗，絕非三言兩語可以說完的。如果《富比士》雜誌所言屬實的話，那正應了孟子的：「生於憂患，死於安樂。」富家子弟，生活優渥，當新科技的浪潮突然打上來時，雖手上握金執銀，卻不知靈活應用，所有的榮華富貴就如海灘沙堡，被海浪一沖，就消逝不見了。

往事只能成追憶，如今柯達的榮華已過去，我們慶幸在柯達盛世時工作了九年，享受到一個好公司的好福利，也享受到羅城四季之美和三花之麗。窗外的春花、美東流蘇的清香、七種不同口味的蘋果、愛玲葡萄派的美味、楓花豔麗和雪花潔白……羅城的樁樁件件，現在回想起來，還美得像夢一樣。

中南美箚記三則

安地斯高地的萬人迷

圭（cuy）原是安地斯高地（今秘魯、波利維亞，與厄瓜多爾等地）的野生動物，後因性情溫馴、乖巧易養就成了家畜。被人豢養以後，不必在野外辛苦拚搏的圭（cuy），慢慢地就變成了今天這圓滾滾、毛茸茸的可愛模樣。令人愛憐的相貌與溫和知足的性情，使牠們在離開了安地斯高地、走出南美洲之後，立即風靡歐美，進而享譽全球，成為人見人愛的寵物。在實驗室之中，牠們給人類帶來的福祉與貢獻，更使「白老鼠」三個字成為「試驗品」的代名詞。在中國，牠們被稱做天竺鼠、荷蘭豬。圭（cuy）的名字是由牠「圭圭的」叫聲而來。

首先，所謂「幾內亞豬」（Guinea pig），既不是豬，也不是來自西非的「幾內亞」。這個名字是數百年來以訛傳訛的錯誤。

其次，牠雖名為豬、為鼠，但形似兔，叫聲「圭圭」如鳥。現代科學家說牠是齧齒動物（rodent）家族中的「豚鼠」（又豬又鼠）。與齧齒動物家族中惹人嫌厭的老鼠，卻又天差地遠，不能並論。

再者，牠與西非幾內亞、荷蘭與天竺的關係也需澄清。依我愚見，以為牠奇怪的名字，極可能是歷史上一連串「美麗的錯誤」所造成的結果。

自從一四九三年哥倫布發現新大陸以後，南美洲就成為歐洲各國爭奪不休的殖民地，今天的圭亞那（Guiana）一地就曾分屬歐洲各國，留下英屬、荷屬與法屬圭亞那等等的歷史名詞。南美圭亞那（Guiana）與西非幾內亞（Guinea）很可能因為拼音相近，而混淆不清，以致圭亞那豬（Guiana pig）變成了幾內亞豬（Guinea pig）。

至於中國之所以叫牠天竺鼠或荷蘭豬，我認為也可能與殖民地時期的國際貿易有關：一、天竺鼠：哥倫布誤以為他發現的美洲是東方的印度（西遊記中稱天竺），圭（cuy）也就成了從「天竺來的老鼠」。二、荷蘭豬：曾經佔領臺灣的荷蘭，是殖民地時代的國際貿易大國，圭（cuy）很可能是由荷蘭商人帶入中國，所以叫「荷蘭豬」。

從以上的種種論點看來，如果我們把白老鼠（Guinea pig）改譯成「圭亞那豚鼠」或「圭亞那迷你豬」，那就正本清源，還「圭」清白了。

圭（cuy）白老鼠

圭（cuy）繁殖極快，肉的營養價值高，是安地斯山區人們的珍饈美味，但價值不菲。宰殺乾淨的圭，像中國的乳豬。其肉可烤、可炸、可煮，吃起來像兔肉。對沒吃過兔肉的人來說，牠的味道介乎於豬肉與雞肉之間，又有點像鴨肉。

在秘魯馬丘比丘附近的庫斯科，我們曾去一家高級自助餐廳用晚餐，在挑選食物時，我看到一群西裝革履的男子，圍著一道熱氣騰騰的菜肴，用西班牙語在低聲討論，忽然其中一人用英文叫了出來：「這是圭（cuy）！」我好奇地走了過去，選了一小塊嘗試，覺得吃起來像烤鴨，只是皮肉乾硬。

「見其生不忍見其死，聞其聲不忍食其肉」，雖然美食當前，圭（cuy）可疼可愛、叫人憐惜的模樣，使我坐立不安，難以下箸，如食寵物，情何以堪！

我最後一次看到圭（cuy）也很意外。那是在秘魯首都利馬（Lima），我們去參觀有三百年歷史的法蘭西斯修道院（The Franciscan Monastery）。在教堂裡我們看到一幅《最後的晚餐》壁畫，這是數百年前當地畫家臨摹達文西的作品。因為教堂老舊，昏暗如古堡，我們遠遠望去，畫中的耶穌和十二門徒，與達文西的原畫大同小異，但當我們走近仔細觀賞時，發現畫中的人物與服飾全換了花樣，換成了地地道道的秘魯風味，而放在餐桌正中央、耶穌前面的一道主菜，正是就地取材的珍品——圭（cuy）。

南美「仙草」瑪黛茶

我平日只愛兩種飲料：濃郁的咖啡，與清香的綠茶。想不到這次我在南美洲，又發現了與咖啡、茶三足鼎立的第三種飲料—瑪黛茶（yerba mate）。

我第一次見人喝瑪黛茶，是在巴拉圭（Paraguay）的首都亞松森。我有眼不識泰山，以為那人是當地土著，在路邊吸水煙筒。後來我才知道，南美洲人的喝茶方式和我們不一樣：他們的茶不是「喝」的，而是「吸」的。

瑪黛茶是一種叫「巴拉圭冬青」（Ilex Paraguariensis）的「草藥茶」，這種冬青（Ilex）只生長在南美洲伊瓜蘇大瀑布附近的熱帶雨林。據說這茶有提神安眠、通便減肥、降血脂、抗氧化等等的神奇功效，所以南美洲人稱它為「仙草」，是上天恩賜的神祕禮物。

南美洲人喝茶的歷史十分悠久，遠在西班牙人到南美洲之前，巴拉圭土著「瓜拉尼人」（Guaraní）就以瑪黛茶待客。他們傳統的喝法是將茶葉放進乾葫蘆（gourd）杯中，用熱水沖泡，然後與親友們一面聊天，一面把「葫蘆杯」傳來傳去，用同一根吸管「吸」茶。

現在的南美人喜歡用熱水（非滾水）沖泡瑪黛茶的碎葉與葉梗。沖泡之後，碎葉與葉梗浮在水面上，像灑了一層厚厚的碎木屑，所以還要借助「吸匙」濾葉去渣。這吸匙西語叫bombilla，上半部有點像中國水煙筒的吸管，由銀或不銹鋼等金屬打造，吸管的底端則有一個球形或半球形的茶匙，茶匙上的一些小孔，就是吸茶濾渣的工具。

巴拉圭人嗜茶，茶具也很講究。在亞松森街頭，提著「茶筒」招搖過市的茶客到處可見，賣瑪黛茶具的商店更如雨後春筍，無所不在。茶具中昂貴的，金裝銀製、寶石鑲嵌；一般用的，金屬、木竹、葫蘆、牛角等製作。其中我以為最特別、最具南美風味的，莫過於牛蹄或羊蹄製作的茶杯。

瑪黛茶在世界各地的健康食品店都買得到。現在世界上生產瑪黛茶最多、最有名的國家是阿根廷。在阿國，瑪黛茶被視為國寶，與足球、探戈、烤肉齊名。

初喝瑪黛茶，略帶苦味，多喝幾次，就可聞到一股茶葉的清香，久而久之，就好像在喝綠茶了。跟喝其他品種的茶一樣，我認為對從未喝過瑪黛茶的人來說，最好循序漸進，由少而多，慢慢適應。我現在每天只用一小撮茶葉，就已經感覺到瑪黛茶的清腸作用，至於以後會不會達到所謂的「輕體減肥、美容養顏」的終極效果，則有待長期觀察。

瑪黛茶既有提神又有安眠的效果。一八三六年，達爾文在《小獵犬號之旅》一書中就曾提到：「營帳之外天寒地凍、風勢強勁，我喝了瑪黛茶以後，就睡了一個從未有過的好覺。」就在達爾文喝了瑪黛茶約二百年後的某一天，我也喝了瑪黛茶，我的經驗和達爾文差不多——晚上喝了茶，非但沒有失眠，而且還睡了一個好覺。不過瑪黛茶不是安眠藥，不會催我入眠，只是一旦睡著了，我就睡得十分香甜。

瑪黛茶是阿根廷男女老少都愛喝的飲料，據近代科學家分析，瑪黛茶含有一百九十六種天然元素，比中國綠茶所含的一百四十四種活性物質還多了五十二種，其中抗氧化成分占了百分之五十以上，超過了法國紅酒與中國綠茶。

瑪黛茶真的那樣神奇嗎？有沒有什麼禁忌或副作用呢？我衷心地希望醫學界的學者專家們，能提供更多更好的科學資訊，供我們參考。

當今之世，美國嬰兒潮的嬰兒已經開始步入老年，在血壓、血糖、膽固醇「三高」當道、談「肥」色變的二十一世紀，誰不想無病無痛、身輕如燕、青春永駐呢？

瑪黛茶茶具

喝瑪黛茶

世界最快樂的國家

什麼是快樂？見仁見智。根據英國「新經濟基金會」（New Economics Foundation）最新公佈的幸福指數，中美洲的哥斯大黎加（Costa Rica），奪得二〇〇九年「世界最快樂國家」的桂冠。我有幸去哥國賞花觀鳥，得以親身體驗了「世界最快樂國家」的「快樂」。

哥國天氣溫和，土壤肥美，雨水豐富，是「種什麼就長什麼」的天之驕子。國家沒有軍隊（憲法規定），城中沒有摩天高樓，蘭花、海里康、天堂鳥與其他數不清的千花萬卉，在街頭爭奇鬥豔。蝴蝶花間飛舞，百鳥枝頭高歌，鸚鵡、大嘴鳥（toucans）、巨型烏龜、毒蛙、猿猴等等珍禽異獸，無不引人入勝，逗人喜愛。

人到哥國，看花看鳥看大自然，輕鬆自如，返璞歸真，所有的生活壓力與世間煩惱，就會在突然之間隨風而去了。哥國多火山，有火山處必有溫泉。我在臺灣與日本都泡過室內溫泉，但著泳裝在哥國泡露天溫泉，則是另一種享受。溫泉之水有如小溪，由上而下，緩緩流去，十來個奇石堆成的小池沿溪而立，池邊花木圍攏如幕幔，人泡在宜人的溫水之中，「溫泉水滑洗凝脂」，從午後、黃昏到年輕的夜，星星開始在天空閃閃點點，迷人的熱帶風情，有說不出的溫柔與浪漫。

拉丁民族有聽其自然、知足常樂的天性。在哥國，我看到人們飼養的雞，在後院優閒漫步；我看到菜場上賣的菜，是沒有灑過農藥的有機蔬果；我看到哥大植物園中的奇花異草，自然生長，蟲洞處處；我也看到一再被地震震毀的教堂，被改造成美麗的「廢墟花園」……原來是這種聽其自然的人生態度，使他們知足常樂，也使他們保護了地球的自然生態。

自我從哥國回來，我開始感悟到「新經濟基金會」的苦心，他們獨具慧眼，從健康長壽、環保意識與人民對生活的滿意度來詮釋「快樂」。哥國人長壽（平均七十八點五歲），教育水準高（識字率百分之九十四點九），與大自然和諧相處，對自己生活滿意，所以在世界快樂的排行榜上拔得了頭籌。

有趣的是，就在這同一張成績單上，令人嚮往的美國，卻並不快樂，在全球排名第一百一十四名。我想這也許就是到「世界最快樂國家」去旅遊的人，以美國人為最多的原因吧！

哥斯大黎加的室外溫泉

吳哥印象

吳哥古跡（Angkor Wat）位於柬埔寨西北部，以建築與浮雕聞名於世，是電影《古墓奇兵》第一集的拍攝之處。

Angkor Wat的Angkor是「都城」的意思，Wat是「寺廟」，吳哥古跡大大小小的寺廟共有六百多座，建築物有九百多個。如今這些寺廟很多已成遺址或廢墟，其中保存得最完整的是吳哥寺。

吳哥古跡是一個曾在熱帶叢林中消失了的古文明。五、六百年來淹沒於荒煙蔓草中，被叢林大樹根無情的壓榨蹂躪。一根根驚人的巨大樹根，張牙舞爪，鋪天蓋地，四處流竄，像八腳魚的臂膀，硬生生的伸入石縫中，甚至把廟宇從中撕裂綳破，貪婪地饕食著一座座大石塊堆盤而成的寺廟。樹根、石塊、石雕，盤根錯節，糾纏不清，大自然的「無情」，真叫人怵目驚心。

現在吳哥古跡的修復工作，由各國認養維修，每一維修國可有自己的哲理。印度主張保存自然生態，所以印度認養的Tap Rham（塔普倫）寺，可以清楚的看到寺廟被樹根活生生吞噬的原貌。

周達觀的真臘風土記

據說吳哥城在一四三一年左右突然被放棄了，因為文獻缺欠，為什麼會「突然放棄」就成了一個謎題。有人說是因為戰爭，也有人說是瘟疫，也有人說是戰爭後的瘟疫。最近有一本叫The Great Warming（大暖化）的作者Brian Fagan認為一千年前的全球暖化，暴裂的乾旱席捲美洲與東亞，逼得吳哥人民離開吳哥，任由金碧輝煌的古跡逐漸荒蕪，最後，「消失」於叢林之中。

在曾經親眼目睹吳哥盛世人之中，目前世上僅存的文獻，是元朝周達觀寫的《真臘風土記》。吳哥古跡的「再」發現，也跟這本《真臘風土記》有淵源。

周達觀是浙江溫州人，通曉高棉語，在溫州擔任「國際貿易」有關工作。元成祖帖木兒派團去真臘考察軍事，一二九五年周達觀隨團從溫州出發，為時一年半，回來後寫了這本《真臘風土記》。如今世界對古真臘皇宮建築、風俗習慣，詳盡記載的，也就只有這本《真臘風土記》了。周達觀所親眼看見的吳哥和今天留下來的吳哥遺址十分相近，只是建築上裝飾用的金銀珠寶已不知去向了。

中國書籍本來多如瀚海，也不知什麼原因，這本《真臘風土記》竟被一位法國傳教士翻成法文，在一八五八年引來一位叫Henri Mouhot（亨利・穆奧）的年輕法國自然學家，跑到柬埔寨的叢林中去採集自然標本，就在密林中，他「再」發現了吳哥窟。

亨利・穆奧不幸在寮國叢林中染上瘧疾（Malaria Fever）死亡，死時才三十九歲。在他死後三年，一八六四年，法國就統治了柬埔寨，長達九十年（一八六四年至一九五三年）。

東南亞的季風（Monsoon）

Monsoon一辭源自阿拉伯語「Mausem」，意為季節。隨著季節轉換，海陸溫差變化，在南亞，從東非、阿拉伯海岸、印度到東南亞的季風，每半年吹西南風（夏），另半年吹東北風（冬）。自古以來人們就利用季風來往於印度和東南亞之間。印度商旅，夏日趁著強勁的西南風，順風而至東南亞，然後再等半年，天氣涼了，東北季風吹起了，再揚帆回家。在這半年的等待中，印度的宗教、文化、藝術就源源不斷的傳入了歷史上的扶南、吉篾、真臘，也就是今天的柬埔寨。所以吳哥的建築、雕刻、宗教、神話幾全是印度風味，甚至在路上圍上來推銷紀念品的小孩，也多有印度容貌。

夏季季風為亞洲季風區的印度、東南亞和中國大陸東南部帶來豐沛的降水，這些豐富的雨水，使湄公河流域成為世界第三大雨林。雨水滋潤大地，養育了眾多的人口，因此亞洲季風區，成為世界上人口最密集的地區。

地理奇蹟：三江合流和洞里薩湖

在中國青海省，有一個地理上的奇蹟，叫三江合流，亞洲最重要的三條河流同在此發源。這三條巨川，第一條黃河（世界第六長河），流穿中國北方，往東注入渤海；第二條長江（世界第三長河），蜿蜒中國南方，往東注入東海；第三條瀾滄江－湄公河往南，經過青海、西藏、雲南、寮國（老撾）、緬甸、泰國、柬埔寨，在越南三角洲注入南中國海。

湄公河是世界第十二長河，發源於中國唐古喇山的東北坡，上游是中國的瀾滄江，所以中國人叫它瀾滄江－湄公河。湄公河因受季風影響，半年乾季，半年雨季，每年五至十一月，夏季季風帶來大量雨水，到了越南出海口附近，一時無法宣洩，河水就倒流入柬埔寨境內的洞里薩湖（Tonle Sap Lake），洞里薩湖的湖水馬上暴漲四倍；到了乾季，河水退去，湖面再度縮小，因此洞里薩湖成了湄公河的天然蓄水池，有調節湄公河水量的功能。

洞里薩湖是東南亞最大的淡水湖（Tonle Sap就是大湖的意思），水枯期，面積二千五百平方公里，雨季時暴漲四倍到一萬平方公里，「湖」變成「海」。水漲時，長了半年的草木都被淹沒，草木腐爛後，化腐朽為神奇，變成食物與肥料，為湖中魚蝦提供了豐富的食物，水逐漸退去時，濕潤的沼澤、肥沃的泥土，剛好種水稻，所以洞里薩湖地區，自古以來就是有名的魚米之鄉，據考古學家研究，昔日吳哥的強大，靠的就是洞里薩湖的富庶。

Tonle Sap Lake（洞里薩湖）

六、七百年過去了，強大的王國消失了……後來又被發現了。柬埔寨人民也經歷了種種苦難：與鄰國不斷的戰亂……被法國統治、被日本佔領。法國人被趕走了，赤棉出現了。高棉殺人王Pol Pot（波帕）殺了全國近四分之一的人口，白骨遍野。赤棉四處埋下地雷，到處都是斷手斷腳，誤踩地雷的無辜百姓。

不管歷史如何變化，洞里薩湖一成不變，水漲水退，年復一年。四、五月雨季開始，湖水暴漲，住在岸邊的人把簡陋的草屋，移往高處，遠離湖水，因為漲滿水的湖水寬廣，風高浪急，住在湖邊或湖中十分危險，漁民只好把船屋拖到岸上躲避風浪。十一、二月，湖水開始慢慢退去，此時湖中的魚肥易獲，漁民紛紛回來，捕魚季又開始了。

這就是為什麼乾季去洞里薩湖的黃泥道路，高高低低，顛簸難行，原來這些黃土路是雨季時的湖底。

六百多座廟宇

吳哥的廟宇極多，可以用「看也看不完」來形容，就算遊客雄心萬丈，也會因心有餘力不足而虎頭蛇尾。柬埔寨的平均午間溫度華氏九十五至一百度左右（約攝氏四十度），天氣非常悶熱，寺廟內狹窄黑暗，待在屋內極不舒服。寺外廟宇建築層層迭迭，每上一層，層層石梯狹小陡峭，攀登不易，一般人幾乎要用雙臂雙腳爬行才可以更上一層樓，還未爬到最頂端早已汗流浹背「衣服都擠得出水來」。雖然現在築有木梯便於攀爬，但想要在吳哥，暢所欲為的大看特看很不容易，燜熱天氣加上攀爬困難，一般人能看上三、五個寺廟就非常不錯了。

複雜的印度神話

柬埔寨受印度影響很深，古吳哥信印度教，無論建築、雕刻、音樂、舞蹈都帶著極濃厚的印度色彩：到處都是石塊堆疊的印度式建築，到處都是極其精美細膩、極其繁複綿密的印度式雕刻，雕刻出極其複雜的印度宗教故事或神話，所以要瞭解吳哥遺址，必先認識印度神話。

印度神話認為正邪的力量在宇宙中是一個拉鋸戰，永遠處於勝負未分的狀態。

在吳哥遺跡的雕刻中，到處可以看到這種神話故事的一再出現。

印度是多神教，但有三大主神，他們是梵天（Brahma），毗濕奴（Vishnu）和濕婆（Shiva）。

梵天（Brahma）主管「創造」，世界萬物都是他創造的，他的坐騎為孔雀；毗濕奴（Vishnu）主管「維持」，是保護之神，通常以人形出現，他最常見的形象是坐在蓮花上，四隻手臂分別拿著不同的神器；毗濕奴變化多端，有一千個稱號，常以不同的化身來到人間，拯救世界，他的座騎是大鵬金翅鳥；濕婆（Shiva）是「毀滅」之神，雖然他主宰毀滅，但他也帶來再生與創造，所以受到信徒的愛戴。他有三隻眼，四到八隻手臂，坐騎是公白牛。

乳海翻騰（Churning of the Milk Sea）是重要的印度神話。據說乳海（Milk Sea）中藏有長生不老藥，起初天神（善神）與阿修羅（惡魔）爭奪不休，勝負難分，後來由保護神毗濕奴出面，促成神魔合作，共同攪海取藥，以Mount of Mandara（曼荼羅大山）為攪海的錘杵，神蛇的身體盤繞著大山，然後九十二名阿修羅抱神蛇的頭，八十八天神持神蛇的尾，攪乳海以取甘露，結果雙方力道太強了，攪得天翻地覆，神蛇抵受不住，嘔出毒液，連曼荼羅大山也都要沉下去了，幸虧創造，破壞與保護三神合力救援。結果毀滅神濕婆喝光毒液，維持神毗濕奴化為一隻大海龜，托起神山，天神終於成功的取得了長生不老藥。

在乳海強力的攪動中，海裡的奇珍異寶都被拋了出來，最傳神的是一個個活潑美麗的生命就在翻騰的浪花中誕生，幻化成漫天飛舞的飛天仙女Apsara（阿普莎拉）。

吳哥寺

吳哥古跡中保存得最完整的是吳哥寺。吳哥寺由蘇耶跋摩二世（Suryavarman II）於一一一三年至一一五〇年建造。「跋摩」是寶座的意思，蘇耶跋摩大致可翻成「蘇耶王」二世。吳哥寺原名「Vrah Vishnulok」是為毗濕奴神殿。「蘇耶王」二世耗費三十年來修建吳哥寺，活著時作為宮殿，死後成為他的陵墓。據說吳哥寺畫廊中「蘇耶王」二世與毗濕奴神相貌相似，暗含日後升天成毗濕奴，長駐毗濕奴神殿之意。

吳哥寺的建築佈局以印度教的宇宙論為依歸，以護城河為海，以寶塔為山峰（象徵印度神話須彌山），是宇宙的縮影。住在宇宙中央的當然就是天界諸神。全寺雕刻極為精美，有「雕刻出來的王城」美譽。

吳哥寺以五座塔和三層回廊構成。主體建築共分三層，在第一層外四面的長廊有兩進式的臺階回廊，和無數的石柱，左右兩翼的牆上各刻有一幅大型浮雕壁畫，合共八幅大型浮雕，每幅都長達一百二十公尺，分別敘述印度教的兩大神話史詩：楞伽之戰（Battle of Lanka）與俱盧之戰（Battle of Kurukshetra）；蘇耶王二世的軍隊與泰族的戰爭；閻魔審判的天堂與地獄；「蘇耶王」二世個人的皇室生活等。另外還有一千八百個Apsara女神像遍佈每個角落。

高棉的微笑（「闍耶王」七世）

「蘇耶王」二世去逝後，吳哥王國陷入內亂。接著外敵占婆入侵，當時還是王子的「闍耶王」七世，驅逐占婆人，一一八一年至一二一五年登基為王，在位三十餘年間帝國達到頂盛。他在首都大興土木，重建吳哥城（Angkor Thom），於一一八六年建塔普倫寺紀念母親，一一九一建普力坎寺紀念父親，為自己建巴揚寺（Byon）作陵寢。「闍耶王」七世是吳哥建築最多的一位皇帝。

巴揚寺，是由「闍耶王」七世面容為藍本來雕刻的五十四尊四面佛像（面容上有蓮座）堆築而成，這四面八方，無所不在，帶著神祕而不可測笑容的二百一十六張臉就是舉世聞名的「高棉的微笑」了。寺廟牆上浮雕不只展現「闍耶王」七世與占婆族戰鬥的壯闊場面，最令人玩味的是庶民生活的雕刻，從華人求婚、下棋、鬥雞、到婦人生產等等市井小民的生活，無不描繪得栩栩如生，異常生動。因「闍耶王」七世篤信佛教，吳哥地區信仰開始由印度教轉變為佛教，在巴揚寺中也可以看到印度教與佛教並存的特殊風格。

飛天仙女（Asparas）

吳哥以雕刻最美。雕刻中又以飛天仙女（Apsara）浮雕最美。這些浪花中蹦出來的飛天仙女，環繞四方，數量眾多，吳哥一寺就有一千八百之多。這些飛天仙女個個胸部飽滿，豐腴多姿，活潑可愛，自然生動。表情、面貌、手腳、姿勢個個不同，衣著頭飾更是一個人一個樣，真可謂鬼斧神工之作。

雖然吳哥盛世早已消逝，幸運的是這些美麗飛天的千姿百態，在八百年後的高棉舞蹈中依然存在，不但姿態如昔，頭飾也與古代類似，只是不再裸露上身了。要尋找這些美麗動人的飛天仙女，最好去看一場高棉歌舞吧！

夏威夷逍遙遊

在歲月浸潤發酵的過程中，過去的故事，會先一點一點的被遺忘、然後又一片一片的被拾回，再經過腦中的神祕化學作用，這些往事，慢慢地，都化成了甘醇的美酒。「夏威夷逍遙遊」就是這樣一個經過歲月發酵，由苦澀化甘醇的故事。

那是多年前的一個冬天，我們在報上看到一則誘人的廣告：「夏威夷逍遙遊，七日遊三島」誰知，這本該逍遙無憂的夏威夷自由行，竟因我夫婦的青澀孟浪，意外地衍生出許多有趣的事故來，如今事隔多年，偶然想起，也不禁莞爾。現在就讓我從記憶庫中，挑出幾件來與君分享，博君一粲吧。

（一）傾盆大雨

在我們去夏威夷的清晨，難得下雨的洛杉磯，忽然傾盆大雨，嘩啦嘩啦的下個不停。天公不作美，已經叫人著惱的了，想不到我老公居然在雨中迷途，一直到飛機起飛前的三十分鐘，才匆匆趕到機場。幸虧那時九一一事件還沒發生，安檢極其簡單，我們在機場跑出跑進地亂找登機門，也沒人過問。

最後終於找到了一位機場服務員，在她的指點下，我們得以在最後一分鐘，飛奔候機室，衝上了飛機。

還好那天飛機很空，我們坐的這一整排，就只有我和老公兩人。我一坐下，繫上安全帶，正想歇歇氣、定定神，我老公就在我耳邊神祕兮兮的打小報告：「你知道嗎？我們坐的是第十三排」。

什麼？十三？不吉利的十三？

還沒等我回話，機上的麥克風就傳來空中小姐甜蜜的Aloha（你好嗎？）。在廣播中，她還左一句「木哈拉」，右一句「木哈拉」的，說的是夏威夷話：「謝謝你、謝謝你」。這幾句夏威夷話本是觀光客最喜愛的異國情調，卻引來我老公的嘮叨：「這空中小姐怎麼搞的，一直在叫『不好啦』，『不好啦』的！」

（二）誤上「賊車」

旅行社跟我們說過「太平洋島嶼文化中心」是檀香山的旅遊精華重點，不能不去。所以我們一到檀香山，就在旅館櫃台買了第二天上午十一點去文化中心的車票。

誰知，第二天一大早，才剛剛吃完早點，旅行社的人就跑過來說好說歹的，拉我們去製衣工廠參觀，還再三保證工廠就在附近，巴士一去就回，一定趕得上十一點去文化中心的車子。

其實我們只要看到旅行社的人熱心得過火，就理當提高警覺，但在那個時候，我卻完全忘記了防人之心的老生常談。夏威夷裝很有名，女人穿的衣連裙裝叫muumuu，顏色柔和，花色迷人，穿在身上寬鬆舒適，是我最喜愛的休閒服。現在聽說製衣工廠就在附近，我當然不想錯過，就拉著老公欣然上路。

一上巴士，我們就發現大事不妙，眼睜睜的看到車子越開越遠，而離中午遊覽車出發的時間卻越來越近，到了服裝工廠，我們顧不了參觀，馬上排隊，搭下一班巴士回去。

千顧萬盼的，好不容易見到回程巴士姗姗而來，然後不慌不忙、慢條斯理的慢慢開動、緩緩前行……時間滴滴答答……答答滴滴……我們坐在巴士上，左看錶，右看錶，神經都要繃斷了，而司機先生卻悠哉遊哉、慢吞吞的東停西停。

到了集合地點希爾頓旅館門口，正好十一點正。我們遠遠的就看到去文化中心的車子正在開動，我們衝下巴士，連喊帶跑，揮手揮腳，拼命地喊停，多虧司機好眼力，遠遠的看到兩個小黑點飛奔而來，馬上把車子停住等我們。

我們跳上車，滿頭大汗，過了好久好久好久，都驚魂未定。

（三）咖啡之憾

這不能不去的「太平洋島嶼文化中心」（Polynesian Cultural Center），依山傍水，佔地四十二英畝（acres），隸屬猶他州Brigham Young University夏威夷分校，員工百分之七十都是在校學生。

此文化中心以一個由一百五十人組成的大型島嶼歌舞表演最為有名。舞臺燈光豪華多彩，演員服飾鮮豔瑰麗，載歌載舞的年輕男女，個個活潑，人人可愛。

文化中心還有一個人工湖，湖中心的小島上有夏威夷、薩摩亞，斐濟、東加、大溪地、馬克薩斯、毛利等七個島嶼民族的文化村，可以一間間進去看土著歌舞，和賞玩手工藝品。

我們的遊覽車沿著海開了一二個小時，終於來到海島的另一面。經過了一天的折騰，此時此刻，我們最渴望的是喝一杯香噴噴、熱燙燙的咖啡。

就在旅客紛紛站起來，準備下車的時候，遊覽車司機忽然高聲宣佈：「這文化中心是摩門教會辦的，不供應咖啡和茶。」

陰陰悶悶憋了一整天的天氣，這個時候可不客氣了，嘩啦嘩啦的倒了下來，跟我們喝不到咖啡的心情一樣的糟。

（四）網球選手

我們下榻的王子旅館，雖有王子之名，卻沒有網球場，旅館管理員告訴我們離旅館不遠的威基基海灘（Waikiki Beach）有一個公共網球球場。

我們夫婦就穿了一身白色球衣球褲，手拿網球拍，挺胸凸肚，威風凜凜的步出了王子旅館。雖是清晨時分，也引起了不少旅客的側目，紛紛投以羨慕的眼光，我們夫妻就格外大模大樣、神氣活現的，以網球國手的姿態步出了旅館。

誰知公共球場的場地不多，打球要排長隊，等還是不等呢？正在我們猶豫不決的時候，淅瀝淅瀝的下起雨來了，我們只好拿起套了套子的網球拍當雨傘，跌跌撞撞的跑回旅館，在一片同情的眼光中，頭也不抬的衝進了房間。

（五）聖誕之夜

聖誕節晚上，我們坐上一條堪稱簡樸的遊船去看星星、看月亮。從晚會的自我介紹，我們就發現船上的百位旅客來自世界各地，大家都帶著極好的心情來過一個夏威夷式的聖誕節。

在今夜之前，這一船的人彼此不認識，明天又要各奔前程去了，只有今夜，一群萍水相逢的陌生人，輕鬆愉快地歡聚在一起，聽歌觀舞，共度一個神奇的夜晚。

歡樂過後，宴會結束，在彼此殷殷道別時，我忽然想起一首我喜愛的夏威夷民謠，珍重再見（Aloha 'Oe）：

濃密密的烏雲堆滿山頂，急駛過山頂上的樹林，山谷中吹來悲涼的野風，激動起我們的別思離情，珍重再見，珍重再見，親愛的朋友離別就在今天，從今以後到下次相見前，我們會感到心酸。

是的，親愛的朋友，明日又天涯，珍重再見！

（六）鑰匙疑雲

第二天清晨，我們早早下樓去吃早餐。

那曉得，我們的房門打不開了。

我平時家居就喜鎖門窗，旅行時更如臨大敵，非層層加鎖不可，昨夜恐怕走火入魔，鎖過了頭，只好面有愧色的對老公說：「那我去打電話找管理員來開門吧。」

不到五分鐘，管理員輕輕鬆鬆的從外面開門進來。看他開門容易，我很不好意思的一再解釋：「奇怪啦！我們剛剛左開右開都打不開呢！」

一抹詭異的笑容浮上他的面孔：「那當然啦！你們的鑰匙插在門外，怎麼打得開？」鑰匙插在門外？我夫婦你望我，我望你，呆住了，我們怎麼會做這種糗事？

忽然，我老公若有所思的回頭一看，咦！我們的房門鑰匙不是好端端的擱在桌上嗎？昨天旅館明明只給了一把鑰匙，那麼管理員從門外拿進來的這把鑰匙是哪裡來的呢？

為了這把神祕鑰匙，害得我們七上八下的緊張了半天。一下子，幾千百個問號同時閃過腦際：昨夜有人想闖進來嗎？這不速之客是誰？怎麼又會糊裡糊塗的把鑰匙留在門外？

（七）再試網球

飛毛伊（Maui）島的早上，外面飄著小雨，老公跑到旅館頂樓的露天游泳池去游泳。在游泳池中，碰到一位在雨中游泳的老先生，據老先生說對面五星級大旅館中有網球場。由是趁旅行社還沒來接我們去機場之前，我夫妻又一副選手狀，在眾目睽睽之下，挺胸闊步的步出了旅館，跑到對面的大旅館去打球。

五星級大旅館確有網球場，只是聖誕節是旅遊旺季，打球的人實在太多，清晨更是黃金時間，打球要好幾個月前預訂才行。

球場沒空，我們打球不成，不要說有多失望了，更「可悲」的是無顏見王子旅館的「江東父老」。為了不讓旅館中「一雙雙關愛的眼神」大失所望，我們只好在五星大旅店中吃木瓜早餐、餵鳥、閒坐、看報紙，看看時間差不多了，才拿起球拍，作出一股打完球的模樣，在眾人關愛與羨慕的注視下，大模大樣的回到了王子旅館。

（八）老公的同學

在毛伊機場我們租了一輛車，去Kihei拜訪老公的同學。

一九四九年國共內戰，老公的父親在英國朋友的幫助下，攜家帶眷，遠去英屬北婆羅洲沙巴（現屬馬來西亞），當時還是青少年的老公，就在沙巴度過了他的中學時光。

一九六一年三月，美國甘乃迪總統下令成立和平工作團（Peace Corps），徵召大學畢業生去海外從事和平工作，這些志願者一般到經濟落後的地區服務兩年，有的在當地國進行技術指導，有的與當地人民進行文化交流。這種到國外的工作既新鮮又有趣，立刻吸引了大批年輕人前往世界各地服務。遙遠的沙巴也就因此來了一批和平工作團團員。

老公就讀的英語中學，是英國基督教會牧師所辦，教學極為嚴格，學校水準很高，學生多為客家華人。在天時地利與語言的方便下，老公的女同學與和平工作團團員締結良緣的人數不少，這位客家女同學就是其中的一位。

現在他們夫婦住在毛伊。毛伊的天氣，植物景觀和沙巴極為相似，同學的先生興趣廣泛，多才多藝，他曾到臺灣學習故宮博物院的皇宮建築，回到毛伊後，自己設計建造了一幢類似故宮的彩色牌樓與住屋。因為大紅大綠的牌樓與中式的皇宮建築既醒目又別致，他們家就常被觀光客誤以為是旅遊景點。

（九）太空旅行

到了毛伊，不能不去漢娜（Hana）。

漢娜在毛伊島的最東端，去一趟漢娜就好像經過了一次嚴格的太空人訓練。小巴士在羊腸小路上曲曲折折，轉了幾百幾千個大彎小彎，顛顛簸簸的來回花了十二小時。

我們的司機兼導遊年輕有活力，從外表看來他是歐洲白人，據他自己說他有四分之一的夏威夷土著血統。他是一個能幹負責的帥哥，這一趟漢娜之行，全是他一個人在演獨角戲：早上他為我們在海邊涼亭舖檯布，準備早餐；中午他又為我們烤肉烤魚；一路上還不停地為我們十三個遊客解說風景，指點花木。對他的解說，遊客也都極為認真的發問，記筆記。

漢娜之美，麗質天生，完全是一副原始熱帶雨林的風貌，植物長得高大碩健，鬱鬱蔥蔥，密可遮天。

小巴士沿著蜿蜒的山路前進，一面高山仰止，花紅葉綠，林木森森，東瀉幾條白線，西掛兩條白綢，都是大大小小的瀑布，另一面則是畢直高深的山崖，山崖下

白浪翻滾著藍海，清麗絕塵

這漢娜該不是比著伊甸園造的吧？如果這真是一條去伊甸園的天路，怎能沒有些曲折呢？一旦有了這種想法，我對這次的「太空之行」，也就安之若素了。

（十）機場驚魂

去「大島夏威夷群島」（Hawaii）的早上，陽光和煦，海風輕柔。我們懶洋洋的坐在海邊小屋喝咖啡、吃早點、聽潮聲、觀海浪。在夏威夷這許多時日，我們終於有點夏威夷情調了，不急不忙，甚麼也不想的享受著人生。

從海邊散步回來，時間還早，我們商量著不如打點行李，去附近的捕鯨村看看玩玩，然後再去機場不遲。行李整到一半，老公忽然大叫不好，原來他看錯了時間，今天去「大島」的飛機不是正午，而是上午十點十五分，目前九點已過，去飛機場要四十五分鐘。

這一發現非同小可，兩個剛剛沾上一點呼拉情調的旅客，馬上驚慌的跳起來，瘋狂的把東西塞進皮箱、扔進紙袋、衝出旅館、衝上租來的汽車，飛也似的向機場開去。

毛伊的公路，是專為享受清風陽光的遊客而設的吧！處處都是不可超車的雙行道。這時天空飄起了雨絲，前面的汽車就開得格外的緩慢了，一車接一車，排起了好長的一條長龍。我們兩個「亡命之徒」，超車無術，換道無門，跑既跑不開，飛又飛不起，只好眼睜睜的看到腕上的手錶，一分一秒的接近了十點。

在微風細雨中我們交回了租車，再換機場巴士到達機場時，剛好十點十五分，正是我們飛機起飛的時刻。

我們狼狽不堪的趕到候機室，看到人潮洶湧，我才鬆了一口氣。果真聽說去大島的飛機還沒來呢！但是……機場牆上看板上的起飛時間為什麼會是十點十分、提早了五分鐘呢？老公越想越覺得不對勁，就跑出去打聽，這一打聽，可不得了，我們走錯了航空公司，我馬上跳了起來，抓起大包小包，尾隨老公，衝向隔壁的航空公司。

匆匆忙忙的，我把手中的大小行李，網球拍、雨傘、唱片、Macadamia巧克力等往檢查帶上一扔，然後跑過檢查區，急向登機口邁去，不料此時警鈴大作，安全人員叫我把身上有銅環的皮帶除去，才得安全過關。

當我們氣急敗壞的趕到登機場入口時，門口的鐵鍊已經拉上了，停在機坪上的飛機正在緩緩的撤去前面的樓梯。

眼巴巴的望著眼前即將展翼高飛的大鵬鳥，我們夫婦情不自禁地在鐵鍊後面哀聲嘆氣，徒呼負負，奈何啊奈何！想不到這段精彩的表演竟然感動了旁邊的機場人員，他們突然拉起鐵鍊，叫我們從機尾的樓梯上機。

好險！好險！好險！我們一坐下，飛機就起飛了，我一看錶，剛剛十點三十分。

（十一）大島夏威夷

在夏威夷群島之中，以夏威夷島的面積最大，因為夏威夷島與群島同名，容易造成混淆，所以一般人稱它為「大島」，或「大島夏威夷」。

大島是火山之島，火山、地震與海嘯極為頻繁。目前夏威夷國家火山公園的幾座活火山，煙霧迷漫、紅燙的熔漿和著焦黑的沙石滾翻不斷，流淌成河，流入海洋，是遊客們觀賞火山奇景的所在。

我們在大島住的地方叫孔納（Kona），到處都是一片炭焦黑石，一看就知道是火山的傑作。

孔納的建築很新，旅館都造得很漂亮，是一個不折不扣的觀光區。因為黑色的火山石土壤不多，樹木稀少，一眼望去，小港景色一覽無餘。我們的旅館一面環海，一面對著遠山，雨中看海，白浪沖著黑石，秀麗中帶著豪邁。

在大島，我們和老公的同學會合見面，然後一起去看他們住在大島的好友。他們的好友以前是網球選手，現住大島從事建築事業，生活過得安適悠閒。

雨季的大島，晴雨不定。我們來到同學好友的私人網球俱樂部，終於在陽光與小雨之間，打了一場網球。自從我們來到夏威夷，打網球的心願一直無法實現，以致勞師動眾、千里迢迢帶來的全套網球裝備投閒置散，英雄無用武之地，現在總算如願以償，得以一顯身手。老公和昔日網球選手的一場單打，更是精彩激烈，兩人在球場上來回廝殺，不分高下，引來不少人圍觀。

晚上我們在主人種滿花果的後園進餐，我們喝到了著名的夏威夷Kona咖啡，最最難得的，是喝到主人自己親自種植、研磨、烹煮出來的Kona咖啡。那咖啡的香氣，時過多年，依然難忘。

（十二）尾聲

在大島的最後一天，也是這次七日三島旅行的最後一天，我們什麼節目都沒排，只是安安靜靜的享受了一天的海浪、清風、小雨、陽光。

人生如天氣，總有風風雨雨。經過了夏威夷的風雨七日，回家後，我的心情十分平靜，我不再猶豫，立即辭去早已日薄西山，奄奄一息的工作，在鄉野中另闢新徑，開始了我的寫作生涯。

不久後，我找到了一份穩定滿意的工作，在起起伏伏的職業生涯中，寫作成了我的心靈雞湯。有寫作相伴，我的日子過得十分坦然。

春風已度玉門關

那一年，我十八歲，剛從臺灣大學校總區轉到法學院分院上課，校舍是日本人造的，我常去那幢木樓圖書館看書，圖書館很小，書也不多，走進圖書館，古色古香的，是我喜歡的讀書地方，就在那幢木樓裡，我翻到一本史坦因的《西域考古記》，我被那本書震驚了，尤其是他敘述羅布泊是一條會改道的遊離湖的那一段。多年後，我還一直尋覓這本書以及史坦因的西域考古，後來這幢木樓拆了，又蓋了座新圖書館，我對臺灣大學法學院念念不忘的，仍是這座已不存在的圖書館、還有那本史坦因的《西域考古記》。

一九九〇年我終於如願以償的去了敦煌：坐火車、騎駱駝、穿過鳴沙山、俯視月牙泉。在黃土廢墟中，我們乘坐了一輛小驢車來到了一個叫「交河」的地方，我跳下驢車，想起古從軍行：「白日登山望烽火，黃昏飲馬傍交河」。原來這裡曾是交通繁忙的古戰場，現在羅布泊已乾涸，歷史上頗負盛名的樓蘭古城，已是黃沙一片。想起當年烽煙四起，詩人寫下「年年戰骨埋荒外、空見葡萄入漢家」「可憐無定河邊骨、猶是深閨夢裡人」的首首悲歌。葡萄、美酒、夜光杯，曾幾何時，遊客安坐葡萄棚下的地氈上，津津有味地享受著從棚上垂下來的的馬奶子葡萄，欣賞著美麗的新疆歌舞。

在顛簸、顛簸、又顛簸後，我終於來到史坦因和道士王圓籙討價還價的莫高窟藏經洞。史坦因在中國意外的發現立即吸引了各國考古家和探險家：法國伯希和、日本橋瑞超、俄國鄂登堡，紛紛到敦煌來淘寶，很快地，除了洞窟中的佛像、壁畫，藏經洞中收藏的萬卷經書也幾被一掏而空。一位哈佛大學教授，華爾納，甚至用膠布將壁畫和佛像臉上的金箔黏走。

後來，敦煌最重要的中國藝術家常書鴻出現了，常書鴻是和徐悲鴻同時期的留法畫家，他的油畫，在法國拿過三次沙龍金獎、兩次銀獎。有一天他在法國巴黎街頭看到法國探險家伯希和出版的《敦煌石窟圖錄》，他立即被迷住，馬上回國，趕到敦煌，中國自己人開發整理敦煌，由是開始，因為莫高窟已四百年未整理，他回到了敦煌，光清理沙子，就清了半年。

常書鴻又帶來大批畫家到莫高窟工作，他們都被莫高窟的魅力所吸引，前仆後繼，忍受常年的寂寞與枯燥，以整理莫高窟為終身職責。一代人過去了，他們最後都埋葬在莫高窟附近的黃沙中，他們為莫高窟而生，為莫高窟而死。他們是真正的莫高窟守護人。

在敦煌夜市，我有了意外的收穫。我發現了一本畫家李振甫摹臨的《敦煌手姿》，從五胡十六國一直臨摹到元朝，每個朝代的畫風不同、每一隻手的形狀也各異，當我們看佛像、菩薩時，很可能忽略「手」的存在，當畫家把手分開畫出來時，這才知道「手」的豐美多姿，每一座佛像或人物，都因手姿的不同而表現出不同的內心世界。我似乎還聽得到執樂器的手在敲鑼打鼓、箜篌叮咚。得到這本書的喜悅，一如多年前，我在臺大法學院木樓圖書館看到史坦因《西域考古記》時的激動。

莫高窟洞穴中的壁畫和塑像，是一部佛教的博物館、也是一部中國舞蹈史。古書中形容流行的音樂和舞蹈，千年後，看壁畫如看電影，這些洞窟的舞蹈，受到西域影響，栩栩如生，所以現代喜愛歌舞的人，到了敦煌，靈感頓生，編出「絲路花雨」這麼美麗動人的歌舞來。這裡的舞蹈表現出中國與西域千年來舞蹈逐漸融合的過程。唐王室有西域血統，特別喜愛音樂舞蹈，唐朝在莫高窟開築的洞窟非常多，看了這些洞窟舞蹈，以前失傳的舞蹈又好像重現於今天，敦煌的僧侶曾經特別喜愛音樂，不但抄俗曲文（樂詞），還自己創作俗

敦煌手姿

曲，甚至有經常舉辦音樂大會的記載。

莫高窟出土的萬片竹簡也十分驚人，這些書法並非出於有名的書法家，大部分作品出自敦煌附近的工作人員。他們的書法自由自在，多種多樣，任意揮灑，因為莫高窟起自五胡十六國，又經北魏，西魏等北方王朝，所以這些類似「魏碑」書法，多帶有北國風味，雄渾有力，對中國的書法自有一定的影響。又因莫高窟天氣乾燥，所以東西保存良好。這不能不說是中國的好運氣。敦煌在一九八七年被聯合國文教組織列為世界文化遺產。現在敦煌文物已成為世界有名的「敦煌學」了。

經過百年，兩代人的努力，一九五〇改為「敦煌文物研究院」的現任所長樊錦詩，繼承前人足跡，與世界壁畫專家合作採用了最新的治沙壁畫防病蟲害技術，與照相數位化等一系列的新科技，使長期飽受風沙之苦的文物損害減少到最低，尤其照相數位化，敦煌寶物得以超越人類，以虛擬的方式永久保存，敦煌寶物得以百尺竿頭，更進一步，以新科技形式，來表現千年來的舞蹈、飛天等的動作與演變。

最難能可貴的是「治沙」的成功，多少中國科學家，窮一生之力，研究防沙治沙，當今中國沙土的荒漠化的面積居然縮小了，沙漠又長出草木來了。「行人刁鬥風沙暗，公主琵琶幽怨多」，莫高窟的飛沙基本停頓了，二千年的國寶，又恢復了昔日光彩。

「草方格」治沙的成功，絲路已不是滿天黃沙的昔日景象，駝鈴叮噹，商旅來往，一步一沙陷，千年來，沙漠行舟的顛沛、艱辛、危險已成為歷史，隨著一九九五年塔卡拉瑪干公路通車，現在柏油馬路上汽車、卡車飛馳而過，鐵路直通歐洲。人們不必長年駝行，在石壁上辛苦鑿洞，雕塑佛像，乞菩薩保平安。現在高鐵有如飛天，揮動彩帶，就能快速的從亞洲直達歐洲。

如今萬里長城已被孟姜女哭倒，北方游牧民族已經陸續融入中華，駱駝黃沙的日子遠去了。如今新疆除了傳統的葡萄、哈密瓜與香梨外，美麗的野生杏花滿山滿谷。熏衣草、番茄（番茄，產量占全世界四分之一）、辣椒、棉花年年大豐收。春到塞外，火車汽笛嗚嗚，「忽如一夜春風來，千樹萬樹『杏』花開。」

我們何其幸運，經過一代代人的努力，我們保存了中國最後的珍寶，因為天災人禍，許多中原的藝術品、書籍、文化、以及生活方式都丟失了，現在敦煌寶藏都被我們中國人用自己的聰明和努力，給保留了下來。

羅布泊雖然乾涸了，但中國人在羅布泊中發現了豐富的鉀鹽，鉀肥是農業用的重要肥料。以前七十％的鉀肥由國外進口，現在羅布泊鉀鹽年產量一百五十萬噸，占全國產量的四十五％。

二千年來黃沙滿天滿地的新疆，在火焰山山腳下、滾漫的黃沙中，經年累月，千萬人為了華麗的絲綢、冒著生命危險，走出一條貫通歐亞絲綢之路。這麼多年來，竟無人知黃沙之下埋藏著如此豐富的寶藏。如今，新疆石油、天然氣、煤產量占中國第一，其它優質的稀有礦產也極為豐富。感謝西遊記中的鐵扇公主，守住這塊土地，等待中國人自己來發現，來開採。

一如十八歲那年，我在圖書館第一次看到史坦因的《西域考古記》的驚豔，和它近年來的華麗轉身，數十年如一日，西域的魅力不改，依然深深的吸引著我。

東湖之濱武漢之行

二〇一二年十月海外華文女作家協會應湖北作家協會之邀在武漢東湖賓館舉行第十二屆雙年會，會後並安排我會會員與貴賓們免費遊三峽或武當山。在湖北作協精心的安排下，大會的召開與旅遊的安排，無不完美周到，使我得以在武漢度過了驚喜連連，難以忘懷的六天五夜。

初抵武漢

我從洛杉磯飛抵武漢，一路順風。早上九點三十分，飛機準時抵達武漢天河機場，我推著行李車出關，還沒走到接機的大廳，就看到湖北作協高舉著「海外女作家協會」的牌子，我一揮手致意，立即從人群中走出一男士要替我提行李，我一面道謝，一面聽作協代表對他說「你們可以走了，另外要接的那位時間弄錯了，要晚上九點半才到呢！」

這位送我去東湖賓館的就是湖北作協的小甘——甘良柏先生。小甘是老武漢，他的車子就停在機場旁邊，他又熟門熟路的走了一條車輛稀少的捷徑，結果不到半小時，東湖就到了。小甘看了看時間就跟我說東湖的入口有好幾個，現在因為接機順利，時間多出來了，不如從湖北作協對面的大門進去，先繞湖參觀毛澤東主席住過的梅嶺，再去賓館不遲。恭敬不如從命，我就欣然接受了他的美意。

後來我才知道，這東湖比西湖大六倍，繞湖一圈極不容易，真要多謝小甘的細心周到，讓我意外的繞湖一周，並在著名的梅嶺拍了許多照片。

東湖賓館

在未去東湖前，我以為毛主席住過的地方，必定是老屋翻新，風韻猶存的會議中心，想不到我們這次下榻的東湖賓館居然是全新的五星級賓館：大廳寬敞雄偉，大理石光亮照人。一進門就有四位年輕美貌的小姐，穿著大紅亮片的緊身長禮服，站在大門兩邊，笑臉迎賓。

湖北美食

就在我出發前幾天，CCTV「遠方的家，北緯三十度」，正在洛杉磯播出「食在武漢」多種多樣的湖北過早（早點）叫人食指大動饞涎欲滴。但因此次大會會期短，節目緊湊，東湖賓館又遠離市區，我就以為一定吃不成湖北小吃了，誰知東湖賓館善體人意。自助餐廳的菜餚，非常到位，天天都有各種美味多滋的湖北佳餚（包括過早），任君選擇，讓我在武漢「足不出戶」也能遍嚐湖北的風味餐點。

在小吃之外，我們還吃到一席精美的湖北名菜。這是「武漢知音傳媒集團」宴請的酒席。據說主人極為慎重，所有菜餚都是經過再三嘗試後才定下來的。在諸菜中，我個人喜歡湖北的魚丸與糯米珍珠丸。這些丸子色香味俱全，入口即化。真叫人一吃難忘，回味無窮。

文學姐妹們

對我而言，這次大會是一次文學大豐收。在大會中我遇到的女作家，不論是會員還是貴賓，個個都是文壇健將，有著非常的經歷和文學成就。

嚴歌苓與張翎是近年來得獎最多，名氣最大的兩位。這是我第一次見到她們本人，在聽到她們演講後，我覺得她們風度佳，口才好，演講有內容，尤其張翎以「我在這裡，我在那裡」來形容跨文化寫作心態的兩句話成為這次大會的經典名言。

在那天報到的中午我在自助餐廳碰到章緣，她邀我同桌共餐。在交談中我才知道她是臺灣大學中文系的畢業生，住在北京上海多年，對美食有特別的研究，我後來又在不同場合見過她，發現她對服裝也極有講究。原來她是一位極有品味的才女。

在大會中我遇見的另一位才女是施叔青。施和她妹妹李昂都是臺灣的重要作家，我以前在世界日報上常看她的文章，覺得她才華橫溢，文筆非凡。這次見到的她，梳了一頭銀髮，對人親切，面帶笑容，極有人氣，那幾天莫言得諾貝爾文學獎的消息傳出來，大批媒體圍著她聽取她的高見。

來自泰國的「夢凌」是我們中間最年輕的會員。她雖然只有四十歲，可不是一位簡單人物：她是中文學校校長，華文副刊總編輯，能歌善舞，活潑可愛，是大家的開心果。她一路照顧文友，特別是年過八十的王仙大姐。當王大姐得知她老友去世的那一天，心情極為低落，要人陪伴，夢凌就特別去陪她住了一夜。

武當山之行

會後我和二十位文友同遊武當山。因我和荊棘去武當山的第一天就搞錯了時間，從此我們就成為眾姐妹關懷和照顧的對象：陳若曦大姐的寬宏大量；領隊汪文勤的耐心等候；夢淩的沿途照顧；以及白舒榮老師一直送我到北京機場國外轉機處等等。一路上文學姐妹的關心愛護，叫我既感謝又感動。

道教盛事

我們離開武當山的那天，正好是道教一百四十年大會。也就是說，我們與道教團體有些重合。我們從前一天下午就陸續看到道士抵達，我最喜歡看道士們把頭髮在頭頂紮起的打扮，看起來十分瀟灑。我發現道士中老實人大有人在。例如有位老道士背著一個極漂亮的背袋，我就請他擺出各種姿勢照相，他都一一應許。

我團與道教團唯一的會面是那一天的早上的早餐時間。因為我們要下山離去，他們要開始一天的行程，所以我們就在早餐的地方碰頭，我們這邊吃完早餐有人離開，他們團體就補充進來。我們那一桌很快的就有幾個人補充了進來，為了禮貌，我就很客氣地請問貴姓？坐在我對面的，是一個中年男子，陪他的有幾位年輕道士，那幾位年輕助手就說：「這是張大師，今天的主持人。」我想都沒有想，就很快的說：「我可以跟你合拍一張照片嗎？」沒想到對方說「不行」，我就只好算了。

然後我就離開了飯桌，開始下山了。後來我在網上看到當天的主持人確實是一位姓張的大師，還是張天師的後代。

大會結束後，每一位參與者都帶著豐富的收獲、愉快的心情與美麗的回憶，回到自己的僑居地。

後記：

想不到這麼溫暖。熱情的城市在七年後的二〇一九年遭到人類史上的瘟疫大劫。黃鶴樓前黃鶴飛！祝福武漢人民。

北京大學巡禮

北京大學是當今中國綜合實力最強的大學，歷史上新文化運動與五四運動等等重要運動的發源地，更是今天大多數中國學生與家長們最嚮往的一所學府，如此家喻戶曉的名校會是怎樣的校園呢？我非常好奇。

感謝劉俊明團長，北美洛杉磯華文作家協會與中國作家協會交流的機會，特別替我們安排了北大之行，使我中能見到自己心儀的北大。

北大的歷史

北大與中國近代史是分不開的。一百年來在中國的歷史上，北大一而再再而三地扮演著改變歷史的重要角色，然而國家政局的動盪與不安也給北大帶來曲折複雜的命運。

- 京師大學堂：一八九八年光緒皇帝在維新救亡的壓力下，下了「明定國是詔」，正式提出興辦中國第一所國立大學「京師大學堂。」
- 國立北京大學：一九一二年袁世凱任臨時大總統，將「京師大學堂」更名為

「國立北京大學」。任嚴復為校長。

- 國立西南聯合大學：一九三七年盧溝橋事變爆發，抗日戰起，北平（北京）天津相繼淪陷，北京大學奉國民政府之命南遷，於一九三八年與清華大學、南開大學在昆明聯合組成「國立西南聯合大學。」
- 國立北京大學：一九四五年抗戰勝利，西南聯大解散，次年，「國立北京大學」在北京復校。
- 北京大學：一九四九年中華人民共和國成立，大學收歸國有，「國立」兩字取消，「國立北京大學」改為「北京大學」。

燕園與莫菲

有人說在滿清末年的內憂外患之中，義和團事件是壓倒駱駝的最後一根稻草。它不僅直接導致了滿清的滅亡，更逼迫閉關自守的中國人改變思想，走向世界。

這打著「扶清滅洋」口號的義和團事件發生在十九世紀末，是一場大規模的「排洋務運動。」當時所有在華的西方人士都受到了牽連。其中包括傳教士與華人基督徒。事件以後，在華的基督教會就改變了傳教的重點。開始興建大學，從事教育。為了表現教會的親和力和減少中西文化的差距，這些大學的建造，一律採用中國式建築。

在這些教會大學之中，最有名的，當推位於北京的「燕京大學」。一九五二年，中國教育當局基於「外藉人士不得在中國興辦學校」的新規定，將高等學院、與院系做了大幅度的調整。其中燕京大學的文法學院分給北大，理工歸清華，同時北大遷入燕京大學，燕園由是成為北大校園中的重要景觀。

燕京大學成立於一九一六年由美國建築師亨利莫菲設計建造。莫菲畢業於耶魯大學建築系。他一九一四年到中國來時，義和團事件剛過，一些在華的基督教會開始大興土木，建造教會大學。莫菲躬逢其盛，陸續在中國各地規劃設計了許多重要的教會大學，這些建築使莫菲成為當時中國建築界「古典復興思潮」的代表人物。

莫菲的古典復興建築風格，是一種中西合璧的風格，我相信在當時這種風格一定給人「洋裡洋氣」的感覺，但經過中西文化百年的碰撞融合與沉澱，以後莫非所設計的燕園，現在看來竟是秀麗端莊、古意盎然。

北大的大門口有一對石獅子，有皇家氣派的紅色牌樓之上，高高的掛著紫藍色為底，金框圍繞的匾額上面書有「北京大學」四個燙金大字。進入校園沿著人工湖「未名湖」走去，湖光塔影（博雅塔），綠柳垂蔭。湖岸邊，紅色的廊柱與中式的牆飾在青松翠柏之後，時隱時現，新古典的色彩，古色古香，婉約而含蓄。

據說「未名湖」的「未名」倆字，出自國學大師錢穆。燕園詩情畫意的湖水與典雅秀麗的林園，讓北大在原有的人文氣質之外，更孕育出一種獨特的「靈氣」。

在百科百度上我看到在曾在北大流行的詩句「未名湖是個海洋，詩人都藏在水底，靈魂們若是一條魚，也會從水面躍起」未名湖的詩人是何等的意氣風發！

和團事件與接踵而至的八國聯軍整個改變了中國。中國開始西化，作為時代先鋒的國立大學普遍地採用了西式建築，北大當然也不例外，現在北大校園中至少有一半以上的建築是西式的，擁有全亞洲最大、藏書量最豐富的北大圖書館（其中東館由香港富商李嘉誠捐件）是一種帶有中國屋頂的西式建築，為慶祝北京大學建校一百周年而建的紀念堂更是一座雄偉壯觀的歐洲建築。

從滿清的一些親王王府，到清末民初的燕京大學，到現在雄偉壯觀的圖書館，與「百周年紀念堂」，北大的校園處處都是歷史。

我們到北大的當天正好是開學的第一天，圖書館門口掛著紅色的橫幅「得天下英才以育之，攬世上群書以傳承——熱烈歡迎二〇一〇及新同學」我們參觀完畢離開北大時，已近五點，學生們正下課出來，人潮滿校園，從各國各地精選出來的「天下英才」踏著前人的腳步向前邁進。

「我們今天東風桃李，用青春完成作業，我們明天巨木成林，讓中華震驚世界。燕園情。千千結，問少年心事，眼底未名水，胸中黃河月。」

「問少年心事，眼底未名水，胸中黃河月。」責任與榮耀，在歷史的長河中，北大人，一代又一代，繼往開來，任重而道遠。

（註：除了燕京大學，莫菲還設計規劃了長沙雅禮大學、福州協和大學、南京金陵女子大學、廣東嶺南大學的部分建築以及清華學堂校園的整體規劃和四大建築的設計等等。一九二八年莫非也曾擔任南京國民政府的建築顧問，主持制定了一九二九年南京的首都規劃並設計了紫金山國民革命軍陣亡將士公墓紀念塔與紀念堂和南京國民政府鐵道部大樓。又與設計南京中山陵，廣州中山紀念堂兩大建築的中國建築師呂彥直，有很深的淵源：一九一八年李彥直和康乃爾大學建築系畢業後，在紐約的莫菲建築師事務所工作。一九二一年彥直回國，短期在莫菲事務所的上海分所工作。）

源遠流長

據文獻記載，張姓來自黃土高原。我七歲隨父母到臺灣，二十二歲遠赴美國讀研究院，所以我小時候最嚮往的莫過於在書中讀到近在咫尺卻不能回去的故國。中國是一個想起來既叫人自豪，又叫人痛苦的地方。當我們讀到清朝戰敗簽訂不平等條約時，我們中學生都會熱淚盈眶，我們歷史老師用蒼老的聲音講到國父孫中山在臨終時還不斷地呼喊「和平、奮鬥、救中國」時，同學都感動得哭了。

還記得讀高三時的一個黃昏，下課後，我留在三樓教室讀《正氣歌》，正好一陣清風從視窗吹了進來，《正氣歌》中的風骨一一浮上心頭：「哲人日已遠，典型在夙昔。風簷展書讀，古道照顏色。」風簷展書讀，古道照顏色，是的，《正氣歌》中的每一位哲人都是我崇拜的民族英雄！

一九八七年兩岸開放，我媽在紅十字會放了一則尋親啟事。三十八年前兩百萬軍民隨國民政府來台，四十年前離家的青少年此時已白髮蒼蒼，當年依門盼兒的老母都已八、九十歲。四十年來，來自大陸的民眾懷鄉思親之情緒已高漲到了極點。就在千萬張尋人啟事中，我的表弟（我媽妹妹的長子）居然看見了我媽張貼的啟事，我們這才和大陸的親人聯絡上。其實這位表弟是我媽到臺灣以後才出生的，我媽並未見過。從表弟那兒得知，外公已去世，但我媽的兄弟和妹妹還健在。四十年前，事出倉促，外婆為了照顧外孫就跟我們到了臺灣，而我外公則隨大舅去了昆明。後來外婆在臺灣去世，我媽就把外婆的骨灰帶回大陸，一家四兄妹將外婆的骨灰葬在杭州公墓，在外漂泊了四十年的外婆終於落葉歸根、魂歸故里了。

一九九一年，我第一次踏上我「知之甚詳」的中華祖國，我的第一個行程是築大水壩前的長江。《長江之歌》伴我一路前行，「你用甘甜的乳汁，哺育了各族兒女」。我生在四川重慶，曾經被長江哺育過。四歲時，抗戰勝利，我隨父母搭輪船從四川回南京，當時年紀小，什麼都不記得。有一個朋友比我長幾歲，他還記得當年下長江過三峽的情景。他繪聲繪色地描述，讓我們羨慕不已。這次再過三峽，我四處觀望，「兩岸猿聲啼不住，輕舟已過萬重山」。影帶倒轉，逆流而上，一下子重慶朝天門到了，我回家了。

以後我年年去大陸旅行，連續去了十多次。我攀登過三山五嶽，走遍大江南北。有一回來到湖南屈原的故鄉，在那裡屈原的詩都刻在石碑上，我從詩碑中，找到我最愛的一首——《國殤》。我請講北京話的導遊朗讀，她大概沒讀過《國殤》，斷句不對，聽了難受。我回到家中，用我的國語一連讀了好幾遍才覺得舒暢。「誠既勇兮又以武，終剛強兮不可淩。身既死兮神以靈，子魂魄兮為鬼雄！」這是一首祭悼楚國陣亡將士的輓歌，將士們英勇作戰，死得悲壯！只有屈原的天才，才能寫得出如此悲壯的詩歌。

歷史上漢民族和北部遊牧民族交戰不斷，漢族人民被徵往邊疆守邊抗敵，久而久之，「邊塞詩」自成一派，我去新疆旅行，邊疆風情一如前人所述。歷代保家衛國犧牲性命無數，「可憐無定河邊骨，猶是深閨夢裡人」，多麼殘酷淒慘的歷史。

在新疆黃土廢墟中，我們乘坐的小驢車突然來到了一個叫「交河」的地方，我跳下驢車，想起樂府詩《古從軍行》「白日登山望烽火，黃昏飲馬傍交河。」

原來這裡兩河相交，所以叫「交河」。當年血腥的戰場，現在黃土一片，已無人煙。想起當年烽煙四起，詩人寫下「年年戰骨埋荒外，空見葡萄入漢家」的悲歎。現在遊客安坐葡萄棚下，享受著從棚上垂下來的馬奶子葡萄，欣賞著新疆歌舞，只有這一首首戰歌，還記載著血跡斑斑的戰亂與殺戮。

近代的戰爭來自海洋。甲午之年，中國的北洋艦隊被日軍擊敗，全軍覆沒，許多優秀勇敢的軍官葬身海洋，這是一場最叫人心痛難忘的海戰。看完博物館海戰的電影出來，人人心事重重，往事不堪回首。數月後，我的朋友寄來中國海軍節的照片，白雲藍天下、大海之中一條條雄赳赳、氣昂昂、整齊的艦隊陳列海上，海上鮫龍也。此一時彼一時，想到不久前才看過的北洋艦隊全軍覆沒的電影，我情不自禁哽咽起來。更想不到後來還看到遼寧號和自建的航空母艦。我不禁流下了眼淚，自豪的眼淚。

我的母親二〇〇六年在臺北去世，我在她的遺物中找到一份簡明家譜。原來吳家家譜毀於動亂，我媽媽的堂兄吳廷瑜老先生憑記憶寫了一份簡明家譜，我才知我媽媽的家族是徽商，萬曆年間到杭州做鹽與木材生意，而定居杭州。

二〇一四年，我參加北美洛杉磯華文作家協會與中國作家協會的交流，去遊江南。在去之前，我特別把家譜拿出來看了一下，才知道我媽媽的吳氏家族來自安徽休甯商山。

從黃山下來，我們來到黃山市，也就是歷史上的徽州。導遊講到徽商，我就說我祖先來自休甯，這才知道休寧這蕞爾小城，來頭可不小，竟然是大名鼎鼎的「中國第一狀元村」。歷史上，此地一共出過十七名文狀元。只可惜，我們家還沒出過狀元，只出過榜眼。

到了杭州，我參觀了母親常提起的「祖宅」，這所祖宅是雲貴總督吳振棫的退休宅第，目前是杭州規模最大、保存最為完整的明代古宅（現為杭州文史研究館。）

想不到，自此以後，一連串不可置信的事情接踵而來：江南遊以後，我參加浙江省人民政府新聞辦公室、浙江省人民政府外事僑務辦公室、浙江省教育廳、浙江日報報業集團等四家單位聯合舉辦的鄉愁徵文，我的一篇《母親的吳宅》獲頭等獎。文章登出後，一位從未謀面，家住三藩市的表弟通過《浙江日報》－海外版找到我，原來吳氏家族彼此之間已有微信往來。

自我加入後，吳家眾親戚在吳宅四軒堂開了第一次宗親大會，六十六位親人從世界各地趕來參加，在宗親會上大家決議重修家譜，分頭去收集祖上的書籍詩稿。

據簡明家譜記載，明萬曆年間，因横河橋塌，我家祖先恒吾公獨捐資改建横河橋壩，被人稱為「吳公新壩」，自此定居杭州。從恒吾公遷杭到我外祖父，一共十二代，其中有過三代四進士、八舉人的輝煌成績。當時坊間曾有「學官巷吳家，門第為杭城之冠」的美譽。

在遷杭第六代祖先吳灝的領導下，吳家編過杭州詩人集——《國朝杭郡詩》，後由我叔祖雲貴總督吳振棫編續集與第三輯。詩集跨越一個世紀，包羅清朝一朝杭郡八千詩人詩作，其中包括方家與閨秀詩稿。

如今在吳氏家人的共同努力下，我們正從各處找回在戰亂中失去的書籍，故國故園的故事漸漸有了眉目。

尋尋覓覓，經過曲折長遠的路，我，終於找到自己失落的血脈。在吳宅徽式牌坊上，我看到吳氏祖先留給子孫的話：「源遠流長。」由是我寫下《歸家的路》一詩來回答祖先「源遠流長」的呼喚。詩曰：

幾度時空交錯
我在海外漂泊
忽然聽見
黃土高原上
母親河
在輕輕地呼喚我

祖先傳我密碼
暗藏在血脈深處
我是無可救藥的鮭魚
就是再過千生百世
我也認得出
那條歸鄉的長路

第三隻眼

一九四九年，當毛主席在天安門城樓上宣告：「中華人民共和國中央人民政府正式成立，中國人民站起來了」時……七歲的我正隨著父母乘坐鳳山輪貨輪，在颱風的顛簸中從福建馬尾駛抵臺灣基隆港……從此，我看中國就成了第三者。

我在中國居住的時日不多，但是幼年的我，是在一片極濃的鄉愁中成長，當時二百萬軍民退到臺灣，人人無不思念近在咫尺，卻剛剛失去的大陸。受到大人的影響，大人的鄉愁就成了我們小孩的，因此我的鄉愁是隔代的，是舖天蓋的的，是無遠弗屆的。

以後我從臺灣去了美國……一待五十多年。到了人生晚年，我才突然發現，我是沒有鄉愁的；除了十多次的中國旅遊，我從未在中國大陸上真正生活過，所以我數十年來都是用第三隻眼看我所愛的中國和我所愛的中華民族。

網際網絡的誕生，科技的進步，所以我得以目睹中國改革開放以來的大國崛起，中國的成長進步，是方方面面的，尤其在科技方面的成就，令人歎為觀止，例如天眼、北斗衛星、高鐵、大飛機、航空母艦、填海、造島等等……上窮碧落下黃泉，數也數不完。我曾看過一部紀錄片，八年抗戰結束，全國上下，精疲力竭，當時中國科技極端落後，實驗室的工具連現代人的廚房工具都不如，誰知就是在這種極度困難的環境下，開始了我國的基礎科研，短短數十年，中國實力，幾可迎頭趕上科學大國。由是可知，以當年中國人之貧窮，人口之眾多，全國上下因抵抗日本侵略後的精疲力竭，翻身是極其困難的。

以前，中國人在世界上以貧窮著稱的，每看滿清末年留下的舊照片，人民粗布棉衣，全身補釘的鏡頭，是最教我痛心的事了。我媽早年在貴州教書，常說貴州人窮，窮到一家人共一條出門的長褲。想不到窮人在改革開放以後，就真的翻身了：先是一般人的脫貧，記得早年海峽兩岸初互通時，臺灣同胞的一衣一褲都是大陸同胞相爭搶要的東西，曾幾何時，大陸早已超過臺灣，現在我們去大陸，都搶著要買大陸的服裝，不但品質好，設計又新穎漂亮，走在美國街頭，引得街人為之注目，頻頻問我何處購買。

中國人多，吃飯的口多，很多人生活的環境極不理想，世代都居住於窮鄉僻壤，我常為必須爬高山，行遠路，生活極端困難的人流淚。但近年來由政府主導的全面小康，把窮困地區山莊，一村村的搬到類似「臺灣眷村」（臺灣供軍人與家屬居住的房舍）的地方，提供水電，學校，市場，有時政府還派人來指導農業技術，或生產手藝，讓窮人過起有尊嚴的生活，有些有創意的「窮人」，甚至還可創業致富。

近來我去大陸探望親友，家家生活寬裕，一般小康家庭，佈置清潔雅致，講求品位。已和臺灣的中等家庭不分上下了。中國曾是人口大國、窮人大國，能在如此短時間內，從全面赤貧到全面小康，不只在中國歷史上未曾發生過，也是世界上絕無僅有的奇績，所以我有一位朋友常說「諾貝爾經濟獎，應當頒給中國！」

中國人的勤勞、智慧、能力是沒話說的，只要給「窮人」一個環境，一個機會，就可以翻身脫貧。世界上窮人太多了，往往是窮人沒富，富人卻更富了。中國政府的全面扶貧政策，實在不可小覷，現在已經吸引了有心的窮國來學習了，這絕對是中國人的自豪。

「好鐵不打釘，好男不當兵」。中國軍人的形象一向不佳，但最近完全被解放軍的形象顛覆了，外國人常笑我們中國人矮小，現在因中國人民營養的改進，身體結實高壯。還有北方游牧民族，與我華夏民族長期征戰，最後北方游牧民族不是另起爐灶，就是融入大中華民族之中了，這種血脈融洽，增加了全民族的身高，所以現在選儀仗隊員身高要在一百八十到一百九十二之間，一點也不困難。還有，軍人的服裝要新穎，布料要挺拔，才顯得軍人的神氣威風。近年來，物質的進步，軍人在服裝上的精益求精，自不在話下。

中國軍人引起世界的矚目，轟動全球，是二〇〇九年九三大閱兵，成千的解放軍不論男女，雄糾糾，氣昂昂，英姿颯爽地正步踢過主席臺，世界這才發現「草鞋布鞋」的中國軍人，早已脫胎換骨，不可同日而語了。

中國解放軍紀律嚴明，閱兵整齊畫一，老外稱之為克隆人（複製人）。在這次閱兵之後，外國人才知中國除了擁有新型武器外，解放軍的士氣、實力和美觀不可小覷。

解放軍的卓越表現，引來了一位粉絲，卡達（Qatar）。卡達是中東沙漠中的一個國家，他們請中國解放軍當師傅，解放軍要求用中文喊口令，放中國軍樂，他們都答應了。後來訓練成功，沙漠中忽然出現一支古怪的軍隊，身穿阿拉伯白色長袍，身掛長槍子彈，口喊中文指令，在中國軍隊進行曲中威武前進，閱起兵來，有模有樣，一看就是名師所出之高徒無疑。

中國古之名將，均以治軍嚴格著稱，解放軍氣勢奪人，敵人不戰而屈。環視中國周遭，在中國勢弱時，蠢蠢欲動，侵略中國的國家，近來幾乎不見蹤影，解放軍功不可沒也。

近代戰爭來自海洋。甲午之年，中國北洋艦隊，被日人擊敗，全軍覆沒，許多優秀英勇的軍人，葬身海洋，這是一場最叫人心痛難忘的國恥，在山東看完博物館海戰的電影出來，人人心事重重，往事不堪回首。不久前，習主席中國南海閱兵，白雲藍天，大海寬闊，新式艦隊整齊排列，一艘艘雄糾糾氣昂昂，陳列海上，有如海上鮫龍。向來輕海防的陸地大國，建設海軍，談何容易？尤其要活躍海上，何其難也！所以當看到飛機從航空母艦上，緩緩連續起飛的鏡頭，就使我感動得熱淚盈眶。

小時看西遊記，火焰山，牛魔王，鐵扇公主，都留下不能磨滅的影響，這些可怕的沙漠是死亡之地，只能活著進去不能活著出來。尤為可怕的是土地荒漠化，荒漠化像癌細胞，會自我擴散，吞噬附近可耕之地。以北京為例，北京貴為一國之都，常有沙塵暴，全市刮起霧濛濛的霧霾，自古以來，北京人引以為患。我的一位同事帶著七、八歲的兒子遊北京，想不到沙塵爆影響她兒呼吸，要進醫院醫治，才能回美國。尤有甚者，目前中國西北，沙化的程度，日漸嚴重。

愚公能移山，愚公也能治沙。經過數十年鍥而不休的努力，中國的「愚公」「愚婆」治沙防治的理論與實踐都有了驚人的進步。中國科學家引進俄國的五吋「草方格」法，再加以調整適合中國比較乾燥氣候改為一吋「草方格」來固沙，最近科學家，更發現在「草方格」下，細菌在草上結藍藻殼皮，植物可以自己製造水分了。

二〇一四年四月，「庫布齊」治沙的成功，更叫人興奮不已。庫布齊是中國第七大沙漠，通過大規模的荒漠化防治，培育。結果綠化增加了、荒漠化減低了，其治理成果獲得聯合國的二〇一五年度土地生命獎。後來，塔克拉瑪干沙漠也複製了庫布齊的治沙經驗。經過三年多的治理，修復了當地脆弱的生態環境，遏制住了荒漠化向外擴展的勢頭。

目前，這一治沙模式，獲得國際人士讚揚，有人說：世界治沙看中國，中國治沙看庫布其。中國治沙綠化的成功，不但可以減少污染，增加綠地，增加農民牧民收入。中國人有福了，世界沙化地區的人也有了希望。

中國特有的國寶非熊貓莫屬，熊貓（又稱貓熊），因為四川竹子的大批死亡，以致瀕臨絕滅，是中國人將他們搶救回來的。想不到這國寶，竟是身價百億美金的寶物，還挽回了中國顏面，叫老外簽定「不平等條約」的利器，現在世界各國間最熱門的「國禮」就是熊貓了，各國向中國租借熊貓已成風尚。熊貓所到之處，均以元首之禮相待，滿街滿巷盡是夾道歡呼的民眾。荷蘭一國，總理親到中國三次要熊貓，並答應出重金修小型故宮一座，供熊貓憩息，才完成使命。

熊貓之可愛在於「憨」，因為無論熊貓走到哪裡，都會引來成千上萬人圍觀，現在出現一個新字「萌」，不知是不是為熊貓特有的可愛所發明的新字，跟熊貓一比，本來「人類最好的朋友」狗或貓，都顯得太聰明了。

熊貓天生可愛，先從他們黑白相間的皮毛說起，其實黑與白的搭配本身就已經魅力十足了，據說每隻熊貓長相唯一不同的地方是黑眼睛，其它部位都差不多，黑色是謎一樣的顏色，所以高貴的女士愛穿黑色服裝以顯高貴。

大批熊貓兄弟姐妹，在一起戲耍打玩，遠遠看去，像是一群雙胞胎，三胞胎，多胞胎。本來雙胞胎，三胞胎，多胞胎就極可愛，討人歡喜的。有人形容他們是戴墨鏡的孿生兄弟姐妹，黑眼睛就更增加了他們的神祕之美了。

再有，他們行動笨拙、卻笨得自然可愛，一無矯情作做。說老實話，熊貓會的招數實在不多，可是卻笨得可愛，笨得真誠，每回他們從草坡上滾下來，圍觀的人都會哈哈大笑。他們特別愛抱人的大腿，說實話，被人抱大腿是很討人厭的，只有熊貓抱你大腿，給你的是親熱的，依依不捨的真情，所以被熊貓抱的人很少惱怒。

當今中國對熊貓的培育已有了驚人的成績，不但把熊貓從瀕於滅種的邊緣救了回來，還給世界帶來快樂的泉源。歷史上也曾有一萌物Dodo鳥（渡渡鳥）。就因無人搶救而滅種了，也因此深受人們懷念，每當有人問卷，如有可能重新救回絕滅動物時，Dodo鳥都名列前茅。

也許人們由貧到富翻身太快了，所以生活素質有待改進。記得一九九〇年，我初到大陸旅行，人人抽煙，一片煙霧瀰漫，當時我還苦口婆心的勸說：「美國已知抽煙對身體有害，所以抽煙人數大減，也因此美國煙草商拼命往中國推銷」。當然我的勸說無效。最近遊杭州，我居然發現，杭州人民自發組成了戒煙隊，各區還有代表，主動解決抽煙的各項問題。又，我在四川樂山旅遊，見一民眾，為省時間，跨過欄杆抄近路，立即遭到一名路過女子的斥責。我見後大喜，原來大陸民眾也看不得這些不文明的舉動，而發自內心的彼此提醒、彼此相責。大國崛起，除了物質的改進，終於有了人民素質的改善。人民的覺醒，對生活品質的追求，才是真正名符其實的大國崛起啊！可賀啊！可喜！

西湖情緣

民國元年，父親出生於一個溫州鄉下文盲的家庭，因家鄉無小學，到了十四歲，祖父才在朋友的勸說下送我父親去離家五哩外的新式小學就讀。

因為父親入學年齡較大的關係，所以他從溫州十中初中畢業時已十八歲了，他大著膽子，以初中學歷去杭州報考大學，鄉下佬進城，樣樣新鮮，他一到杭州就迷上了西湖，當別的同學忙著為大學入學考試作最後衝刺時，他卻迫不及待，把行李一丟，就遊西湖去了。父親到了耄耋之年還記得十八歲初見西湖的震驚：「西湖的湖光山色實在太美了，西湖的文物古蹟、傳說韻事，無不令人景仰讚嘆」。所以他在烈日之下，日日遊西湖，樂而忘返。

誰知，初出家門，水土不服，再加上連日遊玩的結果，他忽然生病發燒，咳嗽不止，到了醫院才知得了嚴重的副傷寒症，更糟糕的是，他的病錯過了大學的入學考試，父親當時的懊惱可想而之了。

然而，奇蹟卻又發生了，杭州市剛成立不久的浙江警官學校，本來招生二百名、但因第一次招生只錄取了一百五十名學生，所以決定第二次招生，再錄取五十名，父親陪一位落榜的朋友去再次應考，想不到朋友再度落榜，而我父親居然考取。所以，父親在世時常得意的說：「我走上警官之路，都拜西湖之賜。」

父親二十歲，警校畢業，他搬出學校，租屋而居，等待分發實習，誰知他租屋的鄰居是杭州本地人，是杭州大家，吳老先生本在湖北工作，因為戰亂，準備搬回老家居住，但因老家正在修繕中，就暫時租屋居住。吳家大小姐才十四歲，喜讀書、很有個性，我父親自認是年輕的帥哥、就透過吳家小弟，以交換書報雜誌為名，大獻殷勤，果真引起吳家大小姐的注意，在對日戰爭的砲彈聲中，兩家各自逃難而去，想不到在四川再度重逢。婚後，他們生了兩男一女，我就是他們的大女兒。

父親在警校讀書時，中國近代史上的一個知名人物戴笠到杭州「浙江警校」來挑選學生，我父親被挑中，選入軍事委員會，在蔣委員長身邊擔任特別警衛工作。父親退休後，他把在蔣介石身邊工作的經驗寫下《滄海拾筆》一書，為近代歷史留下了珍貴的紀錄。父親九十三歲在臺灣去世，在去世之前，他喃喃不休，訴說西湖種種奇遇。西湖改變了我父母的命運，西湖也就成了我們一家人魂牽夢繫的地方。

然我與西湖的緣分似乎還在繼續，後來我移民美國，搬到洛杉磯西北方，一個叫西湖村地方，西湖村中有一個人工湖，湖邊遍植柳樹，這種粗大的美國柳，當然不如西湖柳柔如絲的漂亮，後來聽人說，此湖仿杭州西湖所造，我忽然覺得，冥冥中之，上天自在安排，我與西湖的緣分還在繼續。一直到今天，我們一連在美國西湖，一住就住了四十年。

洛杉磯西湖村，天氣溫和，風景極為秀麗，岸邊有數家餐廳，其中一家賣烤魚，甚得華人歡心，我們常去吃魚，一面欣賞湖景，任不冷不熱的湖風吹拂，我們坐在餐廳之中，常見其他華人帶著親友來湖邊拍照，我想他們一定也把此西湖當彼西湖了。湖邊清風徐徐，心曠神怡，雖遠不如杭州西湖之美，但足以聊慰杭州人的思鄉之情了。

（註：二〇一八年，本文獲杭州市宣傳部、杭州委外宣室辦、杭報集團、杭州文廣集團、杭州市文聯等五單位聯合舉辦之全球徵文優秀作品獎）

「南方之強」廈門大學

二零一四年十月底，「海外華文女作家協會」在廈門召開第十三屆雙年會。接待我們的「廈門市作家協會」會長林丹婭，特意把會議安排在廈門大學，使我們來自世界各地的會員得以感受廈大的人文氣息與享受廈大的校園之美。

廈門大學由南洋愛國富商陳嘉庚先生所創。嘉庚先生（一八七四年至一九六一年）福建同安縣集美社人，十七歲赴新加坡到父親米店工作。當橡膠第一次從巴西移植到馬來西亞時，他就買了大批種子，種植橡膠，成為新、馬地區四大橡膠王中之一人，後來更將事業擴充至橡膠產品與其他行業，一九二五年鼎盛時期，他的營業範圍遠達五大洲，共有員工數萬人。

雖然他腰纏萬貫，但自奉甚儉，一生堅信「教育乃立國之本」，所以當事業有成之後，他就回鄉陸續興建學校、醫院、圖書館等等後來被總稱為「集美學校」的公益事業。一九二一年他更出巨資創辦廈門大學，成為華僑在中國創辦大學的第一人。廈大現有學生四萬（本科生兩萬，碩士與博士生共兩萬），是一個院系完整、教師陣容堅強、學生素質優秀的國立大學。

廈大三樓

我們會員被安排在南大門入口不遠的三棟大樓之中。這三棟西式大樓，坐落在十字路口，彼此相對相望。

一看「逸夫樓」三字，就知此樓必是香港邵逸夫所捐（其實是由邵逸夫與廈大自籌資金共建）。此樓現為國際學術交流中心，也是我們在廈大一日三餐之所在。「逸夫樓」的大餐廳可容數百人，提供廈門風味的菜餚，堪稱豐美，令人滿意。

我們夜宿的「建文樓」，由泰國校友丁政曾、蔡悅詩伉儷捐資建造，並以蔡悅詩女士的父親蔡建文先生命名。廈大國際性的學術活動甚多，賓館雖不以價格取勝，但因賓客眾多，常有供不應求之憾。

廈門十月底的天氣，冷暖適中，清爽舒適。我們房間的窗戶只有窗簾，沒有紗窗，我一夜熟睡，第二天起來，發現忘了關窗，晚上居然沒被冷醒，也沒被蚊蟲叮咬。

我們開會的主要場地在香港校友黃克立先生所捐建的「克立樓」報告廳。這次因余光中與席慕蓉兩大詩人的蒞臨，在廈大校園引起了超級大轟動，報告廳被擠得水泄不通，連走廊與電梯都擠滿了慕名而來的莘莘學子，主辦單位只好臨時把兩位大師的演講改在建南樓中可容納四千人的大禮堂舉行。（第二天晚上，到建南樓大禮堂聆聽席慕蓉專場演講的人數還要多，有六千之眾。）

廈大校園

廈大的建築風格，多種多樣。其中最顯著的當推紅瓦白牆、綠色琉璃的「嘉庚風格」。這種被喻為「穿西裝、戴斗笠」的南洋與閩南式建築的混合體，是嘉庚先生的一種個人品味。

行政與教學大樓「嘉庚樓群」就是典型的嘉庚式建築：紅瓦白牆，一主四從，由廈大建築系師生所設計。主樓頌恩樓高大雄偉、巍巍壯觀，左右兩側各有兩樓相從，此即夏大「一主四從」的標準建築格式。主樓樓高二十一層，是取一九二一年創校的寓意，樓宇被設計成長方形，中間窗檽有如方格，兩者相互配合，形似廈門的「廈」字。

「嘉庚樓群」的前面，有一個人工開鑿的「芙蓉湖」，湖光樹影，清雅浪漫。湖之右側有座「廈門大學科學藝術中心」，名為「翰名樓」，是由校友蕭恩明發起的「翰名教育科學基金會」所捐贈。這座「鼇頭雁尾」形狀的建築，目前是園中最前衛的藝術殿堂。

廈大依山傍海，有「中國最美的校園」之稱。秋日廈門，天氣溫和，陽光普照。校園中處處大道成蔭，枝葉交錯，形如穹頂。椰樹、棕櫚、紫荊、鳳凰木等熱帶花木，綠意盎然，高大迷人；而小橋流水，花紅柳綠，又是溫婉秀麗的江南風情。百花之中，以粉紅芙蓉花開得最為亮麗。廈大芙蓉花品種極好，花瓣重重疊疊，富麗多姿，遠遠望去，華麗可比美牡丹芍藥。

芙蓉與廈大

廈大校園的另一特色，就是滿園「芙蓉」，例如芙蓉花、芙蓉湖、芙蓉樓、芙蓉宿舍、芙蓉餐廳等等，我們不禁要問：「芙蓉與廈大有什麼關係？」我後來查了資料，才知道「芙蓉」的背後，是一個華僑興學、翁婿同心的感人故事。

陳嘉庚識人愛才，當他生意火紅時，他提拔培植了一位青年才俊李光前先生（一八九三年至一九六七年）。李光前靠自己的勤奮與努力，獲得良好的中英文教育，二十七歲就當上嘉庚先生公司中的橡膠貿易部經理，嘉庚先生後來還將長女嫁他為妻。

以後的發展正如嘉庚先生之所料，李光前經商成功，成為橡膠大王和黃梨大王、世界十大華人富豪之一、和新加坡大學首任校長。

抗戰勝利以後，廈大從福建遷回廈門，李光前捐鉅資襄助岳父，把抗日戰爭中被炸毀的廈門大學修復並加以擴建。廈大有今天的成功，李光前先生功不可沒。

福建省南安縣梅山鎮芙蓉鄉是李光前先生的故鄉，廈大的處處芙蓉，就是為了紀念這位重建廈大的重要功臣。

芙蓉餐廳

在校園中，走走看看，一下就到了午餐時間。文友瑞瑤和我攔住一位路過的學生，他用手一指前方說：「你們只要看到前面一大堆人湧進湧出的地方，就是芙蓉餐廳了。」

我們跟著人潮，來到三樓。一進門，就被餐廳的場面給驚住了——這餐廳之大，食客之多，人潮之擁擠，該是世界奇景吧！瑞瑤動作快，行事果斷，三下兩下就換了飯票券、買好飯菜、佔好位子開始吃飯了。

餐廳是採用個人經營，集體付帳的方式。每碟小菜價格大約在人民幣十元至二十元之間。因為每個攤位的隊伍都很長，我又拿不定主意，只好擠在人堆中走了一圈又一圈，走得滿身大汗。最後買了一碗綠豆粥和一碗水果，在全身既溼又熱的情況下，稀飯和水果吃起來特別地清爽可口。

餐廳之中，座無虛席，只要看到空位，就得手快腳快的坐下去。我們的對面，坐了兩位貌似學生的小姐，我問她們讀什麼系，她們都說我們不是學生，是自己隻身來廈大旅遊的。原來這芙蓉餐廳三樓是校園中少數對外營業的餐廳，只是我沒想到，從外地來廈大旅遊參觀的年輕人會這麼的多。

百年樹人

「十年樹木，百年樹人」，這次在廈大的所聞所見，都叫我感動不已。我不但被百年前，華僑前輩們愛國愛鄉的精神所感動，我也被百年後，廈大生氣蓬勃、邁前向上的精神所感召。廈門大學學子們對中國詩歌的狂熱情景，更是歷歷在目，叫人終身難忘。廈大校歌：「籲嗟乎，南方之強！籲嗟乎，南方之強！」誠哉斯言！

第四章　人在美國西湖

風的故事

焚風

千橡城所在的山谷叫Conejo Valley（簡稱康谷），這Conejo一字是西班牙語「野兔」的意思。八〇年初我們搬來千橡定居時，「野兔谷」還是一個人口不多、四面環山的小村莊，一座座小山巒上，空蕩蕩、灰濛濛的，覆蓋著一層短短的枯草，南加州有名的Santa Ana Winds就經常出沒於這些山谷之間，肆無忌憚的、暢所欲為的嬉戲玩耍。

Santa Ana Winds是南加州特有的一種焚風。每年秋季至次年初春，這種既乾又熱的「下山風」都會從內陸沙漠穿過山谷，沿著海岸吹向海洋。

這焚風極有個性，它來無影，去無蹤，說來就來，說走就走。每次駕臨捨下，都擺出一副善者不來，來者不善的高姿態：它有時來只為了發發小姐脾氣，而有時又怒不可遏，潑辣之至。

焚風是夜貓子，喜歡在夜裡不請自到。就拿某一個靜得出奇、奇得詭異的夜晚來說吧！因為時差，我到了半夜，還在床上翻來覆去，不能入睡……忽然之間，我聽到屋角的木板很輕很輕的卡了一聲，輕到好像小貓踮著腳在屋頂上走路。幾聲輕手輕腳的卡卡聲後，呼呼風聲從屋角開始，繞著我家房舍，轉了一圈又一圈，聲音愈來愈急，愈來愈響……啊呀！Santa Ana風來了。

還有一個狂風怒吼的夜晚，我家房屋被吹得軋軋亂響、搖搖欲墜，我們提心吊膽的過了一整夜，差點被沒完沒了的風聲給逼瘋了。「Ferocious Winds！」（狂風！）根據第二天報紙頭條的報導：好多屋頂，都被狂風掀開，破了大洞。

但是夜貓子也有乘人不備，在大白天裡突擊民宅的案例。那天合該有事，老公上班去了，我也到鄰鎮辦事。等我中午回家，發現大門被什麼東西堵住，打不開了。我費盡全力，推開大門後，眼前的亂象真把我嚇呆了……客廳裡的一扇高窗，被風吹破，玻璃碎了一客廳，狂風正卯足全力，從吹破的窗口硬擠進來。房子在灌風，好像汽球在充氣。兩層樓高的窗簾成了任性的舞者，穿著白衣長裙，盡情地飛舞……。

幸好保險公司馬上派人來把破窗用木板釘上，才把焚風擋在屋外。打破的、砸爛的、撕破的損失，後來保險公司也都賠了。總體說來，財物損失不大，叫人慶幸的是，狂風吹破玻璃的那一刻，我們沒人在家。

野火

焚風又叫devil風（魔鬼風）。南加州野火之所以惡名昭彰，其實都是因為魔鬼風帶頭，在山谷中飛來竄去、胡亂撒野的緣故。

南加州天氣乾旱，冬季是雨季。雨季時雜草叢生，起起伏伏的丘陵一片青綠，賞心悅目，十分詩意。但乾季一來，山上草木因長期無雨，變得枯黃易燃，如果此時焚風驟起，星星之火立即可以燎原。

就我記憶所及，八〇、九〇年代，千橡地區就曾有過多次野火燎原的紀錄。例如有一個星期天，我們清早起來，看到陣陣黑煙不斷地往東飛去，火燒地區看來極遠，我們也就不以為意。誰知到了中午，風向突轉，黑煙變成火光，一下子就飛越了幾座山頭，直撲我家而來。這一驚嚇非同小可，我們拔足就跑，慌慌張張的抱了幾本照相本，飛車逃去朋友家避難。

晚上回家，火勢已被控制，我們開車到外面去巡視災情，看到附近山頭，一條條火龍還在熊熊燃燒，紅通通的火光在夜幕當中，顯得特別的驚悚恐怖，後來聽人說，那熊熊火光其實是救火員放火燒山的防火牆。我們Ventura縣有素質精良的救火隊，以及一群經驗豐富、通曉風性、熟知地理、英勇善戰的消防人員，他們每天二十四小時嚴陣以待，幫助居民防火、擋災與救火。

濱海小鎮Malibu位於焚風入海的出口處，常被焚風光顧，其中的一場Malibu大火，路線曲折迂迴，燒得十分離奇。那次大火一路燒到Malibu海邊後，忽又轉向，飛奔回頭，一直燒到我家後面的莊園Hidden Valley。因為風勢強勁，住在附近的居民都接到通知，叫我們隨時準備疏散撤離。奇怪的是，雖然大火已近在咫尺，而風勢卻朝與我家相反的方向吹去。我們坐在家中，既不見煙，也不見火，只能在電視上隔「屏」觀火。如不是數十輛消防車從各地趕來，停在路邊待命，我們還真不相信野火已經燃及眉睫。幸虧風神仁慈，及時停風止火，我們才逃過一劫。

寫到這裡，我忽然發現，近幾年來，康谷的焚風似乎已大不如往昔潑辣，不知是不是房屋建多了，風姐吹過千橡小鎮時，已無法卯足全力、呼嘯來去了。

與風共存

宇宙浩瀚，天威無窮。近年來雖然科技發達，人類對自然界的風雲變幻已有所掌握，畢竟地球渺小，人類脆弱，吾人在世，怎能對大自然沒有敬畏之心？只要人住南加，我們就得學習與Santa Ana焚風的共生共存之道。

我們何其幸運，在四季如春、群巒環繞、風景如詩如畫的的山間小鎮，安居樂業了四十餘年，度過了人生最珍貴的黃金歲月。從青絲到白髮，縱然經歷過幾次風災，都能安然度過，人與Santa Ana Winds共生共存的往事，也就成為我們家住千橡數十年來，最叫人難忘的幾件小故事了。

野火燎原

每年秋季至次年初春，南加州都有一種焚風從內陸沙漠、穿過山谷沿著海岸吹向海洋。這焚風就是南加州鼎鼎大名的Santa Ana Winds（聖塔安娜風）。

二〇一八年十一月八日聖塔安娜風突然又起，等到我們察覺時，電視已報導鄰區Newbury Park起火了。千橡市包括三個行政區，從西到東是：NewburyPark，千橡（Thousand Oaks）和西湖村（Westlake Village）。我們住在最東面的西湖村。

雖說Newbury Park是近鄰，但距離依然遙遠，所以我們並未在意，誰知此次風大，疾如行軍，剛剛這邊蜻蜓點水燒了一下，馬上又有火苗跳往別處，一下子就沿著山谷燃燒到山下小鎮Camarillo。然後又突然急轉彎轉往他處，總之風向不定，東跳西跳一直到定名為Woolsey大火為止（此火從洛杉磯縣與Ventura范杜拉縣交界處西米市的Woolsey山谷開始的而得名）我們這才驚覺兵臨城下，強風與烈火已在附近的橡樹園Oak Park徘徊了。

位於范杜拉縣和洛杉磯交接處的「橡樹園」行政單位複雜。數年前，位於洛杉磯縣部分的「西湖村」自立為洛杉磯縣西湖村，另一部分的西湖村，則留在范杜拉縣，隸屬范杜拉縣千橡市。這次在大風止步的西湖村「橡樹園」位於洛杉磯縣一〇一高速公路以北。因有兩個西湖村，新聞媒體就一律以西湖村稱之，事實上，我們位於一〇一高速公路之南，屬不同的西湖村。但親友們誤以為是同一西湖村，紛紛來電問候。

我經歷過火災，所以一面看電視一面收拾行囊。我老公則不慌不忙一再說：再看看電視。電視已報兩大避難所，千橡老人中心和青少年中心皆已客滿，只有新開放的千橡中學還有空位。我老公跑到門口觀望，然後匆匆趕回說員警來趕人了。我們的汽車早已停在門口，看到員警一家家前來通知，我們也就跳上汽車直奔千橡中學避難去了。

時已半夜，沒有火的夜晚十分平靜，路上幾乎沒有行人，只有少數像我們一樣的車輛寂寞的向避難處駛去。失火區與避災區平時才只有十來分鐘的車程，現在恍若兩個世界。幸虧千橡中文學校平日週末上課都借用千橡中學，熟門熟路的，我們很快的來到校園。

夜晚的風既寒冷又強勁，下了車想把披在身上的外套穿上，風卻把外套都吹跑了。我飛快地看了看手錶已半夜二點，此時正巧有幾家避難人家同時到來，有一家人推著坐在輪椅上的老太太，頂著大風搖搖晃晃掙扎著緩緩前行，他們告訴我避難所就在前面的大禮堂。

到了大禮堂推開門，果真四面座椅上坐著不少人。我快速地向四周張望，居然找不到一位認識的鄰居或朋友。我們就隨意在近門的地方找了個座位坐下。學校禮堂甚大屋頂也高，所以看起來避難的人稀稀朗朗。電視上不是說災情慘重嗎？但災民卻不多。事後才知道很多人去旅館避難了，附近旅館都爆滿。

禮堂中設備極其簡陋，最苦惱的是連一台電視機也沒有，因此我們對外面火災的情形可以說是一無所知。禮堂裡只聽到間歇的狗叫，還有牽狗的女人在禮堂裡走來走去。坐在我們旁邊的一家人，女兒帶了被子在地上睡起覺來，我們這才想起應當帶睡袋來，那麼現在還是半夜可以補睡。我們旁邊老媽的身邊放著一個大籠子，裡面靜靜地坐著一隻大貓，貓沒有狗囂張，一動不動乖乖的坐著。

我因坐著無聊就四處走走逛逛，看到一大堆瓶裝水堆在桌上，不知是那位好心人捐贈的。因為沒有電視，外面災情不明，感覺進來避難的人一直沒有增加，是火停了嗎？我聽到右手邊的人在聊天，他的朋友跑去咖啡店喝早咖啡。邊避難邊喝咖啡，我覺得主意確實不錯。此時我們已在避難所渡過了半個夜晚，天漸漸亮了……。

我們終於坐不住了，我和老公就收拾東西回家去。當我們快到家時，看到警車從對面駛過。車內員警看了我們一眼就開過去了。我們住在山坡上，房子前前後後走起來極其困難，所以為了通知撤退，員警就這麼從半夜忙至第二天中午，真不容易！辛苦了！

一回到家我們馬上開電視了解現況，原來風已平熄多了，只有少數火星仍在跳耀，現在已燒到東邊鄰區去了。當天晚上我剛接完一通朋友問候的電話後，電視突然中斷了，電話也不通了，我老公馬上打去電視公司詢問，電視公司只有錄音：「你們所在地的WiFi電纜毀於火，因情況危險，暫時無法修復。」到了這個時候我才知道，我們家的電視和電話早已不是用普通電源而全改為WiFi了，難怪電視看不見了，家中卻仍然有電。後來我告訴老公關於喝咖啡避難的事，老公說，電視訪問過「星巴克」，服務員說至少要等一個半小時以上。

當天晚上電視恢復了，我們終於得知外面災情，火勢已東移。

第二天清早似乎火已平熄，我們就決定開車出去看一看。車剛開到門口，見到鄰居太太匆匆走來，告訴我們他們回來了。當大火剛起時，我們就收到他們的Facebook留言：我們撤離了evacuated……。

據她說她們逃到她母親家避難，但今天有朋友喪禮必須趕回參加，誰知高速公路一〇一封路，他們費了好大的勁，繞了好多路才剛到家，難怪她看起來風塵僕僕很是疲累。

我們開車上路，發現市面十分平靜沒有火燒的痕跡，只有房舍之間空地被燒過了，顯然是救火員放火燒出來的隔火牆。我們經過菜市場去買點食物，據員工說，他們昨日照常營業沒有關店。最後我們到西湖邊去繞了一圈，發現一架架飛機斜飛下來舀水再飛上去澆水滅火。我忽然想起，昨夜電視曾報導：風太大，飛機不能起飛。

附近Malibu（馬里埔）那裡住了很多大明星和富豪，所以當新聞鋪天蓋地的報告火勢撲向Malibu時，我們就知道這兒安全了，因為凡是吹到康谷的狂風或燒到千橡的野火，一般都經由Malibu入海。

這真是一場奇特的野火，不但來得疾也去得快，而且似乎是針對千橡與西湖村而來的，起火的原因至今未明。前幾天報紙還說，這次Woolsey大火，是南加州歷史上移動速度最快、最具破壞性的大火。幸虧有睿智勇敢的消防人員，保住了我們的生命財產，我們真的很感謝！

床前明月光

無電之夜

這次二〇二五洛杉磯野火，範圍之大，火勢之猛，可以說是史上僅有。

洛杉磯得天獨厚，位於美國西海岸，面臨太平洋，有難得的四季如春的地中海氣候。唯一的缺點是每屆秋天，從內陸向海洋吹的焚風聖塔安娜來時，就得防野火。所以洛杉磯秋季的焚風和野火是相當有名的。

而這兩年天氣格外異常，前年多雨，野草怒長，自去年五月，已八月無雨，這些野草變得特別乾燥易燃。

二〇二四年COVID-19正在逐漸結束，那年秋天並無大焚風。誰知二〇二五年一月，新年才過六天的一個禮拜一，我們正在準備繁忙的禮拜二整天的工作。突然，我老公從電腦上收到一個電力公司的緊急通知，說天氣預測明日會有聖他安娜強風，為了安全起見，可能斷電。

禮拜三早上起來，看了電視，知道我家附近的Pacific Palisade大火，還有在城中的Altadena也大火，大概中午時光，我家的電終於斷了。老公說那就去超市喝熱湯去吧！

沒有電，怎麼開車庫門？老公說這是練習用手開車門的機會，就特別教我用手開車門。回來時，我說說不定電來了，試了一下吧！想不到車門就自動開了，「電來了！」我大喜。但等我進了屋，電還沒來。原來現代自動開關存有備用電源，在突然斷電情況下仍可出入數次。

中飯解決了，那晚飯？沒電了，現在天黑得早，四點屋裡就看不見了，我們不如早吃晚飯吧！

屋內沒電，瓦斯爐不能開，微波爐不能用，怎麼辦？老公靈機一動：我們不是有一個BBQ用的點火器嗎？我們可以用它點火，然後用煤氣熱飯、熱菜。

吃完飯才四點多，天漸漸黑了，電燈沒了，電視沒得看了，手機的電也慢慢在消失，晚飯又吃得早，黑夜漫漫……原來，沒電最辛苦的是黑夜。要像古人一樣，日出而起，日落而眠，至少古人有蠟燭，有煤氣，而現在的我們甚至覺得屋外的月光都十分明亮。

早睡必早起，第二天六點不到，就起來了，此時天還沒全亮。

我們就商量如何打發沒電的一天。最後我們決定還是去老朋友超市Gelson，因老公猜超市必有大量冷凍食物，不能缺電，一定裝有自己私人的發電機。

我們七早八早就到Gelson搶位子，發現早上八點就有人帶了電腦來充電。我們的兩個手機都快沒電了，我們就找到一個好位子，買了熱呼呼的咖啡，點了Gelson有名的蛋糕，大搖大擺的吃起早餐來了。此時，老公的姐姐打電話到手機來問平安，我們又不慌不忙的，十分有派頭的接電話。就這樣，我們極闊氣的吃了頓神氣十足的早餐。

快到中午，來用電的人愈來愈多，我們只好告別Gelson回到家，時間是大白天，至少什麼都看得見，我們如法泡製，熱了飯菜，就去午睡。並和老公約定，今天要四點吃飯，因為昨天四點半有點晚，飯菜都看不清了，還得借助手電筒。

快到四點時，從我家後院望出，突然看見遠山之後冒出一片黑色濃煙，這不是野火嗎？

手機忽然響起，原來是洛城警局叫我們隨時避難。但馬上又收到一個新告示，說上個警告是錯發的。到了此刻，家中沒電，看不到電視，不明災情，我急匆匆地跑出去問問鄰居，問有人知道這個火嗎？當然大家都不知道，都沒電嘛！

結果，我找到四個鄰居，果真，他們都不清楚，他們連黑煙也沒看見，還只有我家看得最清楚，不過，從東一點西一點收集來的資料看來：這個野火甚遠，新聞報導，五分鐘、十分鐘之外的Oak Park、Calabasas居民要撤，我們目前安全。他們的消息來自收音機，或朋友相告。總之，有一點點新聞要比一無所知好。

第二晚，我們又如前夜，草草吃了晚飯，預備早早睡覺了。看屋外風平浪靜，我就不斷的抱怨：「又沒風，為什麼電不來？」同時卻收到五個同樣的手機警告，叫我們隨時準備逃難，就是電不來。

天黑了下來，我們從飛機燈尾亮光，看到四部直升機在夜空中飛來飛去，似乎是查看下午冒黑煙的地方，我們就坐在窗前看這四部直升機飛來又飛去，他們之間似乎還有聯繫。眼看七點到了，他們才慢慢飛走。

我們也決心早睡了，剛剛睡下，老公的侄兒來電問候，不久，電來了，我一看時間九點半。

解放了，自由了！我們跳了起來！四架直升機有功了，一定是他們在空中偵查的結果，現在電來了，我們馬上打開電視，看野火燒得怎麼樣了！

原來鄰人的資料都不正確，我看到的黑濃煙是一場新火，叫Kenneth野火，放火人還被街坊鄰居捉住了，但他一直否認放火。一直到現在三天過了，他還是被抓，他還在否認。幸虧這場火沒有擴散，很快平息了，謝天謝地！

跳進新世界

我六十五歲退休後的第一個禮拜，就收到我家附近一家新開的健身房的廣告，說我家地址獲得了首獎。

既然天下掉下餡餅，我自然要去看看：果真是一家全新的健身房，店中的運動器材，小巧精緻，顏色可愛，不像平時健身房看到的那麼厚重粗黑。所謂首獎，就是參加入會的首期款一、二百元免費，但是每月還得另付百元會費。我才剛退休，還沒想那麼多，健身房又有點遠，每月還得花百元，所費不貲，想想，就放棄了這個餡餅。

但是，它卻讓我對退休生活有了想法。我開始四處尋找運動健身課，但是並不抱希望，因為我很沒耐心。我一生不知試過多少次運動，都因覺得枯燥而中途作罷。

在尋尋覓覓的過程中，我去上了一堂日本女老師的運動課。我本以為日本老師會比較適合我的東方體型，結果發現班上的美國學生都有舞蹈基礎，一抬手一踢足，都是標準舞姿，尤其她們身材高挑，動作優美，一看就知非等閒之輩。我馬上被這群舞蹈家嚇壞了，當下就打了退堂鼓。

一年後，因我實在找不到理想的運動課，就只好再去上這日本老師的課。這個課程是由市政府辦的，價格極公道。這堂運動課顯然也是老師的初次嘗試。

這次去上課，班上的學生完全換了一批，和我個子相當的人佔多數，我忽然覺得這門課不那麼「高」不可攀了。之後，我甚至成為這門課的主力，老師和同學都對我十分愛護，更奇怪的是，自我報名上課後，忽然間，許多和我年齡相仿的人也都紛紛前來註冊。我也愛上這門課，像回到學生時期，風雨無阻、勤勤勉勉地去上課了。

不容置疑的，我是班上表現最差的一人。不只因為我年歲最大，主要是我對舞蹈音樂完全不懂，我甚至懷疑自己是「音盲」，聽不清音樂旋律。但是老師寵著我，同學愛護我，我的缺點就遮蓋過去了。

舞蹈對我來說本是陌生的，但在老師和同學的愛護下，我像小學生一樣，努力學習。我仔細聽音樂，努力記舞步，在家不停練習，因根底太差，仍跟不上別人。班上學員很多都是從小喜愛舞蹈，後因種種原因，年輕時錯過了跳舞的機會，這些同學學得極快，三下兩下就記住了舞步，而我巴不得重複又重複地一再練習，她們早就不耐煩了，催著老師教新的舞步。後來老師以前教過的學生也步入中年，又回來上課，她們要求增加舞蹈。慢慢地，這堂課就由健身轉為偏重舞蹈。其中最辛苦的人莫過於我，我辛苦學習，結果差強人意，勉強跟上而已。後來連追趕進度都變成我上課的一種樂趣。

我學舞十二年後，瘟疫來襲，州長下令停課，才終止了我的學習。

一位朋友從大公司退休時告訴我，據他們公司的統計，大部分人都因不適應退休生活而在退休後五年離世，所以他們公司退休金有兩種領法：一次全領，或分期領取。聽了他的話，我特別要感謝老師的舞蹈課，使我在殷切的學習中結束了剛剛退休時所帶來的徬徨與不安。

從退休走向老年，從工作狂到放慢腳步，這不只是生活的改變，也是心理的調整。我很慶幸，日本老師的舞蹈課，讓我跳進了一個新世界，讓我老舊的生命又有了動力。正如一句老話說的：不知老之將至也。

跳舞課

生日快樂！

丈夫動白內障手術，要去醫院做手術後檢查。我陪他去，我就在醫院的候診室等他，為了減輕病人家屬的壓力，這個候診室在大廳一角設有一臺鋼琴，每天都有義工來彈琴。所以我和老公就約好在琴邊相見。

可能是因為陪病人的心情比較緊張，所以我總覺得醫院裡的早餐特別好吃，今天我也不例外，我就去買了一大杯咖啡和一個葡萄乾麵包，然後就在候診室中吃吃喝喝，等待老公複診結束。

這個時候，這個候診室的義工就坐在鋼琴上彈奏鋼琴。我聽見這位義工在流暢的音樂聲中忽然轉彈「生日快樂」一曲，因為我的生日就在明天，而且是八十大壽，我非常的吃驚，他居然會在我生日的前一天，給我彈奏生日快樂，我一高興就馬上跑到他鋼琴面前去跟他跟他說「感謝你！明天是我的八十生日！」，他顯然也感到意外，就把生日快樂的歌曲，又重新完整的彈了一遍。

後來我的老公出來了，我把他帶去見這位義工，想不到這位義工已經離開了。我在另一個角落，看到他正在跟清潔工講話，我就當著我的老公對再感謝了一次。

我看他彈奏「生日快樂」，一定不止一次，但是這次有人這麼反應的，大概還是第一次。我相信，我也希望，他以後每天都至少彈一次「生日快樂」，因為醫院裡面來來往往的人多，每天一定有過生日的人，每天只要彈幾次，一定會有生日人聽見。

我和老公經過你們咖啡攤位的時候，那位小姐，看到我也跟我打招呼，我就告訴我老公說，我當時買麵包的時候多買的那個就是買給我的老公的，要他來嘗嘗你們好吃的麵包，小姐當然非常的高興，對我一再地打招呼，我老公也很高興，說想不到你認識這麼多人。

我也趕快把這一段生日快樂的故事，用Facebook轉給我的侄兒姪女們，告訴他們這件奇人奇事。

馬上我的姪女就把賀我生日快樂的消息發到了Facebook上面，並祝我生日快樂，對一個從來不過生日的人，這一天的生日祝福已經是意外的意外了，而且這是我八十歲生日，所以我特別高興。

人生七十古來稀。何況我已經八十歲高齡，所以每一個意外都是驚喜，都是我八十歲生日最好的禮物。

感謝上天不但賜我以長壽，而且送給我這麼難能可貴的生日禮物，我也祝福天下每一個人，生日快樂！

咖啡天堂

瘟疫前，每次我老公打網球回來都會經過門口超市買菜，還順便帶回一杯超市現煮的新鮮咖啡樣本給我。後來瘟疫起來了，超市就不提供樣本了，我就會常常想起新鮮咖啡的好處。我就和老公說，我們家附近的咖啡店都人潮滿滿，有在歐洲法國路邊喝咖啡的浪漫，既然現在沒有免費樣本咖啡可喝了，我們可以自己去喝咖啡呀！老公說我們家附近的咖啡店實在是太多了，我們就一家一家地去找吧！

虎年的正月初一陽光明媚，風和日麗，真是難得的好冬天，老公就說：今天去喝咖啡吧！

這小小的千橡城西湖村還真是喝咖啡的好地方，到處都是咖啡店。我們就找了一家有法國名字的店，剛好這個小店被陽光照射，雖是隆冬，仍十分溫暖。我們就坐下來點了咖啡，和一盤點心。小鳥就在四周的桌椅間飛來飛去，搶著吃人們剩下的麵包屑。

兩天後，我們又去喝咖啡了。這次這家名字很好聽：叫做「咖啡豆和茶葉」，應該是純喝咖啡和喝茶的地方。因為現在還是隆冬，仍有些寒意，所以這家店的就在門口點了一個火爐。我們就在火爐前面，有陽光的地方坐了下來，這地方的前面有一株小橡樹，密密麻麻的樹葉，好多小鳥在樹上裡裡外外的飛出飛進，吱喳聲非常吵鬧。我們坐在陽光下，我忽然覺得陣陣鳥語，尖尖有齒音，好像在說中文的吳儂軟語。

虎年正月初一，我們曬了太陽、喝了咖啡、吃了點心、還……聽了吳儂軟語，心情極為愉快。

當我喝著咖啡，思緒亂飛時，腦中忽然想起年輕時常聽的一首Rodgers & Hammerstein's的甜美老歌：

Oh what a beautiful morning
Oh what a beautiful day

我們一家一家去找咖啡店時，不能不去有名的Starbucks咖啡連鎖店。Starbucks在本地西湖村也有很多間。這些咖啡店內部裝設大同小異、但每家各有特色：中間有一家開在Barnes& Noble書店內，被群書包圍，在書香中享用咖啡點心，別有滋味。在CVS藥店隔壁的一家，在樹蔭下吹著涼風、喝咖啡、吃點心，非常浪漫。還有一家雖有室內外座位，但以汽車Drive Through為主，生意特別興隆，汽車絡繹不絕。

在一家家試喝咖啡後，現在我們最喜歡的地方是Gelson超市，因為喝咖啡的人多，經常要煮新鮮咖啡，所以他家咖啡很燙，此外Gelson還可續杯，雖然我個人從不續杯。Gelson有五星級的點心，不但種類多而且品質好，點心都是新鮮現作的。開始的時候我故意挑從未吃過的點心買，後來發現還是常吃的點心合口味。Gelson的缺點是室外喝咖啡的場地太小了，而且旁邊還有一排買菜的推車，所以場地不夠浪漫。

但是後來我們又發現緊接著Gelson左面有一個寬大的公共休息場所。這也是《千橡雜誌》主編吳茵茵推薦我們去的地方。此處地方寬大陽光良好，又緊靠著Gelson。這個地方平時來的人不多，是愛安靜的人來這裡吃中飯，喝咖啡的場所。但有時也是很多人的聚集的地方，我們就見過有一大群騎腳踏車的人，騎完腳踏車就到這裡休息。

如說西湖村是咖啡天堂真不為過。當美東、美中大雪紛飛、雪高盈尺的隆冬，我們家住南加，春風拂面，陽光普照，此時此刻，這世上最美好的事莫過於在千株橡樹下喝咖啡啦！就在平日，風和日麗，樹蔭斑駁，悠閒品咖啡、嚐點心，還真是老來的一大享受呢。

晚來天欲雪，能飲一杯無？

今年冬天的洛杉磯，一反常態，冷冷溼溼，雨水不斷，真叫人吃不消！那天，趁買菜之便，就去了超市隔壁的粵菜館，因為天氣陰冷，就靈機一動，來碗廣東粥吧！什麼粥呢？我左看右看，看到「艇仔粥」，這麼道地的廣東話，必是好東西！我老公就用粵語問服務的大姐：海鮮粥和艇仔粥的差別在哪裡？大姐快速以粵語回話：多一個油炸花生和油炸餛飩皮。聽起來不錯，很道地。我說那就艇仔粥吧！

果然，地道廣東風味，天寒地凍，廣東粥又熱又燙，加上香噴噴的油炸花生，和酥脆的油炸餛飩皮，真是冬日美味！此時鄰桌也來一對老夫婦，看到我們喝得香甜，也叫了同樣的廣東熱粥，還頗有默契的和我們相視一笑。

自前一陣子我眼見一隻鴿子，因撞超市玻璃昏死過去後，我久久不能忘懷，已經好久不去喝熱湯了。現在實在下雨太久了；天寒地凍太久了；其他室外喝咖啡的地方也太冷了，我們就決定回去喝熱湯。這家美國超市的熱湯，大約有十種，都是美式濃湯。每都以磅計，每碗七點九九一磅。我們點了一碗新格蘭蚵仔濃湯（New England Clam Chowder）和一碗傳統雞湯。兩湯一共十一元，都是燙燙暖暖的，好喝！美式濃湯，還提供蘇打餅乾，一般美式雞湯比較清淡，而這家的雞湯則很像中國雞湯。冬天溼溼冷冷，全美國天氣都欠佳，就只好窮則變，變則通了。去喝廣東粥和美式濃湯罷，忽然想起白居易的詩：晚來天欲雪，能飲一杯無？

千橡雜誌的回憶

千橡（Thousand Oaks）位於美國洛杉磯西北，空氣清新，環境優美，是被一群小山巒環繞的山谷小城。一九八零年，我們在冰天雪地的紐約小鎮羅徹斯特（Rochester）已待了九年，我老公時來運轉，突然在陽光普照的西海岸洛杉磯找到一個新工作。能脫離冰天雪地的苦日子，我們欣喜若狂，馬上收拾行李，在眾人羨慕的眼光中，直奔洛杉磯而去。

就這樣，我們的後半生，就落足千橡，至今已快四十餘年了。

老公獲新職，老婆的工作卻如斷了弦的風箏，一切得從頭來起。那時我已年近四十，高不成低不就，更何況那時正是全球石油危機後的經濟疲軟期。我四處送履歷，都沒有結果，誰知這一失業就失業了兩年。

我困坐愁城，閒極無聊，就有了各種創業的念頭。籌辦一份地方雜誌就成了我的首選。千橡市離洛杉磯市中心車程約四、五十分鐘，是一個科技中心，當地有名的公司為數不少，有一個科技中心（Science Center）擁有許多美台港科學博士；還有一家有名叫安進（Amgen）的公司是全球生物醫藥的領頭羊，該公司從中國內地禮聘了許多醫生和生化醫療研究學者。由是可知，千橡華人有極高的文化素質。

我初到千橡時，華人人數正在逐漸增加中。我的構想是辦一份通訊來報導地方消息與華人動態，由是取名為「千橡通訊」（Newsletter）。想不到我雜誌沒辦成，卻當選為「康谷華人協會」（即千橡華人協會）第四屆會長，我就把辦雜誌的心願交給在大學當教授的李雅明理事。那時還沒有中文打字，李教授就靠記憶用每個文字的阿拉伯數字打成文章。他後來離開千橡到外地當教教授去了，這個用數字打中文字的絕活無人可替，千橡通訊只好用手寫了幾期。

此時中文打字已經萌芽，千橡的有志之士，就開始訓練各位作者中文打字，因為用稿紙用慣了，忽然換成直接打字頗不習慣。後來才發現這是寫作的重大突破。也幸虧千橡有這許多有耐心與愛心的人，我靠的就是有人這樣推我一把，我才能更上一層樓。

因為雜誌的主編採用輪流制，由有志之士訂下雜誌的宗旨與規章，每一位主編各自發揮自己的理想與看法，三十多年來，千橡也培養了一批專業人才作主編的後盾：其中有作者、審稿、約稿和拉廣告等，都職有專攻。由是，雜誌逐漸受到歡迎，從通訊而文藝，由一期三、五頁，到厚達百頁。此時的「康谷華人協會」會長又作了一個重要的抉擇，將《千橡通訊》易名為《千橡》雜誌。

當《千橡》雜誌二十年週年時，我應邀演講，我當時用了「創業唯艱，守成不易」的成語。時光匆匆，現三十五年接踵而至，我有了新的看法。我現在想說：「創業雖艱，守成更不易」，三十五年來，一代又一代的志願軍，前仆後繼，任勞任怨，出錢出力，為這個雜誌無償地工作：夙興夜寐，不斷地求新求變。在網際網絡的逆流中，奮勇前行。我想，這份團結無我的精神，才正是千橡華人最可貴之處。感謝各位這麼多年來把創辦《千橡》雜誌的功勞，歸功於我，實際上這份雜誌是屬於千橡每一位華人的。請為我們大家鍥而不捨的精神按一個「讚」吧！我們曾在千橡的沙漠中，開闢出一片紅花綠地，歷三十五年而不衰。

日出日落，三十五年來，我已從青絲而白髮了。在蒼蒼白髮中，我喜見《千橡雜誌》仍綠意盎然，生氣勃勃。

大樹成蔭

時光匆匆，一眨眼《洛城小說》就一百期了。猶記當年小說初創，主編陳述焦頭爛額拉稿，後又經種種困難，他也都一一克服，終於有驚無險平安的走到今天，不能不佩服主編的創新應變能力。

我曾參與了九十九期的編輯，由我看，《洛城小說》的困難度在於空間的限制，一般小說都很長，沒法來文照登，由是出現小說稿件雖多，而《洛城小說》卻無文稿可登的窘狀。主編想盡方法拉稿，所以日後有了節選，和專家訪問等新花樣，才終於走出一條坦途。從「巧婦難為」，到今天的「糧倉富裕」，真是得來不易，我們要感謝陳主編日以繼夜窮則變，變則通的辛勞。

我曾參加德州達拉斯詩社，因而得識王偉，想不到多年後他移居洛城，由于彊和我推薦他入會，日後他成為《洛城小說》副主編，協會會長。所以《洛城小說》的成功，我覺得我與有榮焉。在此，我祝福《洛城小說》日新月異，大樹成蔭，碩果纍纍。

我寫作的前世今生

我對寫作的興趣，應當來自母親的遺傳。我母親是「錢塘吳氏」的後裔。吳氏家族於明萬曆年間自安徽休寧遷杭後，到我外祖父一共十二代，其中有過三代四進士、八代舉人的歷史。

我的外祖父吳崇翰是滿清最後一屆的「末代舉人」，是一個在戰亂中安貧樂道的文人。作為家中長女的母親，極不願看到子女們走上與她父親同樣清貧的文學之路，她唯一能做的就是阻止我們寫作。

其實我也生於亂世，年輕時忙於逃難、升學、出國、結婚、就業，一路馬不停蹄，既沒有寫作的機會，也沒有寫作的意願。然而人到中年，當生活安定下來以後，寫作的基因，就在忽然之間，變成了一粒隨時會萌芽的種子。

我的寫作是從一首詩歌開始的。一九八〇年，我的〈五月新娘〉，在臺灣中央日報登出，還意外地收到了一筆豐厚的稿費，以後中央日報又刊登了我的〈雪後〉與〈人生〉兩首詩。誰知就在此時，老公忽然在洛杉磯找到新工作，我寫詩的熱情就在搬家的繁忙與零亂中，戛然中斷了。數十年後回想起來，被人欣賞的機會稍縱即逝，錯過了的，就再也回不來了。

從美東搬來洛杉磯以後，一連串不可思議的事情相繼而來。初到洛杉磯，我一時無班可上，那時中國時報正好到美國來開海外版，我的投稿受到編輯的青睞與禮遇。萬萬沒想到，這突如其來的幸運，也只不過是曇花一現，中國時報海外版，不久因外匯的政治因素關了門。說也湊巧，就在同時，我在「美國人口普查局」（The Bureau of the Census）找到了工作。找到工作的快樂，使我忘卻了中國時報海外版關門時所帶來的失望，我又成為忙碌的上班族。這一忙，整整地忙了二十一年。

在這二十一年中，我的作品極少，但與寫作的緣分卻從未中斷。我在我們居住的小城辦了一個地方雜誌，現在這份叫《千橡》的雜誌到現在已有三十多年歷史，每期頁數都高達一百以上，是一份有水準、受人歡迎的地方雜誌。我非常感謝千橡雜誌的友人，他們教我中文電腦寫作，鼓勵我寫「近現代國畫大師」和「宋代詞人」兩個系列專欄，並一再地勸阻我不要因工作繁忙而放棄寫作。

二〇〇七年，我從工作崗位上退休。想不到，一個劃時代的寫作新平臺——部落格（博克）——正等著我去開發與探索。

剛寫部落格的時候，我很猶豫，我知道看部落格的人，一般比較年輕，而我的看法和見識，不一定合年輕人的口味。想不到（又一個想不到），到二〇一四年「世界部落格」關閉的時候，我的「張棠隨筆」點擊率已達四十萬次，更有些陌生人的留言，使我感動得熱淚盈眶。

二〇一一年，我的部落格「張棠隨筆」被「臺灣本土網路文學及新文學時代」提舉為首批「優秀臺灣本土網路散文作家」。這個來自陌生人的提舉，給了我莫大的鼓舞與自信。二〇一三年，我把我的文章彙集起來，出了一本散文集《蝴蝶之歌》，並幸運的獲得了二〇一三年臺灣僑聯總會散文佳作獎。

我的另一個重大決定，是為自己六十歲出一本詩集。這本《海棠集》是我多年來「信手拈來」所寫的詩歌、是我練習中文打字的成果、也是我與小弟張溪（張三）三十年來談詩論詞的一個紀念。

多年後，我加入德州吳公子（吳迪）的「Dallas詩社」，一個以寫「清新可懂新詩」為宗旨的詩社。長久被抽象詩、朦朧詩壓抑得喘不過氣來的我，逐漸恢復了自我，我又開始享受到寫詩的自由與自在。從《在夏日炎炎中寫詩》，《在秋風瑟瑟時寫詩》和《在冬雪紛紛時寫詩》三本會員詩集中，可以看到我近年來所作的一些嘗試與改變。我變成了一隻「會飛的恐龍」。

二〇〇二年父親去世，我整理了他老人家的自傳《滄海拾筆》，此書先在《傳記文學》連載，二〇〇九年由《傳記文學》出單行本。《滄海拾筆》出版後，立即上了網路書局暢銷榜。後來我在網上看到，此書在臺灣以外的世界各地，至少被四十多個重要大學圖書館收藏。

我從二〇〇七年退休，在寫作上我嘗試過很多不同的風格與體裁，我出過書、編過書、得過獎。通過寫作，我增長了見識，開拓了心胸，提升了視野，認識了許多文友與詩友，他們的鼓勵使我體會到「知音」的快樂。

不久前，我回到杭州老家，在母親祖屋的徽式門罩上，看到了「源遠流長」的祖訓，我這才發現，寫作的基因早已深入血脈，再也無法迴避的了。現在的我，珍惜父母與祖先傳給我的基因，遨遊於寫作的天地之間，不忮不求，逍遙又自在。

你們本來就是天鵝

戴爾・卡內基（Dale Carnegie），美國大眾心理學和人際關係心理學者。一九三六年他出版著作*How to Win Friends and Influence People*（如何贏得友誼和影響他人）成為西方現代人際關係的奠基人。

已經十四個禮拜了，卡內基《演講和人際關係》的課已接近了尾聲。

說來這真是一件稀奇古怪的事，上司一面說我英文欠佳，將我解雇，一面又在解雇我之後，不惜重金，送我去上昂貴的卡內基英語課。

我們的畢業典禮定在學校附近的一家中國餐館舉行，學生們可以攜眷參加。臨時我老公說他不去，對於太太的演講課，他第一個反對，說：「打死我也不明白，你這把年紀了還要去學演講幹嘛？反正已經不工作了，用不著學演講嘛！」

我說反正公司付了錢，是免費的。

老公反駁：「公司付了錢，你也可以不要去啊！」

有幾次我沒有信心，就和老公說你的英文好，聽聽我今晚的演講，老公馬上把耳朵捂了起來：「不聽！不聽！不聽！不聽！肉麻死了！」那樣子好像我得了會傳染的黑死病。

由於戰亂，老公幼年就隨父母遷往英屬殖民地念英語學校。他們英語學校高中畢業，有一類似高考資格鑒定考試叫劍橋測試（Cambridge Test），老公不但通過考試並獲得一等生資格，所以他教我英文，是綽綽有餘的。

我故意刺激他：「你不能不去呀，我在班上把你形容得這麼偉大！」他不懷好意的對我說：「如果你們頒發最帥帥哥獎，我才去。」

拖拖拉拉的到了最後一分鐘，老公才勉勉強強、心不甘情不願地被我拉出門去了。

同學在餐館演說是第一次，對著從未見過面的家屬演講也是第一次，大家比平常上課緊張多了。

在餐廳中一面上菜，一面大家輪流演講。餐廳的隔音設備不好，天氣又燠熱，餐廳裡的氣氛變得異常喧鬧、凌亂，我什麼也吃不下。

第一個節目是以一分鐘講「畢業後的計畫。」

泰半同學要回去把所學用在工作上，我是班上唯一的失業的人，聽了人家的雄心大志，我不禁在心中暗叫慚愧。

根據剛才的演說，推選當晚最佳演出人的時候到了。我東張西望，不知選誰好，鄰座的大衛跟我說，現在選最佳演講人好難呢，同學的成績一個比一個好。經過十四個禮拜的訓練，大家都有了驚人的進步。

例如，愛琳第一天上台畏畏縮縮的站在牆角，說不了兩個字就全身發抖，聲音一片模糊。今晚她穿了一身雪白的套裝配上大紅衣領，用著自信的聲調告訴大家，她要爭取下一個做經理的機會。

又如格利，一個高個子，說話結結巴巴、什麼也講不出口的人，上課的目的是希望升任食品連鎖店的經理，現在他不但升成了分店經理，說話也流利自然，以前的那個結巴人早就無影無蹤了。

大為原先是個擔心害怕的人，既怕工作做不好，又怕房貸付不出，好像天下事都壓在他小小的肩膀上，現在他笑咪咪地談笑風生：「先做完一件事再講」是他的新人生哲學。他說，卡內基的「如何解憂重新生活」（How to Stop Worrying and Start Living）給了他很大的啟示：「想想那麼多偉人經歷過比我多幾百倍的困難，最後都能征服世界」。

難道這個年輕金髮三十歲不到的老師真有魔術師的能耐嗎？他像仙女用魔杖在短短十四周內，把一個個灰姑娘都點化成了美麗高貴的公主。

事實上，在課堂上老師很少講到演說技巧。相反的，他花了很多時間來稱讚每一位學生。這位老師似乎能從最壞的演講詞中找到光彩奪目的鑽石，譬如說：「從你對姪女的愛心，我們就知道你會用同樣的態度去愛你的朋友和同事。」或「你一定非常有前途，因為你是少數能把科技，深入淺出講給大家聽的人」

耳濡目染的同學們也被訓練著去欣賞別人的優點。當一個人被人愛戴，就無形的加強了自己的信心，多麼簡單的心理學，凡事都是一念之間。

老師對我的批評是：「你像一把東洋武士刀，因為歷經許多不平凡歲月的磨練，所以才會有今天的堅強和光澤。」

老師說得對：「不是我把你們從醜小鴨變成美麗的天鵝，你們本來就是天鵝。」選票開出來了，我沒有得獎，我有點失望，上一次我得獎的時候，老爸型的羅斯跟我開玩笑，為什麼不在名單上簽你的中國名字？我得意地回答：「下次得獎，我用中文簽名。」

下一次一直沒有來，我多麼希望今晚是最後的一個機會，現在希望落空了。第二個單元節目開始了，這次是用二分鐘講：「我從卡內基學到了什麼？」

此時餐館裡其他的客人，已漸漸散去，最後一道霜淇淋甜點也已撤了下去，鬧哄哄的餐廳安靜下來了，演講的環境顯然改進了許多。

因為這是一個兩分鐘的演講，大家講學到的好處也大同小異，我注意到老公勉強睜開的眼睛已經閉了一半，畢竟他上了一天的班，累了。

我是少數講得比較輕鬆的人，若沒有這門課的鼓勵，我又剛遭到開革之痛，現在應當是個沮喪失望的人。但現在的我樂觀進取，把這次的挫折當成了人生最重要的一項考驗，就連不懷好意的人對我風言風語時，我也看成是一種策勵。我的演說簡單輕鬆幽默。大家從頭笑到尾，在酒醉飯飽的尾聲中似乎很容易討好。

等到大家講完，已過了十點，老公的眼睛幾乎整個都閉上了，當我講完下來後，看到老公的臉色顯得很不耐煩，我故意逗他說話，他也沒好聲好氣的回答。

接下來老師分發同學間彼此的評語，雖然事先講明知只許獎不許貶，可是等到每個人從老師手上拿到評語時，每個人還是迫不及待地翻開，大家都希望知道別人怎麼來形容自己。我的心裡也打了幾百個問號，一拿到評語就飛快的打開來閱讀。

「你有豐富的人生。」

「你能用最簡單的英文說生動的故事。」

「你從輕鬆的角度看人生。」

好幾個人都不約而同的寫著：「你是一個漂亮的人（beautiful person）。」

最後我看了一張鉛筆整齊地寫著：「你在班上有驚人的進步，千萬不要再以為自己的英文不如人，要記得在這個國家有很多喜歡你的人。」這是老師的寄語。

我的心緊緊地抽了起來。這些話擊中了我最深最遠最黑暗最痛苦的一角，十幾年來，無論在公司，在社會總覺得自己是個被歧視的少數民族，覺得自己寄人籬下，自己英文不如人。所以我忍耐努力，辛苦奮鬥，處處爭強求好。心中記掛的都是最近上司的責備，幾乎把其他這麼多關懷，愛護，疼愛的朋友，鄰居，上司都忽略了，吉人自有天相，得道者多助，而我人在福中不知福！

我以前公司的上司霍爾和詹姆，不管我的英文多麼差勁，儘量給我機會去寫、去開會、去演講。就是我有時自覺英文不如人，他們都會安慰我：「你這英文在短短數年內有了飛躍式的進步。」

如果在辦公室有人風言風語的中傷我，霍爾就會毫不留情地替我辯駁：「經理也者，管人管事而已，她既能管人又會管事，那會比其他人差呢？」

我搬來洛杉磯的那個冬天特別冷，老公已去西岸新公司上班，我還留在東部，日日氣溫在零度之下，天寒地凍，積雪盈尺。每日清早我還未起床，就聽到屋外轟轟隆隆鏟雪機的聲音，到了八點，等我穿戴整齊去上班，推開房門一看，門外長長的雪道已被清掃得乾乾淨淨，原來鄰人渥得先生，一位退休的銀行經理，七早八早的，已把我家的雪道清理完了。

膽結石的開刀無疑是我一生中最重要的一段歷程，我一向只知工作，不知交際。對於美國同事朋友甚至還莫名其妙的保持距離，所以我們夫妻之間有一個很傷感的笑話：「如果我們不幸死在美國，來參加葬禮的人恐怕連十個人都不到」。膽結石開刀後，我的病房裡擺滿了探病者帶來的鮮花。打掃病房的清潔女工帶著德國口音羨慕地說：「整幢醫院，你房裡的鮮花最多了，你一定是一個被大家喜愛的人吧？」我在醫院的那一周，她天天來我病房中陪我。

幸虧來選了這門課，在這裡我看到了被自己忽略的可貴可愛的友情。有了這樣豐盛的收穫，就是最後拿不到獎也應當滿足了。

十點半，老師宣佈今年的壓軸好戲，全班最高榮譽獎，這是獎中之獎，由同學和老師共同選出全班進步最多的同學。

我還在胡思亂想，想那些叫人感動的溢美之詞，說真的，我萬萬沒有想到人家會把我說的這麼好。

心不在焉的我聽見臺上報告最高榮譽獎得主選出來了，我才把心收回來。老師笑嘻嘻地對著屏息以待的同學和眷屬大聲宣佈：「得獎人是最受大家歡迎的某某。」

我從椅子上驚異地跳了起來，從來沒有想到自己的名字會聽起來這樣美麗動人，更想不到一個最近才被上司指說英文不好而被解雇的中國人會拿到英文演講班的最高榮譽。

在如雷的掌聲和同學們的擁抱中，我從老師的手上領過獎狀，然後我轉過身來用眼睛搜索著羅斯說：「羅斯！我終於可以把我的中文名字寫到名單上去了」，羅斯喜不自勝的沖上臺來，親我的雙頰。

然後，我驕傲的把自己的中文名字大大的寫在得獎名單上。在淚水模糊中我看到遠遠坐著台下的老公，滿臉都是掩不住的自豪和與有榮焉的表情。我知道，這世上知道我如何在學英文上努力付出的，就是我老公了！

經過這一門課，我體會到了人性的善良，和人與人之間互相瞭解的重要。我也忽然明白了老師所說的：「不是我把你們從醜小鴨變成美麗的天鵝，你們本來就是天鵝。」

球友

我中年的時候，迷上網球，一天從清早六七點打到日正當中，也不喊累，有一次腳底奇痛，我才發現鞋底都穿出了個大洞，而不自覺。我打了好幾年的網球，交了千百位球友，其中，最叫人懷念的，莫過於薇。

打網球的人，是很難看得出年紀的。我和薇打了好多年的球，一直不知道她的年紀，只知道她瘦瘦的，臉上有些歲月風霜，她對人很親切，但是個不按牌理出牌的人，有一天她帶了一瓶香檳，幾片餅乾到球場來，在中場的時候，她忽然宣佈：今天是我六十歲生日。我這才知道，她的年紀。

慢慢地，我們發現，在我們搭擋雙打時，常常贏球，以後我們就成了雙打夥伴。我這才對她有了更深一層的認識，她身材瘦長個子高挑，是加拿大人，她結婚甚晚，她老公是工程師，在家幫人作工程設計，他們只有一個寶貝女兒米雪爾正在大學讀書。她年輕時，曾得過乳癌，所以，她很注意健康，平時在城中穿梭，都騎自行車，她身材瘦高，我們叫她衣架子，她最喜歡去廉價店買衣服，不管買什麼衣服，她都穿得好看，使我們很羨慕。

自從我們變成網球球伴，我們就常拿冠軍，其實以球技來說，我們兩人都是平庸之輩，不知何故，我們是完美的組合，後來分析，我們發現，我們優劣互補，她個子高，在球場上不大移動，只要以逸待勞，等著球過來就揮球拍就好，因為她個子高，又不跑動，所以穩紮穩打，幾乎沒有打不到的球，我剛好相反，我個子比較矮小，性子急燥，只要見球打來，我就急於上前迎戰，所以我很能接近網的球，缺點是急於迎球，以致手腳不隱，常錯過來球，剛好，我錯過的球薇就以她的身高迎戰，因為她不亂跑，每一回擊都很準。

從我和薇贏球的組合看來，兩個中等球員，只要配合無間，仍是可以勝過高手的。薇的脾氣好，也很重要。如果我們打敗了，我有自責的習慣，一失手，我就會哎呀一聲，自怨自艾起來，每次都是她勸我，下次再打。所以，漸漸地，我對她有了信心，就是我失了手，我也知道，她不會怪我。我也從不怪她，因為她很少失誤的。

好景不常在，不久後，我找到了工作，不可能跟白日不上班的朋友一起打網球了。我應邀和一位球友參加比賽一次，因我工作繁忙，疏於練習，我又不習慣與這位球友搭配，結果是大敗而歸，這位球友脾氣暴躁，一直怨聲不斷，再三責怪。使我很生氣，從此不打網球。也使我格外懷念與薇同肩並戰，一再得冠軍的幸福日子。

有一天，薇極興奮的打電話告訴我，她的女兒大學畢業了，和她的男友找到記者的工作，被派到北京去採訪，因為我是她們家唯一的中國朋友，所以她極為高興，特別告訴我這個好消息。

我因工作忙碌，打球就漸行漸遠，我最後和薇聯絡，是她告訴我：她碰見一位新球伴，她也是滿口「哎呀哎呀」的。我一聽，很高興。看來，她找到我的替手了。

以後，我常想起薇，一個志同道合的夥伴，優缺點互補，對我們的一生，會多麼的重要。

李清照金石錄後序（張棠譯）

以上《金石錄》三十卷是誰的著作呢？是先夫趙德父（德甫）所撰。上自三代，下至五代之末，凡是鑄在鍾、鼎、甗（音衍）、鬲（音歷）、盤、彝、尊、敦（音對）上的題記，以及刻在高大石碑上的顯要人物和山林隱士的事蹟——這些見之於金石鏤刻的文字共二千卷，都校正了錯字異文，進行了汰選和品評。凡上足以合聖人之道，下足以訂正史官失誤的，都有記載，可以說是內容豐富了！

嗚呼！自從唐代的王涯與元載遭到殺身之禍以後，書畫就跟胡椒沒什麼區別了；而晉人長輿（和嶠）的「錢癖」跟元凱（杜預）的「《左傳》癖」，又有什麼不同呢？名雖不同，但這些癡迷是一樣的。

徽宗建中辛巳，我嫁給趙氏。當時先父在朝廷當禮部員外郎，丞相公公做禮部侍郎，我夫明誠年方二十一歲，正在太學做學生。趙、李兩家本是寒族，向來清貧儉樸。每月初一、十五，明誠都請假外出，把衣服押在當鋪裡，取五百銅錢，走進相國寺，購買碑文和果實回家，然後我們就面對面的，一邊展玩碑文，一邊咀嚼果實，自稱快樂得像古代「葛天氏」的臣民。後二年，明誠出仕做官了，他就立志：即使節衣縮食，也要走遍天涯，收盡天下古文奇字。

日積月累的，收集的資料就越積越多了。因明誠的父親在政府工作，在收藏皇帝書畫的秘書省有親戚故舊，所以明誠常可看到《詩經》以外的「佚詩」、正史以外的「逸史」，以及從魯國孔子舊壁中、汲郡魏安釐王墓中發掘出來的「古文經傳」和「竹簡文字」。他就盡力抄寫，愈寫愈感到樂趣無窮，以至欲罷不能了。後來他偶爾看到古今名人的書畫和夏、商、周三代的奇器，也還是脫下衣服把它買下來。曾記得崇寧年間，有一個人拿來一幅南唐徐熙的《牡丹圖》來，索價二十萬。當時就是貴族子弟，要湊二十萬銅錢，也不是件容易的事，我們把畫留了兩夜，終因湊不出錢來，只好把畫退還給他了。我們夫婦為此惋惜悵惘了好幾天。

後來我們回山東青州故鄉閒居了十年。仰有所取，俯有所入，衣食有餘了。明誠又接連做了山東萊州和淄州兩郡的太守，他把薪俸全都拿出來，從事書籍的刻寫。每得一本，我們就一起校勘，整理成集，題上書名。得到書畫和彝鼎等古代酒器，也摩挲把玩或攤開來欣賞，指摘上面的毛病。每晚以燒完一枝蠟燭為規定。因此我們所收藏的古籍，都能做到紙箚精緻，字畫完整，超過其他的收藏家。我天性博聞強記，每次吃完飯，和明誠坐在「歸來堂」上烹茶，指著堆積的書史，說某一典故出在某書某卷第幾頁第幾行，以猜中與否決定勝負，作為飲茶的先後。猜中了，便舉杯大笑，以至把茶倒在懷中，起來時反而飲不到一口。我多麼甘心就這樣終老、過上一輩子啊！就算我們生活在憂患困窮之中，也不會改變志向的。

收書的任務完成以後，我們就在「歸來堂」中建起書庫，把大櫥編上了甲乙丙丁的號碼，中間放上書冊。如需講讀，就拿鑰匙開櫥，在簿子上登記，然後取出所要的書籍。我有時把書籍損壞或弄髒了一點，他一定會不客氣的責令我擦乾淨、用楷書補寫，那時候他可就不像平時那樣的平易和藹了。收藏書籍本為尋求適意，如今反而弄得不愉快。

我是沒有耐性的人，就決定少吃葷菜，少穿華裳，頭不戴珠寶首飾，室不買名貴家具，省下錢來買書。只要碰到書史百家字不殘缺、版本不假的，就馬上買下，存起來作副本。家傳的《周易》和《左氏傳》，原有兩個版本源流，文字最為完備，於是羅列在兒案上，堆積在枕席間，我們意會心謀，目往神授，這種樂趣是遠遠超過聲色狗馬之上的。

到了欽宗靖康丙午歲，明誠任山東淄州太守。聽說金軍進犯京師汴梁，一時間四顧茫然，只見滿箱滿籠都是書籍，一邊戀戀不捨，一邊悵惘不已，心知這些東西必將不為己有了。高宗建炎丁未（建炎元年）三月春，我婆婆太夫人郭氏在建康（今南京）去世，明誠奔喪南來。既然物品不能全部載去，便先把書籍中重而且大的印本去掉，又把藏畫中重複的幾幅去掉，又把古器中沒有款識的去掉。後來又去掉書籍中的國子監刻本、畫卷中的平平之作及古器中又重又大的幾件。經多次削減，還裝了十五車書籍。到了東海（海州），雇了好幾艘船，一船連一船的渡過淮河，又渡過長江，到達建康。這時青州老家，還鎖著書冊什物，佔用了十多間房屋，希望明春再備船裝走。可是到了十二月，金人攻下青州，所謂十多屋的東西，就都化為灰燼了。

高宗建炎戊申（建炎二年）九月，明誠再度被起用，知建康府，己酉（建炎三年）春三月罷官，搭船上蕪湖。到了姑孰（今安徽當塗），打算在贛江一帶住下。夏五月，到陽池（今安徽貴池），皇帝有旨命他知湖州（今浙江吳興），需上殿朝見。於是我們就暫時把家安置在陽池，由他一人奉旨入朝。六月十三日，他開始拿著行李，捨舟登岸。他坐在岸上，穿著一身夏布衣服，翻起覆在前額的頭巾，精神如虎，明亮的目光直向人射來，向船上告別。此刻我的情緒極為低落，就大喊道：「如果聽說城裡局勢緊急，怎麼辦呢？」他伸出兩個手指，遠遠地回答：「跟隨眾人吧。實在萬不得已，先丟掉包裹箱籠，再丟掉衣服被褥，再丟掉書冊卷軸，再丟掉古董，只是那些宗廟祭器和禮樂之器，必須抱著背著，與自身共存亡，別忘了！」說罷策馬而去。

他一路奔走，冒著炎暑，終於感染成疾。到達皇帝駐蹕的建康時，他患了瘧疾。七月底，有信到家，說是病倒了。我又驚又怕，想到明誠向來性急，現在生了瘧疾，發起燒來，他一定會服涼藥，那他的病情可就叫人擔憂了。於是我乘船東下，一晝夜趕了三百里。到達以後，方知他果然服了大量的柴胡、黃芩等涼藥，瘧疾加上痢疾，已經病入膏肓，危在旦夕了。我不禁悲傷哭泣，匆忙中不忍問後事。八月十八日，他便起不來了，他取筆做詩，絕筆而終，除此之外就沒有「分香賣履」（分遺產）之類的遺囑了。

把他安葬完畢後，我茫茫然，不知到哪裡去是好。此時皇上已遣散了後宮嬪妃，又聽說長江就要禁渡。當時家裡還有書二萬卷，金石刻二千卷。所有的器皿、被褥，約可接待上百位客人，其他物品，數量也與此相當。我又生了一場大病，只剩下一口氣。時局越來越緊張，想到明誠有個做兵部侍郎的妹婿，此刻正在洪州（今江西南昌）擔任後宮護衛。我馬上派兩個老管家，先將行李送到他那裡去。誰知到了冬十二月，金人又攻下南昌，於是這些東西便全數丟棄了。所謂曾用一艘連一艘船隻運過長江的書籍，又像雲煙一般消失了，只剩下少數分量輕、體積小的卷軸書帖，以及手寫本李白、杜甫、韓愈、柳宗元的詩文集，《世說新語》，《鹽鐵論》，漢、唐石刻副本數十軸，三代鼎鼐十幾件，南唐手寫本幾箱。這些都是我在病中偶爾把玩欣賞，搬在臥室之中，「巋然獨存」的幾件東西。

長江上游既不能去，加上敵人的動態難以預料，我有個弟弟叫李迒，在朝廷任敕局刪定官，我便去投靠他。我趕到台州（今浙江臨海），台州太守已經逃走；回頭到剡縣（今浙江嵊縣），出睦州（今浙江建德），又丟掉衣被急奔黃巖，雇船入海，追隨出行中的朝廷。這時高宗皇帝正駐蹕在台州的章安鎮。於是我跟隨御舟從海道往溫州，又往越州（今浙江紹興）。庚戌（建炎四年）十二月，皇上有旨遣散百官，我就到衢州（今浙江衢縣）去了。紹興辛亥（紹興元年）春三月，又赴越州；壬子（紹興二年），又到杭州。

先夫病重時，有一個張飛卿學士，帶著玉壺來看他，隨即攜去，其實那只是一塊似玉的瑉石，並不是真的玉。後來不知是誰傳了出去，於是就有了明誠送禮給金人的謠言。還傳說有人暗中上表，進行檢舉和彈劾。因事涉通敵之嫌，我非常惶懼恐怖，不敢講話，也不敢就此算了，於是我把家裡所有的青銅器等古物全部拿出來，準備向掌管國家符寶的外庭投進，請朝廷查驗。我趕到越州，皇上已駕幸四明（今浙江鄞縣、寧波）。我不敢把東西留在身邊，連手寫本的書籍一起寄放在剡縣。後來官軍搜捕叛逃士兵時把它取去，聽說這批東西全都進了前李將軍的家中了。所謂「巋然獨存」的東西，無疑又去掉十之五六了。惟有書畫硯墨，剩下的五六筐，我再也捨不得放在別處，就藏在床榻之下，親手保管。

在會稽（紹興）時，我借住在當地居民鍾氏家裡。想不到一天夜裡，有人掘壁挖洞背走了五筐。我傷心得不想活了，決心重金懸賞收贖回來。過了兩天，鄰人鍾復皓拿出十八軸書畫來求賞，因此我知道那盜賊離我不遠。雖然我千方百計求他，可是其他的東西他就再也不肯拿出來了。今天我才知道，這幾筐東西被福建轉運判官吳說以賤價買去了。所謂「巋然獨存」的東西，這時已去掉十之七八。剩下一二件殘餘零碎、不成部帙的書冊，與三五種平平庸庸的書帖，我還像保護自己的頭與眼一樣的愛惜，多愚蠢啊！

今天忽然看到這本《金石錄》，我如見故人。想起明誠在萊州「靜治堂」上，把它剛剛裝訂成冊，插以芸籤，束以縹帶，每十卷作一帙。每天晚上屬吏散了，他便校勘兩卷，題跋一卷。這二千卷中，有題跋的有五百零二卷。現在他的手跡還像新的一樣，可是他墓前的樹木已經可以兩手合抱了。可悲啊！

從前梁元帝蕭繹當都城江陵陷落的時候，他不去痛惜國家的滅亡，而去焚毀十四萬冊圖書；隋煬帝楊廣在江都遭到覆滅，不以自己的身死為可悲，反而去把唐人載去的圖書奪回來。難道人性所專注的東西，能夠超越生死而念念不忘嗎？或者天意認為我資質菲薄，不足以享有這些珍奇寶物嗎？抑或明誠死而有知，對這些東西猶斤斤愛惜，不肯留在人間嗎？為什麼得來如此艱難的東西，竟失去得如此容易呢？

唉！陸機二十作《文賦》，我在比他小兩歲的時候嫁到趙家；蘧瑗行年五十而知四十九歲之非，現在我已比他大兩歲，在這三十四年之間，憂患得失，何其多啊！然而有有必有無，有聚必有散，這是人間常理。有人丟了弓，有人撿到弓，又何必計較呢。因此我以區區之心記述這本書的始末，也想為後世好古博雅的人留下一點鑒戒。紹興二年，玄默歲（太歲在壬），壯月朔（八月初一）甲寅，易安室題。

（註：此翻譯主要摘自「古詩文」網站，再以其他資料為輔作為核對。）

一部清新可喜的連續劇

最近意外的看到一部類似韓劇的大陸劇，叫「百歲之好，一言為定」。原本是年輕人創業成功的故事，後改為青春愛情+創業成功。這種青春愛情劇，大陸叫甜寵劇，據宣傳稱，此劇「甜而不膩，甜而不傷」，甜得恰到好處。

故事說高中期的一對男女朋友，由校服到婚紗的故事。我以為此劇編劇好，因為原來小說是說年輕人創業的故事，後改成青春愛情劇，顯然愛情故事要比創業有趣，所以連續劇比小說還受人歡迎。劇中男女主角都是年輕新人，自己演自己，清新自然。

此外，此劇有韓劇的味道，對愛情的描繪十分感人。但因是中國人的編劇，所以劇本用字好，尤其劇中的男女主角們演的是高學歷、高智商，高情商的人，所以全劇引經據典，十分恰當，例如本劇的主題，用的是馬一浮的曠怡亭口占詩句：「已識乾坤大，猶憐草木青。」這句話一再出現，說的是一個人在人生道路上要知道自己做人做事的分寸，要有底線和原則。也就是說人生滄桑後，草木生發，春風又綠，依然能生出喜悅之情。

此劇本最成功之處是對男主角蔣正寒刻劃的成功。蔣對愛情的執著，和韓劇一樣。他與女主角在高三時就萌生愛苗，到了大學，他受到室友的啟發，追女友如打藍球，要緊迫盯人，所以他一到京大，就轟轟烈烈的追女主角，尤其和他情敵秦越相比，把兩個背景相似的人，描寫得大有區別，這是作者與編劇的高明之處，這兩人之不同，不但女主角感覺得到，讀者觀眾也有同感，使你覺得女主角的選擇是對的。

唯一的阻礙是女方的母親，說起來母親是極勢利的。她以傳統「家庭」的方式選女婿，說是為了她好，其實女兒一再表示她並不再乎豐衣足食，祇要幸福。男主角正直善良，幽默風趣，精明能幹，行為舉止，有些霸氣，難怪女主角對他鍾情，女主角本人已是學霸，全班第一，又是高考全市理科狀元，再優秀的男人似乎找不到了。所以作者想出一個電腦天才的點子，以破格錄取的方式，讓他上京大（似乎暗指清華大學），這樣才給人「配得上」的感覺。而男主角是命中註定「必遭人嫉妒」的角色。一來是天才，高人一等，二來命中註定獲得「白富美」的歡心，幸虧他有人緣，當他被人誣害時，得到老師同學和工作上司的一致支持，一再脫險，後來又在老師朋友和上司的支持下，創業成功。

這是一部愛情忠貞，友情溫暖的勵志連續劇，最後的結尾雖是「有情人終成眷屬」的老套，但在全世界瘟疫當頭，人心低落期間，男女主角婚姻與事業的雙雙成功，確能使人心情開朗，而劇情中新時代的愛情觀，夫妻要要相互獨立，相互依賴，一起成長更是新時代的新觀點。

高三快畢業，男主角不辭而別時，女主角傷心欲絕，功課一落千丈，老師贈言送她：「這世上有這麼樣一個人，他能把你拉出深淵；教你橫渡江河；帶你翻山越嶺；陪你攀登高峰；和你看遍風景。這個人就是你自己。有志者事竟成。」一般我們以為能助你一臂的是父母，師長和朋友，此處所言不虛，其實無論什麼困難，最後受人啟發，而真正能幫你的人就是自己。

男主角一直不被女方母親接受，男方說詞是：「她的外表是你們給的，性格是你們教育的，愛好是你們培養的，我有多喜歡她，我就有多尊重你們」誠哉，是言！這是我聽到過最好，最真誠，對父母、岳父母的讚詞了。

當男主角被人誣害時、教授出來挺他，並鼓勵他：「有光的地方就有陰影，有陰影的地方源於有光」人生何處無嫉妒？我曾讀過一些有關「妒嫉」的話：「當你和他人相差不多時，會被人妒嫉，但當兩人相差甚遠時，則會被人尊敬。」誠哉！我們若不是因為有光，怎會被人妒嫉？

凡事都在一念之間，祇要想通了，就沒那麼憤憤不平了，此劇的人生哲理可圈可點，可惜此劇的留言多為英文，很多留言人自稱來自國外，不免叫人沉思：「這麼好的國學水準的連續劇，一般外國觀眾看得懂嗎？」

天下事可遇不可求，想不到疫情之中，隨便上網一看，就看到這麼好的連續劇。感謝。

第五章　生活小品

致無名英雄

「漁陽鼙鼓動地來」，不知什麼時候，敵人已攻入了我的城堡，前線戰士奮勇抵抗，卻不幸敗下陣來，敗得潰不成軍。

有為者亦若是，我有鴻鵠大志。為了這自以為是的「大志」，我每天忙忙碌碌，過著衣不蔽寒、食不果腹、席不暇暖的日子。誰知道，就在我全心全意為事業打拼的關頭，成千上萬的敵人，早已埋伏在周圍，虎視眈眈的，等候著我的帝國崩塌。

那一天終於到來。敵人兵臨城下，我的城池被攻下，我的宮殿被佔領。我的咽喉開始疼痛，我咳嗽，流鼻涕……敵人的攻勢卻愈來愈猛烈。他們瘋狂的攻擊著我的白血球，我聞到了一種令人不快的氣味，那會是白血球弟兄們戰死疆場的血腥味嗎？

我終於支撐不住，倒了下來。呼吸道中，擠滿了來勢洶洶的細菌和病毒，他們毫不留情的，像潮水一樣，向各個軍事要害攻殺過去。

多休息，多喝水。醫生無可奈何的囑咐。

我在昏迷中沉睡，全身虛弱，不能動彈。休息吧，休息吧，我把戰爭交給軍隊，把僅存的糧草供給營養不良的戰士，再把極其有限的彈藥留給彈盡援絕的士兵。奄奄一息的我，除了把自己交付給三軍將士，還能做什麼呢？一天黎明，我在大汗淋漓中突然甦醒。抗戰勝利了！情勢一片大好，不眠不休、浴血奮戰的將士們，終於把失去的城池一一收復了回來。

大戰之後，人疲馬乏，元氣大傷。剩下的敵人仍在作最後掙扎，巷戰零零星星、斷斷續續。我一天天地好了起來。

躺在床上的最後幾天，我想起了在這場戰役中，英勇奮戰的無名英雄，他們到底是誰？為什麼要為一個從來不知體卹的主人犧牲賣命？

年輕的時候，兵強馬壯，父母傳我一身銅牆鐵壁、一套優秀完美的防禦系統，而我竟不知珍惜，理所當然地歸功於「年輕」兩字。

直到最近，我才在電視螢幕上，看到白血球在血管中來回巡弋的英姿。他們是誰？他們為什麼要為一個不知姓甚名誰的我，忠心耿耿、二十四小時不斷地在護城河中巡邏，殲滅了一批又一批竄進來的流寇？

然而，數十年來，我暴飲暴食，不眠不休。我的身體與精神，長期承受著龐大的壓力。當年父母傳給我的精兵良將，在歲月的摧殘下，漸漸地，變成了疲憊不堪的老弱殘兵。

「身既死兮神以靈，子魂魄兮為鬼雄！」（國殤，屈原）。這次在「重感冒」戰役中陣亡的將士們，你們奮不顧身，英勇殺敵，壯烈犧牲，是國之英雄。而我，則是一個不知體卹軍民、有虧上天厚愛、有負父母遺傳的昏君。

痛定思痛，在大病之後，我決心洗面革心，改變不良的生活習慣，提高免疫防敵的能力，在沉迷於工作與玩樂的同時，更要做一個愛己愛民、健康快樂的明君。

不測風雲

瘟疫之後，天災人禍頻發，全世界都不能倖免。每當我看報紙看到報上描述的種種不幸，使我想到我曾面臨的幾次危險，現在回想起來，每一樁都驚心動魄。

第一次，我去參觀北京故宮，我已經記不得是看的那個殿了，反正，忽然之間，我發現我和朋友們走散了，隻身一人擠在大群陌生人之間，我正走上一個不高的梯階，去參觀一座金壁輝煌的宮殿，其實此殿並未開放，門窗是關閉的。總之，此殿有左右的兩個入口，我是順著左梯階人潮向中間走上去的。走了一半，才發現，另外還有一群人，正在從右梯上來，想不到的是兩批人數相當的群眾正好在大殿門口相遇，因為勢均力敵，兩者各自形成一股力量，相持不下，我正走在中間，被一股莫名的力道把我高高抬舉起來，這是我生平第一次感覺失控，兩腳騰空，身子被一股莫名的力道推著向前走，我雖驚慌失措，但也無能為力，只有順著人潮被推向前，但又在突然之間，推舉我的這股力道消失了，我居然平安著地了，我這才大夢初醒，撿回了一條命。

後來，我看新聞，二〇二二年萬聖節發生於南韓首爾梨泰院的擠踏事件，導致一百五十九人被踩踏喪命的慘案。現在回想這件起來，幸虧那次莫名的推力忽然停止了，我才平安歸來，但每一想到在人群中經過的這莫名推力，不免心懷恐懼，至今仍心有餘悸，難以忘懷。

第二次，我在洛杉磯聖弗南度谷上班。洛杉磯是地中海氣候，除了冬日雨季之外，洛杉磯平日很少下雨。有一冬天，洛杉磯忽然下起了滂沱大雨，同事們紛紛提早回家了，因為我身為主管，正好趁員工早走之際，趕趕進度。吃過午餐，是夏威夷的上午，幾位夏威夷主管，正好可以跟我談公事，據這些夏威夷主管說，整個洛杉磯辦公室中，只有我一人還在辨公，她們當然也很高興，可以跟我慢慢談些公事，但是，她們又勸我，既然天氣如此差，叫我也回家算了。

總之，在她們勸說之下，我決定回家了，此時已按近普通下班時間。約下午四點鐘左右。不知何故，我頭腦一轉，今天天氣差，高速公路恐怕有水淹之患，不如走普通公路回家。但車子一上路，我發現此時此刻路上行駛的車輛已不多，公路兩邊東一輛西一輛都是拋錨的汽車。我心中有些疑惑，但決定還是走普通公路，誰知，這一猶豫，就犯了大錯。

原來，平時乾旱的十字馬路口，忽然流水成急流，而且每一個十字路口皆如此，我硬著頭皮，連衝過三個街口，忽然我發現引擎無力了，但因正行駛在急流當中，也只好硬著頭皮，踩足油門，向前衝了！

幸虧此時，急流區過了，我才得以平安回家。

第二天，我和老公剛好要到我公司附近購物，所經之處，陽光普照，不見雨蹤，一點水的影子也沒有。我簡直不相信，昨天才經歷過開車過急流的恐怖經驗，竟像作了一場惡夢。

最近全美天氣差，很多地方都罹水患，很多人命喪黃泉，我看了報紙，才想起自己又死裡逃生了一回的故事。

第三次，發生在東部，一個下雪的週末。因為我們住住山上，我平時週末是不出門的，那天天氣晴朗，還有陽光，我就不疑有他。誰知，這種豔陽高照的日子，往往是馬路最滑的時候，我一如往常開車下山，忽然汽車盤失控，車子就順著山路下滑，幸虧山路甚短，一下就滑到山底。到了山底，我看到齊整整的停著一排車，大家都眼睜睜地看著我下滑，我再一抬頭，那一排車停在最前面的一輛正是我的一位鄰居，原來是他把上山的車子都攔下來，停著等我下滑。我不禁大喜：口口聲聲感謝鄰人。

危險啊！危險！若不是我碰到熱心鄰人的機警，如我失控下滑的汽車撞上上山的車子，就不會只是有驚無險的簡單交通意外了。

天有不測風雲，人有旦夕禍福，在天災人禍頻傳的時節，我們怎能不小心戒慎呢！在天災人禍頻傳的多事之秋，願人人平安，一如在大陸旅行時常見的標語：「快快樂樂的出門，平平安安的回家」。

地震憶往

我這一生似乎都與地震脫不了關係。

臺灣位於環太平洋地震帶，地震極為頻繁，尤其在東部花蓮。自我家搬到高雄後，遇到過好幾次大地震。最清楚的一次，是大學的一個暑假，我正在打字機行學打字，地震忽起，奇怪的是，這次地震不是上下震動，而是左右打圈的。臺灣的地震一般來得快也去得快，據說臺灣地震震央常在東部外海，傳到臺灣本土時已弱多了。

有一次我們大學同學會的環島旅行。我們過了花蓮縣，在鄰縣吃完晚飯後，正在休息，忽然一陣地動山搖，我們馬上看電視，原來震央就在剛過的花蓮縣，我們以為一定是超級大地震，立即找到旅館房間中的三角地區，躲了起來。誰知晚上十點不到，電視就不提地震了，原來地震停了，沒有損傷，連電視也不播了。

後來我們家搬到洛杉磯，另一個環太平洋地震帶的城市，這才真正領略到地震的厲害。

第一次是一九七一年的Sylmar大地震。我結婚不久，屋內陳設簡陋，所以損失頗大。例如「書架」就是用磚頭加木板，地震時，「書架」上的書紛紛跌落，幸未傷人。我美國同事就開玩笑問：「掉下來的，是不是是聖經（Bible）？」。朋友送的結婚禮物：一套吹頭髮機被壓壞了，現在偶爾一用，蓋子都關不起來。

一九九九年臺灣發生集集九二一大地震時，我人在美國，但父母都還在臺灣，作兒女的免不了十分擔心，我一聽到地震消息，就立即打電話回臺灣向父母問候，沒想到電話滿線，怎麼打都打不通。我急著看電視，美國電視又沒臺灣消息，網路剛剛開通，但我不會用。就在我心急如焚之際，忽見一網路新開，第一個問題是「東華大學情況如何？」然後一個問題接一個，都是我這種內心著急又不知如何是好的僑民問的。此時電腦忽又冒出一批年輕的電腦高手，幫助僑民解答災情，後來這些義工乾脆替僑胞打電話回家問平安。我也從義工的答案中獲知臺灣北部和南部都沒事，漸漸的，可能的災區縮小到中部，因我父母住臺北，我放下心來。我常聽人說臺灣最美的風景是人，不知道這批義勇軍是否還記得當年半夜不眠不休為陌生人服務的美事。這真是一批心地善良的年輕人！現在事情已經過了去二十多年，你們都步入中年了吧！你們年輕時的義勇行為，有人至今難忘。我衷心感謝你們！

我們旅行也多次遇到地震。位於南美洲的瓜地馬拉，有最完美的天氣，只是地處山區，是火山地震之國，被官方認定的火山就有三十七座之多，有一座叫Fuego（fire）的火山，整日冒白煙不停，平日百姓你來我往並不在意，但數年前，Fuego火山終於發生一連串大爆發，使人措手不及。昔日西班牙殖民地時期的首府Antigua於一七一七年發生七點四大地震，城中大部分建築被毀；一七七三年該地又發生一連串的大地震，把整個Antigua城夷為平地。當時政府只好遷都瓜地馬拉市。一九七

六年，瓜地馬拉市也發生七點五的強震，造成近十萬人的傷亡。三十年後，地震的

傷痕仍然處處可見，許多華麗的教堂仍是殘垣斷壁。我們在瓜國短短的十天，就遇

到兩次地震：一次五點一，我們正好在路上沒有察覺；五點四那次發生在半夜，我

們都被震醒了。

一九九七年，我們在義大利旅行，半夜的地震也很驚人。說起來也是巧合，地震的晚上，我們的包車走錯路，司機只好倒車，就在倒車的燈光中我看到高速公路上的牌子：往Assisi。Assisi是義大利有名的名勝古跡，所以我知道Assisi必在附近不遠。我們當晚在羅馬下榻，睡到半夜被既快又強的上下震驚醒。第二天起來，才聽說震央是Assisi，還有許許多餘震，有人員死傷，部分古物也被震毀。

還有一次更離奇蹊蹺，那次是二〇〇五年，去參加老公同學會，乘郵輪過馬六甲海峽到泰國普吉島（Phuket）。一路風平浪靜，我們還在檳榔嶼下船與當地朋友暢玩一天。第二天到普吉島。普吉島是這次旅遊重鎮，也是一年前（二〇〇四）南亞大海嘯的重災區，我們到時，去年破損的屋宇四處可見，導遊指著比人高的浮水印說明去年海嘯的高度。我們當晚就買了第二天遊玩的車票，因「普吉島」是這次旅遊的終點站，我們也玩累了，就買了最簡單的旅程，看一場表演秀然後到海灘逛街。第二天清早，我們去吃早餐就看到有人竊竊私語，我們和一家菲律賓人同桌，忽然那家太太問：「你們知道剛剛地震了嗎？也許今天的節目會取消。」果真不久，擴音機傳來船長的報告：「剛剛發生地震，因為去年此地發生大海嘯，我們

要特別注意。現在請各位先去禮堂集合，再看情況而定。」我們早餐後就去禮堂等待，過了不久，再傳來船長報告，說海嘯沒發生，各位可以出去玩了。我們就按計劃看了場表演秀，但等我們看完秀，巴士司機並未送我們去海灘逛街，卻把我們開往山上，開到一個豪華的王姓珠寶店，請大家下車休息。我們才發現各個旅遊團都被送到此集合。我們在店裡碰到買了其他票的同學，也被巴士送來避難。我們這才聽說下午有餘震，所以旅行各團行程取消。最後海嘯沒發生，我們在山上枯等了好幾小時。才被巴士送回船。

　　最可怕的一次是一九九四年六點八級的加州北嶺（Northridge）大地震。一是地震極強，二是我家近震央。那是一個星期一的清晨，剛好是假日，是黑人領袖馬丁路德金紀念日，本來就不必上班，清早四點多鐘還未起床，忽然天搖地動，一連兩震：第一震時我剛準備往屋外逃跑時，地震停了；但等我折回時，地震又起，我又準備向外逃亡時，地又不動了。這個時候ＴＶ上傳來北嶺六點八大地震的恐怖消息。北嶺離我家才半個小時車程，我家只摔破幾個磁杯，損失極小。但北嶺損失慘重，本來加州位於著名的聖安德魯斯（San Andreas Fault）斷層之上，大地震隨時到來是在預料之中的事。但據說北嶺大地震是在一條以前所不知的斷層上的。地震後不久，突然斷電，一片黑暗，連電視也看不見了。我們就在黑暗中糊塗過了一天。

　　第二天清早我正在考慮要不要上班時，我忽然接到上司來電，叫我們去辦公室，我匆匆趕去辦公廳，才知道我們辦公室正在震央之上。為了防震，這四層樓的樓房是建在滾動式地基之上的，這個時候才知只要在震央之上，所有的防備都沒用。我們辦公室被震得體無完膚，天花板震落，電線鋼條根根掉落出來，文件散落一地，電腦被掀起又落下，辦公室既沒水又沒電，我們員工摸黑整理。廁所不能上，幸虧有同事住在對街公寓中，大家排隊去她家用廁所。就在黑暗中，我們一點一點的整理，三天後又開始上班工作了。

但住在附近的朋友開始講述地震時的種種恐佈經驗，似乎人各有運、各有命，雖住同一區，有的人損失輕微，但有的人則損失慘重，。事後，我們發現我們自己房子的牆壁和水泥地上都有裂痕。我們因買了地震險，保險公司都大方的賠償了：例如牆上有裂痕，連可能因修牆和地，會傷及的地氈和窗簾也一併先賠了。

地震來無影去無蹤，但對人類和世界損害之大是無法形容的，如今科技如此精進，卻對地震無可奈何，現在加州久未大地震，有關單位緊張以待，不停的提醒民眾：「洛杉磯地區發生七級以上大地震的可能性是一〇〇％！」美國地質局地質專家凱瑟琳・沙勒發表研究論文稱：「基於過去一千多年的古老地震研究，聖安德魯斯斷層平均一百到一百五十年會發生一次大地震，目前距上次一八五七 Montery County之七點八強震已超過一百五十年。」因此地震專家認為下次大地震已「逾期」，民眾需加強防範。

千里之行（隸書緣）

我是極無毅力的人，從小最不愛埋頭苦幹，從寫字為例，因從小寫字受人歡迎，稱讚我的書法，就不思改進，高中時，我被同學推選參加書法比賽，我特別把我的書法給導師看，導師看過，就決定我可以不參選。

當我工作多年後，人到中年，我碰上一位書法大家，唐大康老師，我終於下定決心，千里之行始於足下，我再不練字，更待何時？於是……我買筆，買紙，買字帖……事不宜遲，我磨拳擦掌，練字開始了。

中國書法，由甲骨到大小篆，然後秦始皇統一天下，為了全國統一，秦頒了許多政策，各位工作人員，為了省時間就把大小篆的彎曲改為方直，又據說隸書是程邈發明的，總之，中國書法，到隸書，有了重大改變，當今的行書、楷書都始於隸書，所以有人習書法，由隸書開始。

隸書盛行於漢，其特色是「蠶頭雁尾」，從如今留下的竹簡看，剛開始的雁尾，很誇張的像松鼠尾巴似的，向下拖去，慢慢成熟了，雁尾就有條有理的，像雁尾似的拖出去。

漢人還喜歡石刻，唐老師啟蒙用的字帖是「張遷碑」，「張遷碑」是近期在山東發現的石碑，是東漢時期蕩陰縣民眾，為懷念他們的老縣長張遷，聚資而立的頌碑，因此碑的隸書內圓外方，保存良好，是典型的隸書類型，對初學寫字的人來說，寫得外方內圓，是要有功力的。

因為隸書的轉折如波，來迴旋轉，有反覆之美，所以被人認為有裝飾性的文字。我們用的第二個碑帖是「石門頌」，石門頌是隸書中的草書，因原刻在為石門邊的石壁上，講述司隸校衛開鑿石門的辛勞而刻，因原文刻在石壁上，所以刻者隨著石壁隨興而作，沒有一般隸書的工整，而有草書的隨興，所以石門頌有隸中草書之譽。

本來唐大康老師是來千橡授畫的，但他希望我們學生也兼寫字，千里之行，始於足下，我曾一再想寫書法，我就排出萬難，一筆一筆的寫起隸書來了，開始時，心浮意燥，定不下心來，於是寫寫停停，字寫得不好，卻四處去收集字帖。

我聽說臺北衡陽街有一個賣文房四寶、字帖的專賣店叫「小書齋」，我就趁回國探親的機會，去「小書齋」探訪，我的探訪是驚人的，小書齋的樓下賣文房四寶，二樓全是字帖，我如饑似渴，一本本字帖翻過去，如久旱之逢甘霖，連翻數小時，而不知疲累。

後來我的香港文友告訴我九龍有一家「石齋」，規模不小，我就趁去香港之便，特別去了趟九龍。「石齋」只賣書法用品，規模之大，也叫我吃驚。因是書法專業，我就不停的問：「什麼是好書法？」我最後聽到的是：「力透紙背」。我當時並未聽懂，直到有一天看字展，我忽然悟到……以後我就會看「力透紙背」了。

我日後，沒去過香港，但看到二〇一八的新聞，「石齋」關門了，因為香港歸還中國、香港失去轉手的重要性。

臺北「小書齋」我第二年再去，樓上的字帖部關門了，已改為其他公司，幸虧我起步早，趕上書法的盛況。

以後我陸續買了曹全碑，乙英碑，華山碑。張遷碑我也摹了兩三遍。慢慢地，我被石門頌所迷住，我在紙上摹石門頌，每一筆都帶給我飄飄然的快樂。

到了滿清末年，碑刻字體之風再起，清時名家在漢碑帖中加入新的元素，創書法的另一種美，例如伊秉綬以顏體入隸，鄭簠（音府）以行草入隸，趙之謙以六朝石碑版入隸。因加了現代元素，所以清隸特別討我歡喜，唐老師是湖南人，我覺得他的隸書有何紹基風味，我由是改學何紹基的張遷碑。何紹基（一七九九年至一八七三年），道光丙申進士，官編修，博涉群書上溯周秦兩漢古篆籀，下至六朝南北碑，皆手追心摹，卓然自成一家。

今人陳震生在《隸書》一書中讚何紹基的隸書不是只單單一個字體上的高卓，更是他綜合文化素質的高品位，使他的隸書達到常人難以攀登的高度。

寫到何紹基，我在人口普查局找到工作，繁忙的工作，使我不得不放棄費時的書法摹臨。恰在此時我的一位書法朋友因肺癌去世。他太太就要我替他用隸書寫墓碑上的名字。我也不多思考，一下就答應了，後來他太太要我也替她寫名字，以便

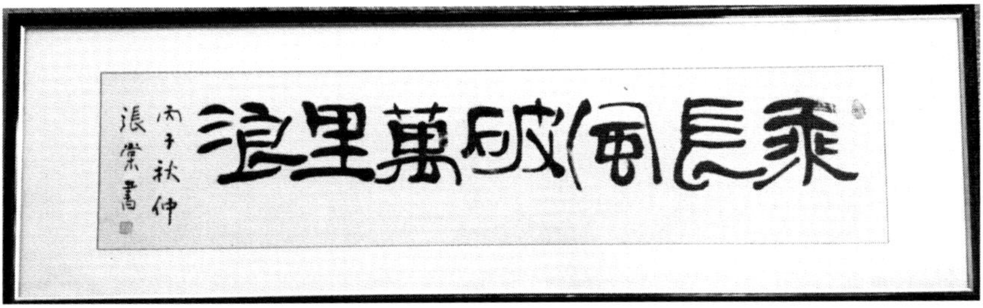

跟唐大康老師學隸書

配為一對。我一拖就拖了幾十年，因久未練習。已無勇氣再續。但每一想及此事，就坐立難安，但時日拖得愈久，就愈難著手，我聽羅輯思維說到因為現代人長壽我們對時間的想法要有不同了，例如一位老先生六十歲想學鋼琴，但沒學，他在百歲時後悔的說，如果我六十歲學了，到今天已學了四十年。我如夢初醒，我如六十五歲退休重新開始，到今天已經十年了，我卻怕起步遲了，蹉陀了十年……。

聽到這裡，我馬上跳起來，千里之行，始於今天……。

珠寶製作

五十年前，我曾在紐約羅徹斯特藝術博物館修習珠寶製作（Jewelry Making）二年。班上有許多藝術天才的年輕人，也有許多我這樣的「外行人」。門外漢中有古董店的老闆、康耐爾大學教授、酒吧女老闆、學校老師、大公司總經理太太，濟濟一堂，十分熱鬧。

作首飾最重要的是「美工設計」。藝術修養的深淺，一看設計就知。像我這樣一無背景的人，就要先從觀察宇宙萬物開始，再將其形象加以整理安排，畫成美術圖案。因為我根基不好，常常事倍功半，吃力不討好，反觀有藝術修養的同學，簡單的幾片樹葉，幾片花瓣，就美得叫人心動。

在班上，我的設計雖毫無出色之處，我卻一點也不寂寞，因為我是班上唯一的中國人，正是五千年藝術文化結晶的代表人。那個腰纏萬貫的古董商一天到晚拿些精緻的中國古董向我「請教」。我當然一竅不通啦！但我醉心於中華文化，看到中華文物，就真心誠意的稱讚再三，倒也次次過關。

有一回他老兄帶了塊「很古很古」的玉要我過目。我一看是同治年間刻的一塊「壽」玉。忍不住大叫：「此玉不古呀！只不過一、二百年而已」，他馬上沉下臉來，不高興的說：「一、二百年怎麼不古老！」我這才發現自己多掃興，不好意思的安慰他：「我們中國有四五千年的歷史，所以在我心中要一兩千年才叫古老呢！」他這才泛出笑容來。

經過我苦苦學設計後。發現作一個沒有藝術根基的華人，吃老祖宗的飯最現成討好。我先鋸了條銀龍受到老師的稱讚。後來我們學失臘法（先用臘雕成雛型，再用銀或鐵金等金屬用高溫熔成型，臘融型成，稱之為失臘法）。我把我媽寫的「壽」字描下縮小雕刻在臘銀戒指上，等戒指失臘法製好，再將壽字用「氧化劑」塗黑，非常的中國味。

後來博物館開學生展覽會，我的那枚壽字戒指被老師放在櫥窗正中央，在紅色絲絨襯托，強烈燈光照射下，居然美麗奪目，我簡直不相信是自己的成品呢！

每年的藝術節，租攤賣首飾的大部是我同學，生意都很興隆。那位古董商更學以致用。把一、二十元買來的舊貨，修補得閃閃光光再以高價賣出。

我把我最美麗的失臘壽戒，特別贈送臺灣的父母，我媽當然視為至寶。誰知不久我家遭小偷，小偷從窗口爬上二樓，結果看中我的戒指、據我媽說當晚丟失的就這枚戒指，想到我失臘法所下的功夫，十分心疼，但想到這麼識貨的小偷不禁長嘆一聲：「雅賊！」就不想再追究了。

有一回，我在家中煮骨頭湯，忽見圓形骨頭中間的洞呈「心」型，我忽然靈機一動，把骨頭撈起來，用清水猛煮多時，然後請我老公帶到實驗室中去鋸薄，鋸出來像象牙，非常漂亮。只是聽我老公說鋸骨頭時的骨頭味太重，實驗室的同學齊喊「骨頭味」，後來他就不肯再鋸骨頭了。以後我再煮骨頭湯時，都會想起魚目混珠的心型象牙來。

在學首飾的過程中，我聽同學說，我們還可去小工廠中問他們要剩銅剩鐵當材料。我上班的地方附近剛好是各式小工廠的集中地，我就趁下班時去附近逛了一圈，果真收獲甚豐，當年市面資產豐足，人們十分大方，不知今日市場如何？

當時，我學藝最大的遺憾是沒有用黃金製作首飾，當年黃金價才三十八元一盎斯，只有我們作首飾的人才能買。我怕東擦西磨的，幾百元就擦掉磨掉了。看看現在的金價！我怎能不後悔呢。

聆聽南宋白石道人歌曲

我屏氣以待，等候著古音的重現，千萬種的可能在我腦際一一閃過，終於……在古琴、洞簫與鼓板的伴奏聲中，一位高亢的女聲，很慢很慢地，一個字一個字的吐出：「舊時月色，算幾番照我……」

在中國文學史上佔有極重要地位的宋詞，原是流行歌曲的歌詞，但千年以來，歌詞留了下來，而歌曲卻消失了。宋曲到底會是個什麼樣子的呢？

姜白石（姜夔）自注工尺的樂譜十七首，是當今僅存的宋代詞樂文獻。「既然樂譜還在」，同學方光珞問我，「是不是可以找來一聽？」一言驚醒夢中人，我上網搜尋，果真在網上找到了白石道人歌曲，也同時得知「古譜今譯」工作的艱辛與困難。

原來姜詞留下的自註工尺譜記譜法，和今天流行的樂譜相去甚遠。雖然楊蔭瀏，陰法魯等諸位專家學者破解了姜白石的工尺記譜法，但仍無法完全重現原貌，所以我們現在所聽到的只是今人的「擬唱」。

我從YouTube上，選聽了白石道人的兩首歌曲：《暗香》和《杏花天影》，都是由今人蘇思棣製譜的「擬唱」。（原曲出版：香港浸會大學中文系）

《暗香》是一首姜白石最有名的詠梅詞。YouTube一打開，一枝枝紅梅或白梅出現眼前：含苞、半開、盛開、獨開、群開……在厚重古樸的古琴洞簫伴奏聲中，一位高音的女聲極慢極慢地，一個字一個字的唱了起來……。

想不到，這聲調竟有點像今天的崑曲。但它並不完全像我聽過的崑曲，尤其當我以為調子會往下沉的時候，它竟往上拉了上去，而且往上拉的音調高得非常「突兀」。這種我不熟悉的「突兀」，聽起來很怪。但在「怪異」聲中，我又感到慶幸，想不到在與胡樂、西洋音樂、東洋音樂交融了這麼久以後，南宋樂曲的韻味還保留在今天的崑曲之中。

崑曲並不是我喜愛的音樂，我嫌它太慢，但在我一遍又一遍聽了《暗香》與《杏花天影》以後，我開始喜歡古琴的聲音，覺得古琴的聲音厚實、凝重與古樸，愈聽愈有味道。

《杏花天影》的背景是現代畫家林風眠的美女畫系列。林風眠筆下的古代美女極有特色，她們既是古代的，也是現代的。她們都有一張細長清瘦的臉龐、一雙斜飛入鬢的鳳眼、輕盈頎長的身材，穿著輕飄飄的長衣薄衫，或坐或立，或彈或唱或舞。畫中瀰漫著如煙似霧的淺淡色彩，顯出夢幻般女子的清純、淡雅與高貴。

這些女子，應該是姜白石在「牡丹會」中常見的那些清麗絕塵的女子吧！

張鎡，字功甫（或功父），是姜白石時代雅士集團的一個核心人物。他家世顯赫，是南宋南渡名將張俊的曾孫、另一名將劉光世的外孫。張鎡本人的詩詞寫得很好，他的府第「園池聲伎服玩之麗甲天下」，是文人雅客們的雅集所在。他家的「牡丹會」更是當時最被人稱美的雅事。

在張鎡的文人雅聚之中，最有名的詞人就是姜白石。姜白石清空高雅的詞風，在當時被奉為雅詞典範，也是南宋後期文人雅士們最喜愛的一種風格。

南宋周密在《齊東野語》第二十卷《張功甫豪侈》有「牡丹會」的記載：王簡卿侍郎嘗赴其牡丹會云：「家賓既集，坐一虛堂，寂無所有。俄間左右云，『香已發未？』答云『已發』。命卷簾，則異香自內出，鬱然滿座。群姬以酒肴絲竹，次第而至。別有名姬十輩，皆衣白，凡首飾衣領皆牡丹。首帶照殿紅一枝，執板奏歌侑觴，歌罷樂作乃退。復垂簾談論自如，良久，香起，捲簾如前。別十姬，易服與花而出。大抵簪白花則衣紫，紫花則衣鵝黃，黃花則衣紅，如是十杯，衣與花凡十易。所謳者皆前輩牡丹名詞。酒竟，歌者、樂者，無慮百數十人，列行送客，燭光香霧，歌吹雜作，客皆恍然，如遊仙也」。

或云，南宋雅士風流高雅，最懂得生活情趣。從以上王簡卿的形容看來，牡丹會的精神享受，多元而立體。客人到齊後，主人開始點香，一種無所不在的異香立即飄散開來……（宋人之愛香，可從《清明上河圖》上看到，汴梁城中，有多家頗具規模的香料鋪，家家店招高大醒目，店鋪門口更是人客來往、絡繹不絕。）

在飄渺的異香中，晚宴開始。仙女似的女子一個個飄然而出，上酒的上酒、端菜的端菜，奏樂的奏樂。客人在絲竹聲中，享用著精緻細膩的江南美食。然後，十位白衣女子，頭簪照殿紅（扶桑）紅花，執板奏歌，勸客飲酒。服裝與簪花精心搭配的女子共十隊，每隊十人，每次出場，衣飾顏色都不相同，例如穿紫衣簪白花、鵝黃衣簪紫花、紅衣簪黃花等等。

這些女子在牡丹會中所歌所唱的，一定有姜白石的歌曲。姜白石長得仙風道骨，「若不勝衣，望之若神仙中人」。他為人耿介，曲調高古無塵，歌詞清空騷雅，如「瘦石孤花」、如「野雲孤飛」。

我打開《杏花天影》的YouTube，林風眠筆下的古典美女，淡淡的色彩、優美的舉止，有的吹笛，有的彈琵琶、有的彈古箏或古琴。

「綠絲低拂鴛鴦浦，想桃葉，當時喚渡……」，燭光香霧，我穿越時空，在張功甫豪華雅緻的府第中，聆聽姜白石的歌曲。此時此刻，古曲的曲調喚醒了我血脈中沉睡了千年的DNA密碼，我也隨著眾位賓客，飄飄然、醺醺然，到雲端仙境漫遊去了。

美國嬰兒潮步入老年

一九四五年第二次世界大戰結束，全世界歡欣鼓舞。在前線英勇奮戰，但歸心似箭的美國「大兵」，飛奔回鄉、結婚、生子，造成了美國歷史上的嬰兒潮。

戰後人民生活漸趨安定，不但恢服了正常作息，而且開始對未來有了新的規劃與展望。此時新的科技紛紛萌芽，其中避孕藥的發明，開啟了一個有效避孕的新時代。這一速升、一猛降的兩股人口潮流，相距二十年，因此在一九四六年至一九六四年之間，美國嬰兒的出生，形成了一段奇特的鐘形（bell-shape）曲線。

因為人數眾多的關係，嬰兒潮的嬰兒，一直左右著美國的人口變化。當嬰兒潮上小學時，小學數量不足；他們上中學時，中學不夠；他們上大學時，大學又擁塞不堪。也因為人多，競爭激烈，他們這一代，從小就有很高的競爭力。

因為嬰兒潮對人口的重要，美國人口普查局（The Bureau of the Census），就把出生於一九四六年一月一日到一九六四年十二月三十一日出生的定為「嬰兒潮」嬰兒。

在嬰兒潮一生中，對美國最重要的決策之一，是放寬歐洲以外地區的移民。歷史上，美國移民主要來自歐洲，但戰後歐洲也一樣受到嬰兒潮的衝擊，人口也在減少，所以美國不得不放寬歐洲以外地區的移民，例如亞洲移民。

時光荏苒，七十年匆匆而過，這群嬰兒潮的「老大」已從少年、中年、而步入老年，他們也由為人父母，升為祖父母。他們之中有的還能像希拉蕊、川普那樣老當益壯，充滿活力，競選總統的，但很多人，都逐漸淡出就業市場，開始坐享天年了。

他們的退休，給社會帶來的第一個警號，就是「社會福利退休金」的短缺，領取全額退休金的年紀推遲了。更讓他們擔心的，莫過於物價高漲，而退休金卻滯停不進。對許多人來說，這筆收入是他們工作時投入的「儲蓄」，也是他們自以為怡享天年的保證金。事實上，年輕工作時繳入的「養老金」，是用於支付上一代人的退休，這一代人的養老金，則由下一代支付。

再一個警號是醫療保險，當年紀老去、病痛增加，當然希望有低廉的保險費，來提供最好的醫療照顧，但很多退休的中產階級，根本沒有足夠的醫療保險。現在「住在鄉下、教育程度大學以下的藍領階級」的嬰兒潮首當其衝，日後，一定還有其他有關老人的法令與福利會一一浮出檯面。

就像當年嬰兒潮出生時，整個社會為他們蓋房子、造學校、請老師，忙得不可開交。現在嬰兒潮邁入老年，科技的進步與人們生活習慣的改進等等，使老人的壽命延長了，對於老人和他們生活的議題，將是未來一、二十年的重要社會課題，也將是美國政府趨於保守的一個開端。

但美國人口普查局去年傳來了好消息。Millennials（一九八二年至二〇〇〇千禧年）誕生的嬰兒，人數已超過嬰兒潮，只是族裔更多元化了，未來政府面對的，將會是不同的人口問題了。

洗手作羹湯

我的丈夫是一個善變的人。

我們剛一結婚，我這嬌滴滴的新娘子，就「三日入廚下，洗手作羹湯」起來：星期一，我煮雞給他吃，他笑咪咪；星期二吃雞，香噴噴；星期三吃雞，他不反對；星期四吃雞，他不聲不響；誰知到了星期五，他一看到桌上的雞，就發起脾氣來了。

你們看，作他的老婆多難！為什麼星期二不言，星期三不語，就是星期四開金口、我也可以可是捉到一點蛛絲馬跡呀！

以我的聰明，我當然知道抓住丈夫「心」的不二法門就是抓住他的「胃」。所以我一脫下結婚禮服，就國內國外四處收購「奇珍異譜」，一再地翻閱研究，以討他歡心。結婚多年來，我收集的食譜之多，在親朋中不是第一、也是第二。拜丈夫之賜，我烹飪技術之差勁，鐵定排名倒數第一。

原來我丈夫的口味極怪，對於我的「煎蒸溜烤」功夫菜沒有興趣，害得我英雄無用武之地。一天到晚煮來煮去都是他愛吃的「青菜炒肉」。有一回在我家附近的超市買到了一盒「無骨雞肉」，為了投丈夫所好，我一口氣就買了十幾盒放在冰箱，每天拿出一些來配炒各式青菜。一時西線無戰事「張家大飯店」的大廚和顧客都深表滿意。

時間就在皆大歡喜中一下子飛過了不知多少月日。有天丈夫下班回家，在飯桌上忽然東挑西揀、食不下箸的樣子來，我作老婆的有職業性的敏感，馬上關懷的問道：「今天的菜有什麼不對嗎？」

「這是什麼肉呀？為什麼我覺得吃了好一陣子呢？」

「這是無骨雞肉」我老老實實作答。

「又是雞？」他跳了起來：「我們最近常吃嗎？」

「吃了不太久，才吃了三個月。」

他頓時失去了食慾，以後的三個月，我們家中，誰都不許提「雞」這個字。

時光荏苒，歲月如梭，我們從新婚燕爾至白髮蒼蒼，長壽變為人生主題。我老公老而不顯老，這曾使我懷疑，必與我的烹飪有關，後來我勤讀養生之道，才知新科學實驗發現：「少年時節制飲食是日後長壽的不二法門。」

我大喜！想不到我的拙於烹飪居然是一種變相的節食，只是要用一生來印證，實在太久了些。如果你現在問我老公，我想他一定會選擇美味多食。

鳳求凰

所謂緣分、就像李健名曲「奇蹟」中的說的：「只因為在人群中多看了你一眼再也沒忘掉你的容顏」，在芸芸眾生中、為什麼有兩個陌生人會一見鍾情而共結連理，還真沒什麼金科玉律可言。

有人做過科學研究，人類在危機中最容易相愛，例如「魂斷藍橋」中男女主角在空襲聲中相遇相愛的經典名著。我們這一代，當時因為民風保守、大部分人在臺灣都沒有固定的男女朋友。但到了人生地不熟的美國，卻全在二年內結了婚、這應是危機意識的結果吧！求偶技巧，可謂人人自有竅門，君不見人間平淡夫妻，都有一個美麗的愛情故事，在友朋相聚的言談中，大家最愛談的題目，莫過於「你們怎麼認識的？」立刻沉悶的空氣都變得活潑生動起來。不論結婚多久，人生最燦爛歡快的一瞬間，莫過於「在人群中多看了你一眼」那美麗的一刻。

求偶乃動物本能，花樣百出。有的以色貌取「人」，有的以聲音博取對方注意，有的以動作引人。洛杉磯的阿凱迪亞市以孔雀著名，我曾在植物園中觀望、看到雄孔雀神神氣氣地走來走去，不時展翼開屏，贏得連連掌聲，雌孔雀全身深褐無彩，蹲在一旁，靜靜欣賞，默默觀望。

我家後院，人跡罕至，鳥雀自由來往，我常見烏鴉不懷好意的到園中走動，烏鴉走路堪稱奇特，走起路來頭往前一伸一伸的，十分神氣，我看得入神，突然想起一個久不用的字，「跩」，那是我們年輕在臺灣時，女生對某些男生的形容辭，有些男生的「跩」和烏鴉如出一轍，不是要爭取女生的注意嗎？這些「跩」的男生，後來都找到如意女子了嗎？

鳥最愛唱歌，我從小讀童話故事，就知道中東有位皇帝被中國夜鶯的歌聲迷住，我沒聽過夜鶯，不知他們的聲音多好聽。以前我家院中，掛了一隻鳥籠，吸引了一對倫鳥（Wren）居住，這雄倫鳥是很會唱歌的鳥，唱得曲折婉轉，久久不停，一直唱到雌鳥出現為止，此雌鳥粗布裙釵，長相平實無華。顯然被雄鳥的歌聲所感動，不遠千里而來，連我這第三者都聽得感動極了，忍不住對雌鳥說：「夠了！夠了！不必唱了，嫁給他吧！」

美東有一種十三或十七年蟬更是有趣，成千上萬的蟬，在地下十三年、十五年、十七年年才同時出土，脫去蟬殼，在枝頭高聲嘶叫求偶，聲貝之高震耳欲聾，人類的耳朵是吃不消的。然雌蟬顯然甘之如飴，不以為吵。

人類就複雜多了，中國歷史上最有名的求偶故事當推文豪司馬相如，司馬相如是寫賦高手，在文壇上有極崇高的地位，他寫過《子虛賦》、《上林賦》，極有才華。但他自導自演的一出精彩劇本，在民間廣為流傳，名聲之大，甚至遠超過他的文學成就。話說家境貧寒的司馬相如，回到故鄉四川臨邛，聽說全國最富的富商卓王孫家的女兒正「文君新寡」，他就自導自演到卓王孫家作客，然後彈唱《鳳求凰》一曲，文君在門後看到司馬相如一表人才，又被他的琴聲感動，當夜就私奔司馬相如去了。據後世懂音樂的人說，司馬相如精通音樂，琴藝高超，可以將《琴聲》彈給大家聽，卻以「琴心」傳給卓文君一人，顯然卓文君也是音樂高手，一聽就明白了，可見他們實在是音樂知己。

我看報紙八卦，說當今嫁給英國王子的平民王妃的凱蒂。她的父母，因不是皇族，自小把女兒當皇族養，所以女兒出落得華麗高貴，最關鍵的一事，是當維廉王子宣佈去某大學就讀時，她也馬上宣佈去讀同一所大學，所以八卦稱威廉王子和凱蒂的婚姻是凱蒂和家人精心設計的。

我以為現代韓劇的男主角最得女人歡心，他們基本上「高富帥」，和對女人有種不能抗拒的魅力，我看過一個韓劇，男主角是一位年輕的大將，周圍包圍的當然也是武將，但奇怪的是，別的武將也長得高大英武，只有這位大將在千萬人中，一眼可以認出，因為他的眼光中有一種說不出來的溫柔與深情，女人一見就被迷住了。我有次看世界最幸福的國家不丹的電視訪問，受訪者說，自從有了電視，不丹女子就愛上了韓劇，有位韓劇男主角結婚了，全國的女人都心碎了。可見韓劇男主角的迷人，是跨國際的，所以我以為韓國影劇找到了「迷女人的公式」。但吾人絕不能上當，現實中的韓國男子不可能人人如此具有男性魅力的。

科學家發現愛情的祕訣，是由於人體分泌的「安多氛」，莫非這安多氛就是莎士比亞名劇《仲夏夜之夢》小精靈亂放的「love-in-idleness」（三色堇）汁，結果，皇后愛上牛頭馬面的演員。如果「安多氛」真如此好用，吾人何不多研究安多氛、將它磨成粉，熬成汁，製成丸，碰到「意中人」就朝他一噴一灑，以解脫那愛情的煩惱？

只可惜，我如今年華已老，就是有了萬靈丹，也不知向何人噴灑而去，當年的「高富帥」，金婚過後，也一樣垂垂老矣。現在的老公，只要像雙舊球鞋，穿得舒服就可以了。

多春魚

每次進城
都去同一家
廣東小店
點一盤多春魚

細長的小魚
連頭帶尾
裹著薄薄的麵糊
炸得金黃酥脆

盤底是一層青綠
翡翠小辣椒
嬌嫩青蔥粒
還有一些蒜香椒鹽

飽滿的小小魚子
每粒都能彈牙
是因為多子
所以叫多春魚嗎

幸福就湧動在
說說笑笑
金黃與翠綠
小魚與魚子之間了

第六章　百年瘟疫

世紀瘟疫經歷記（COVID-19）

誰也沒想到，二〇二〇的鼠年會以這種形式到來，新年、春節、春天都過得十分暗淡。先是武漢發生瘟疫，我有一表弟住在武漢，這瘟疫來得極快，傳染也極快。中國政府很快就下了封城令。我遠在美國，隔岸觀火，就寄e-mail祝福他們。誰知道，這瘟疫三月就傳到了美國，很快感染人數就超過中國，居世界第一。

三月初，正好春假，也正好是我們運動課老師的生日。大家早有約定：等這學期結束的禮拜五，大家聚餐，請老師吃飯。誰知星期五，一上課同學們臉色沉重，我不知就理，還追問聚餐的事，有位同學直爽地說了：「疫情嚴重，學校要關門了。」「誰說的？」我大驚。「學校來禁足通知了！」原來學校用e-mail通知我們，遵守州長命令，從今天起不上課了。我看到學校通知，但沒注意內容。原來這星期五是最後一天上課。我聽見有人在問：「關到什麼時候呢？」「也許永遠吧！」

想不到這會是疫情初期的最後一堂課，我以為同學會抗議，誰知道大家很聽話的同意了。更想不到老公參加的網球會掀起激烈的爭吵，正反兩面互不相讓，最後還是聽州長命令，大家停止運動為要。

美國人如此聽話真不可思議。我曾在美國政府工作多年，對美國人的不聽話記憶猶新，我最記得有回上級有令員工得接受吸毒測試。想不到會引起軒然大波，一片反對之聲，弄得我「習慣聽從政府命令」的人一頭霧水，政府工作人員吸毒測試有何不好？同事回答：「這是侵犯隱私權」。理由是測毒只有九十五%可靠。如果你不幸錯入五%，那就跳到黃河也洗不清了。

後來事實證明美國不聽話的人很多。雖然疫苗是免費提供的，人人都可以打，就是有很多人不打，所以以後第二波很多人得病就是因為不打疫苗的結果。其中我以為最不聽話的就是總統川普，他每次都故意不戴口罩，有一次他居然戴了口罩去視察美國退伍軍人醫院，他戴了一個黑口罩，威風凜凜的帶了一批戴黑口罩的閣員，巡視醫院，因為他平常不戴口罩顯顯得很特別，甚至古怪。

想不到病毒蔓延到全美國以後，一發不可收拾。禁足從三個月，到一年……兩年都還未停，一些自由自在的「小確幸」一一被剝奪後，我忽然想起：「問渠那得清如許，為有源頭活水來」。禁足期間，我們成了沒有活水的魚。

烽火一年後，日日家中坐，其中最擔心的是口罩，老公對口罩一向冷冷淡淡、要理不理的。有天、股票大跌，一天跌千點，他這才驚覺危險已近，他開始四處找口罩。此時市面口罩早已賣光，他靈機一動，以前，他曾請人漆房，漆房人就面戴口罩，他立即直奔家得寶（Home Deport）油漆部，果真還有大批存貨。我老公立即買下N95型手術用最佳口罩，以解決燃眉之急。

說實話，自從人人戴口罩開始，人就成了新物種。除了兩眼外，其他臉上五官都被捂住，最可怕的是人沒了笑容，講話要放大聲量才聽得清楚，以前人與人之間要拉近距離的呼籲，已全功盡棄，人類又要回歸高科技之後的距離感。

每回人間有大災大難，世界歷史就會經歷大改變。因為這次疫情長達兩年多，所以美國人不得不改變生活方式：習慣戴口罩、洗手，都是很好的習慣。

黑死病和西班牙流行感冒是歷史上瘟疫的黑暗時期，拖了好久才結束。現在非常幸運，有了mRNA新科技，所以瘟疫在很短時間就得以控制住了。

這次瘟疫，我以為對美國最大的影響應是地理觀念的改變，現在很多事只要用電腦，就不必事事親為了，例如上課或開會，只用電腦或Zoom就可以了，這確實節省了人們在「旅行」上所花的大量時間與金錢。尤其洛杉磯城像蜘蛛網一樣四面八方，無止境的擴充，汽油的大漲價更使人不得不考慮「行」的問題。現在的人可以不必拘於工作的地方，藉著網路，遠距離工作已漸成為新的工作模式。

通貨膨脹、物價飛漲，貧富差距愈來愈大。經濟的衰退使一般小民生活愈來愈困難。長久以來，物廉價美的美好日子，也許永遠都回不來了。

對我們而言，我們的生活也有了很大的改變：譬如說和我們不再整天往小臺北去買菜、吃中餐了。我們買菜也從小臺北中國超市改為鄰家超市了，並發現很多菜其實鄰家超市也有，我們日常生活變得當地化、美國化了。

人生的幸福是樁樁件件「小確幸」的累積。老公是我家的採買。他以前每次打完網球，就順便買菜回家，也順便帶回超市現磨現煮的免費新鮮咖啡樣本。退休後我的兩大享受：免費的現磨咖啡和老公的善體人意，在禁足後，就沒了。我就問：既然現在沒有免費咖啡可喝了，我們可以自己去喝咖啡呀！

虎年的正月初一陽光明媚，風和日麗，真是難得的好冬天，我老公就說：今天去喝咖啡吧！

這小小的加州千橡城西湖村還真是喝咖啡的好地方，到處都是咖啡店，而且家家高朋滿座。我們就找了一家有法國名字的店，剛好這個小店被陽光照射，雖是隆冬，仍十分溫暖。我們就坐下來點了咖啡，和一盤點心。小鳥就在四周的桌椅間飛來飛去，搶著吃我們剩下的麵包屑。現在，兩人去店裡喝咖啡成為我們老夫妻的新嗜好了。

在一片哀聲嘆氣的疫情中，唯一能鼓舞我的是火龍果了。本來日子忽忽過去，日日家中坐，哪裡都不敢去，因你不知病毒「怎麼」會纏上你，「什麼時候」會纏上你。本來以為夏天高達華氏百度高溫定可驅毒，誰知病毒並不懼熱，及夏天過了一半。我才忽然想起，夏天不是火龍果季節嗎？我到園中一看，火龍果已結了苞，快開花了呢！自此，我的生活有了生氣，有了希望，我每天去看火龍果。火龍果花酷似曇花，也是半夜開花，但花比曇花大數倍。最重要的是開花後會結一個碩大、美味多汁的果實。在期盼中，日子充滿了希望，我日日等待，從結苞、開花、結果、果變紅、果成熟……每一個等待都是機會，每一個等待都是希望，都是沉悶燠熱日子中的陣陣清風。

直到今年五月，美國新冠病歿人數已破百萬，全球估計一千五百萬人去世。終於……第三個春天來了，因疫苗的施打，瘟疫逐漸遠去，在春花燦爛、鳥雀高唱、蝴蝶飛舞中，世界似乎在逐漸恢復正常中，只是瘟疫的亞型變種仍層出無窮，使得病毒的澈底消失，似乎仍遙遙無期……。

烽火一年

自三月禁足以來，我幾乎足不出戶了。

人生的幸福是樁樁件件小確幸的累積。老公是我家的採買。他以前每次打完網球，就順便買菜回家，也順便帶回超市現磨現煮的免費新鮮咖啡。我喝咖啡一向馬虎，只要即溶咖啡沖泡一下即可。自從有了新鮮咖啡，才知現磨的多麼香，多麼可口。退休後我的兩大享受：免費的現磨咖啡和老公的善體人意，在禁足後，就沒了。

疫情後，我們忽然收到鄰人太太的e-mail：「我家屯積了不少TP，歡迎分享。」我們鄰居是白人律師，太太是小學老師，他們常跟我老公針鋒相對，笑話不斷。不知他們的TP是指何物，老公的英文不錯，但也不識TP為何物，他就上網查證，原來TP是Toilet Paper（衛生紙），我們看完，哈哈大笑，原來這是鄰人苦中作樂的幽默。

烽火連六月，日日家中坐，其中最擔心的是口罩，老公對口罩一向冷冷淡淡要理不理的。有天，股票大跌，一天跌千點，他驚覺危險已近，這才四處買口罩。此時市面口罩早已賣光，他靈機一動，以前，他曾請人漆房，漆房人就面戴口罩，他立即直奔家得寶（Home Depot）油漆部，果真還有大批存貨。我老公立即買下N 95型手術用最佳口罩，解決燃眉之急。後來才發現口罩並不急，原來我們Ventura是洛杉磯大都會（Los Angeles Metropolitan）感染與死亡人數最低之郡，主管衛服部主管主張保持距離就相當於戴口罩，所以他不強迫人人戴口罩。數次我外出散步，發現我是街上唯一戴口罩的人。而且Ventura的死亡率一直很低，到十二月中死亡總數也只有二百一十人，不能不算是洛杉磯大都會區的模範郡了。

八月，傳來好消息：政府鬆綁了，理髮店開業，餐廳可以堂食了。我最不能忍耐的剪髮大事，已到忍無可忍的地步，看到新聞，馬上和理髮師約定剪髮。其次，堂食也迫不及待，利用買菜之便，就去菜場隔壁餐館堂食，好久不外吃，簡單樸實的中餐，覺得美味無比。餐館只留一半座位，入門要戴口罩。只可惜好景不常，鬆綁才一個禮拜就因疫情增加而取消，我們又禁足了。至少鬆綁期間，頭髮剪短了，是很舒服的。

說實話，自從人人戴口罩開始，人就成了新物種。除了兩眼外，其他臉上五官都被捂住，最可怕的是人沒了笑容，講話要放大聲量才聽得清楚，以前人與人之間要拉近距離的呼籲，已全功盡棄，人類又要回歸高科技之後的距離。臺灣民眾戴口罩十分自然，但老美就一片反對聲。有的還深恨欲絕，以美國總統川普為例，他成天大談瘟疫，但他個人就不肯戴口罩，有一天，他率文武百官視查軍醫院，這是他頭一次戴口罩出巡。只見他戴著黑色口罩，率領文武百官走來，威風凜凜，有如外太空人漫步，非常不自然。也許上行下效，美國人極不愛戴口罩。恰在此時，臺灣口罩解禁，我臺灣同學一定要送我口罩，臺灣口罩品質好，我收到後戴著買菜，外出散步，因為比較寬大，用起來很舒服，要比N九五型硬梆梆的好用多了。後來台灣鬧大陸口罩流入市面的問題，我特地拿出同學贈送的口罩，上面清楚有鋼印：Made in Taiwan，這使我大為放心。

疫情期間，因許多社交節目被取消，高速公路上車輛少了許多，我家門口的一〇一高速公路段，一直是全美車流量最多之地，但自疫情崛起，高速公路車輛大減，現在出門買菜，已無水泄不通，車尾對車尾（bumper to bumper）的擁擠狀了。我的一位同學特別打電話來警告我，原來她久不用車，電池沒電，車子都開不動了。我們也突如其來收到保險司的退款，原來人們少出門，汽車也少用了，後來我們收到保險公司通知，每家保費退款十五％。

今年，我駕照到期，又聽說駕照要改成新的Real駕照，我老公就早在三月就開始行動，就在萬事完畢，離開DMV（車管處）辦公室時，辦事小姐忽然問我：你十一的生日快到了，不如今天一起辦駕照更新吧！我說好，結果一切通過，我們也繳了費，只差一個筆試，我怕考不過，就要求回家讀手冊再來。誰知這一念之差，就再也聯絡不上車管處了。我從報上看到消息，車管處員工抱怨政府罔顧人命，將他們的生命暴露於危險中。自此打電話去都無人接聽，只有錄音，將我的電話轉來轉去半個小時到一小時以上。眼看已近九月，我決定親自跑車管處一探究竟。那是個星期六，是公告上班的日子，結果那天沒開門，我碰到一對年輕人，她說她周日經過時看見過長隊，然後她又咕噥：「我周日要上班怎麼辦？」我一想，她看見有人排隊，可見車管處周日有人上班。我就決定禮拜一去看究竟。星期一，我起晚了，九點才到車管處，果真有人排隊，而且隊伍奇長，此時我就後悔出門晚了。我排在隊尾，一直到中午才輪到我進車管處大門。以後，我就領了號碼，工作人員通知我可以去吃中飯了，但不能走遠。我很快的喝完水就回來等候。工作人員見我只差一個筆試，就說現在筆試取消了，你就回去等駕照吧！大事完工。我興奮的出來，一看錶，已整整等了五個小時。

禁足日子中，唯一的樂趣是夫妻間的感情加強了，我們結婚以來，忙於工作，並沒有生活情趣的培養，現在與外界不來往了，矛頭對內，夫妻兩人大眼對小眼，不關心也不行了。現在夫妻兩人每天最關心的是：「今天吃什麼菜？」因為我是夜貓子，早上起不來，不吃早餐一直是我的壞習慣，記得當年剛結完婚，我老公仍去學校食堂吃早餐，結果被他的中國同學訕笑：「你不是結婚了嗎？」老公沒面子，自此研發出自已的早餐。想不到禁足以來，三餐成為家中大事，夫妻間的對話，居然是以前甚少提及的三餐。

因為三餐成為重中之重，買菜就成為天下第一大事。因禁足開始時有搶購的現象，老弱吃虧，所以各超市特別定出老弱購物的時間。過一陣子沒人搶購，一切如常了，我們去99中國超市買菜，要戴口罩，如去晚了，購買人多，就要在門口排隊，與人保持距離，付款時也要保持距離。

禁足期間，我連燒焦鍋子兩次，第一次燒焦，老公說丟掉不要擦了！等到再次燒焦時，我就說：「不能再扔鍋子了，我非擦乾淨不可！」這次焦得太厲害了，我不得不去門外找了兩小塊石頭來大磨大擦，就在我磨擦得滿頭大汗時，我突然記起少時背誦過的《武訓興學》：「有志竟成語非假，鐵杵磨成繡花針」然後我上網查看，居人有人將武訓興學，改成數來寶。我就一邊打拍子，一邊數來寶，數給老公聽，老公以前不知武訓，也不知武訓興學的故事。但數來寶有板有眼，我們老夫妻不禁打著拍子，手舞足蹈起來。這時，我們突然體會出中國文字的趣味。

畢竟把鍋子燒焦是危險的事，所以現在我家裝有計時器（timer）和煙霧偵查器（smoke detector）來防止我的粗心大意。此外，我在爐上煮了東西以後，盡量不離開廚房。

我個人最大的樂趣是曬太陽。看到一篇文章說瘟疫死亡人中，很多都缺少「維他命D」，而補充「維他命D」的不二法門就是曬太陽。我平時不曬太陽，幾次身體檢查「維他命D」都不及格，得吞用大量「維他命D」藥丸才過關。今天人間疫情嚴重，而自然界卻風調雨順，陽光和煦，是曬太陽的最佳時辰。我的最愛是口袋中藏一隻iphone，人坐在陽光下聽古詩朗誦，其中我最愛聽白居易的兩首長詩：「童子解吟長恨曲，胡兒能唱琵琶篇」。尤其是《琵琶行》……潯陽江頭夜送客，楓葉荻花秋瑟瑟……正如《品讀經典》youtube所說的，讀此詩「如見其人、如聞其聲、如歷其事」。我好像看了、聽了一場音樂會。

如今禁足連九月，美國各大城市的疫情並未有減輕之跡象，所有醫院急診室都客滿，反倒是各處傳來暴動與山火颶風的消息，雖然我們仍在禁足期間，不禁對疫苗滿懷希望：冬天來了，春天還會遠嗎？

生存玄機

我家附近有一家中式超市。超市左右兩邊各有一餐館，左邊是廣東餐館，右邊是越南粉店。這兩家都是我們買菜時順便去午餐的地方。瘟疫期間，受害最大的莫過於餐館，三年瘟疫後，很多餐館都面臨關門和倒閉之災。但我們常去的兩家餐館，都存活下來了，就我們觀察，似乎他們各有生存之道。

這家廣東店本來就有堂食和燒臘兩部分。在瘟疫期間，堂食關門停止營業。因燒臘只外賣，就仍繼續營業。我們不能堂食，只好買燒臘回家，想必有此一想法的人不少，所以他們外賣生意極好，要排很長的隊。

瘟疫結束了，燒臘生意有增無減，我想大家習慣買回家就食了，排的隊顯然比瘟疫期間和瘟疫以前還長。

左邊的越南粉店則有不同的企業理念：瘟疫期間，關掉堂食，仍保持外賣。以後關掉一半的座位，另一半正好每人保持六尺距離。所以說他們基本上不關門，生意勉強維持著。等到瘟疫過去，恢復營業，我們注意到，重新開業後，餐館不但不受瘟疫影響，反倒碗筷都換了一套新的。所以基本影響不大，他們斷斷續續的營業著。

由此可見各家有各家的生存之道。環境痞變，生存困難，窮則變，變則通，兩家運用自己的特長，各顯神通。

瘟疫解除，日子又漸漸回復正常，兩家餐館又可正常堂食了。我們以前喜愛的一些蒙市餐館已不存在了，幸虧我家附近的這兩家餐館又重開了，對我們愛外食的人來說，我們有口福了。

第七章　父親和母親

母親的錢塘吳宅

（此文榮獲「浙江省人民政府新聞辦公室、浙江省人民政府外事僑務辦公室、浙江省教育廳、浙江日報報業集團」等四家單位聯合舉辦的「美麗浙江——記住鄉愁」徵文之一等獎。）

我母親是「錢塘吳氏」的後裔，她晚年時，最喜歡講杭州祖宅的種種見聞：她見過長她五輩、已有九十五高齡的「祖太」；也見過「大叔祖」，翁同龢的學生、光緒皇帝侍讀吳士鑑（榜眼及第）；她也記得大廳上方掛著科舉中榜的各種匾額……。

母親說的祖宅，位於杭州市新華路學官巷，是現在杭州市重點文物保護單位的「吳宅古玩市場」，也是杭州市現存規模最大，保存最為完整的明代古宅。

吳宅的簡介說：「吳宅始建於明代中葉，原為殳（音疏）氏世居，清乾隆孫葑居此，咸豐間吳振棫購得。現存的吳宅佔地三千五百平方米，有轎廳、守敦堂、載德堂、錫祉堂、肇新堂、四宜軒等，還作有迴廊、夾弄、天井、花園、廳軒、廂房、別院所組成，聯成一個整體，尤為平面佈局還保持明代的特點，建築構件雕刻古樸精緻，圓滿流暢，該宅為江南明、清時間民居的實例，在國內外有一定知名度和影響」。

吳振棫（字仲雲）是我母親五世祖吳存楷（字曼雲）的胞弟，嘉慶十九年（一八一四年）進士，官至雲貴總督。此屋是他在清咸豐三年（西元一八五三年）所購的退休宅第。

吳宅窗高堂大，氣宇非凡，但進門後，迎面而來的，竟是意想不到的簡樸與高雅。最叫人驚異的是看不到一般豪宅中繁複精美的雕樑畫棟，門窗上甚至沒複雜的雕刻與繪畫。

老屋的木質建築，有明朝木器簡潔疏朗的特點，古宅因此不但不顯老，還相當現代化。例如高屋頂；一排排玻璃高窗；簡單的橫木和直木交岔的格子窗櫺等等，用的都是現代建築學的採光觀念。這種格子窗櫺不但採光良好，還具有現代幾何之圖案美。

樓下廳堂摺疊式的木門，尤為奇特。這種摺疊門，既可伸直拉長為牆，又可摺疊縮短為門。在圍牆之內，沒有一般門和牆的壓迫與拘束，而是一家人居家過日子的自由與自在。

四百年前，是怎樣的建築師設計了只有現代人才有的眼光與品味？兩百年前，雲貴總督吳振棫又如何獨具慧眼，選中這幢「雖舊猶新」的古屋，作為他退休後的住所的呢？

據家譜記載，吳家祖先來自安徽休寧。明萬曆年間，桓吾公到杭州創木業兼行鹽商，因橫河橋場，獨捐資改建橫河橋壩，被人稱為「吳公新壩」，自此定居杭州。從桓吾公遷杭到我外祖父，一共十二代，其中有過三代四進士、代代舉人的輝煌成績。當時坊間曾有「學官巷吳家，門第為杭城之冠」的美譽。

「錢塘吳氏」是寫作之家，代代有詩集出版。先祖吳存楷，講杭州風俗習俗的《江鄉節物詩》、吳振棫談清代典章制度和內廷宮殿園苑的《養吉齋叢錄》，和吳慶坻談古論今的筆記《蕉廊脞錄》等歷史著作，在國內外圖書館，包括美國哈佛、史坦佛等大學都有收藏。

著作之中，起自第六世祖吳顥編纂的《國朝杭郡詩輯》、續輯與三輯詩歌系列，更是歷時五代，跨越一世紀，從清初到光緒初年，包羅杭郡八千詩人詩作的時代巨作，其中甚至還包括閨秀與方丈的作品。

走到這裡，玉市場靜悄悄地，賣家與買家在古宅的各個院落中喝著茶、聊著天。我從母親小時見過「停放轎子」的轎廳走進來，在古宅中來回穿梭、思索……如今知道「錢塘吳氏」的人一定不多了，我慶幸這裡只有古意盎然的玉器，沒有絡繹不絕、穿堂踏戶的遊客，所以這座明代木質樓房，得以保存完好，讓數百年後的人們，仍能欣賞、感受這明朝建築的自然之美、簡樸之美、和現代之美。作為吳氏子孫，我更從這祖宅中，體會到了杭州讀書人家的書香之美。

（註：二〇二〇年此屋被改為「杭州文史研究館」，展示杭州歷史，可供人參觀。）

都是從「母親的吳宅」開始的

有一天，我老公在世界日報上偶然看到為了慶祝G20在杭州舉辦，由浙江省政府新聞辦公室，浙江省政府外事僑務辦公室，浙江省教育廳，浙江日報報業集團等四個單位聯合舉辦的鄉愁徵文，我本已寫了一篇〈父親的甌江〉，但到了最後一分鐘，我臨時請纓，又寫了一篇〈母親的吳宅〉，想不到就是這篇〈母親的吳宅〉，最後不但獲得徵文一等獎，還找到我母家的根，引來一連串不可思議的尋根奇緣。

我自小到臺灣，和大陸親友們台海相隔，沒有來往。吳家老屋是吳家人的精神堡壘，所以兩岸一開通，我媽就飛奔杭州老家。回來後，感嘆不已，原來吳家老宅在文化大革命時遭到嚴重破壞。想不到的是，多年來，被外人霸佔的吳宅，居然平安無事，保存良好，後來被政府收回，開了一座玉市場。現在，這座吳宅是目前杭州市保存得最好、最完整的明朝建築。（二〇二〇年此屋被改為「杭州文史研究館」，展示杭州歷史，可供人參觀。）

我母親過世後，我才看到她的家譜。家譜上說吳氏一族來自徽州休寧商山，遷杭第一世桓吾公，在萬曆中期到杭州作木材兼鹽商生意，因見橫河橋塌，獨資改建橫河橋壩，被人稱為「吳公新壩」，自此定居杭州。到我已是第十四代，原來我就是常聽人說的徽商的後代，也就是胡適常說的「徽州的駱駝」，只是我從未想到我媽的祖先居然不只是窮書生而已，還是名震一時的「徽商」。

徽州曾是古徽州的一府六縣，是北方士大夫南來避亂的世外桃源。但因山多田少，人口繁衍，生活日漸困難，徽商子弟，不得不外出經商。幾年前我曾隨洛杉磯作家協會與北京作協的交流，參加過黃山江南遊，到過黃山山腳下的徽州，聽導遊說安徽休寧可不是一般的小村小莊，此地曾出過十七位文狀元，是「中國第一狀元縣」，是一個文化底蘊極深的地方。

浙江日報編輯收到我的「母親的吳宅」後，很快就在世界日報登出來了。幾天後我就收到一位我從未謀面的表弟的e-mail，這位表弟看了世界日報，又看了我的形容，確定那幢房子就是他幼時所知的吳宅，我也在家譜中找到他的名字，確定他是我的表弟無誤。他現住舊金山。

母親的祖宅是我媽五世祖吳曼雲的胞弟吳仲雲（嘉慶十九年，一八一四年進士，官至雲貴總督），在清咸豐三年（西元一八五三年）退休時以退休金所購的宅第。母親小候時跟著外婆，去過祖宅，記得還被「阿太」邀去同住，說有單獨的邊門可以進出。但畢竟住在大家庭中，規矩太多，外婆就就婉拒了，那時候吳宅當家是的是第十一世吳士鑑，他是榜眼及第，翁同龢的學生，光緒皇帝的太子侍讀（南書房行走，翰林院待讀）。

從明萬曆年間，桓吾公遷杭，到滿清滅亡，吳家十二代之中，一共出過四代三進士，八代舉人。當時坊間曾有「學官巷吳家，門第為杭城之冠」的美譽。吳氏家族在這老宅已連續住了二百年，以時間推算，四百年老屋也算是古蹟了。古蹟最怕人踐踏、幸虧玉市場生意清淡，所以木質老宅完好保存至今。

自我加入了吳家的微信群，家譜上的兩支後裔基本都找齊了。舊金山的表弟就在老屋的四軒堂召開了二百年來的第一次的宗親會，如今吳家子弟散居世界各地，有澳洲、英國、美國，我們家是唯一去了臺灣的一家。

宗親會參考古禮古法，親人繫黃絲巾，在祖宗住過的四宜軒開宗親會，從世界各地趕來的宗親有六十六人，錄取我文章的浙江日報也派人來報導、錄影。幾位表妹還記得小時候在吳宅住時，紅衛兵來勢洶洶，家中藏書一箱箱擡到巷口燒掉，包括家譜在內。幸虧我母堂兄吳廷瑜事後憑記憶，寫下家譜的簡明版。

在宗親會中大家一致決定，修家譜，分頭去找已丟失的祖先作品，想不到，祖宗作品易找，而家譜卻意外的困難。原來遷杭第八代有吳曼雲、仲雲兄弟兩，兄弟情深，曼雲早逝、仲雲後為雲貴總督，對曼雲子孫，一直照顧有加、視如已出。所以兩支從未分家。仲雲公後代出了三代進士，而我祖曼雲公一支卻因代代早逝，所以家譜混亂，到我母親，更因海峽分隔，就更沒人記得祖先的事了。幸虧仲雲公一支人丁旺，資料多，家譜保持完整，我和表舅廷斌合作，連猜帶研究，至少搞清楚了我們這一支的來龍去脈。古人詩歌來往，有如家書，我們這一支家譜之所以後來搞清楚了，都靠祖先詩稿。

我先祖曼雲公的詩集《硯壽堂詩鈔》八卷和詩餘一卷，我在日本國會圖書館找到了，而且可以完全掃描，不但可以閱讀，還可以下載。我就靠這個掃描本拜讀了我祖吳曼雲的詩詞，因曼雲公二十二歲中進士，他的學問必好，只是我後輩學問差，所以我看他的詩詞，用典用詞都是古字，不查字典還不好懂。而我最不明白的是誰會把這本詩詞集帶到日本，並捐給日本國會圖書館？我們作子孫的，自己都未收藏，甚至不知道自己祖上寫過這本詩集，反是外國圖書館謹慎珍藏。

我也因為閱讀了祖先詩集，而見識了晚清詩風。唐詩自盛唐以後歷經宋、元、明三朝，到清朝再度興盛，乾隆帝最愛寫詩，走到那題到那。唐詩、宋詞、元曲、清小說，每一代都各有文學特色，而有清一朝，人人寫詩，可以說是第二次唐詩的高峰，但清朝的詩用的是唐詩格式，詩風複雜多變，歷史學家形容清詩，風格多樣多元。但因受文字獄的迫害，限制了清詩的發展。

曼雲公另外還有一本詩集，《江鄉節物詩》用七言古詩形式敘述杭州的風物習俗。原是《紅復園板橋詩》之附錄。後因被人引述多，現代出版社都以《江鄉節物詩》單行本印行。我在哈佛大學網上圖書館找到原詩集的掃描本，因而拜讀了祖先的詩，此詩集也不易讀，古字太多，但語多幽默，當時曼雲公身體欠佳，寫這些詩時，臥病在家，有鄉親來看他，閒來無事而作。詩集中我最喜歡的是「壓歲錢」一首，也是目前詩集中網上查閱最多的題材，詩曰：「兒童度歲，長者與以錢貫，用紅線置之臥所，曰壓歲錢。『百十錢穿彩線長，分來枕角自收藏，商量爆竹錫簫價，添得嬌兒一夜忙。』餳（音形）是麥芽糖，餳簫是賣芽糖小販吹的小竹簫。寫這首詩時，詩人已三十四、五、病得很厲害，他四十歲去世，但詩中看不出一點沮喪之情，反在序中寫下「歸帆未掛，鄉夢先通」等感人的句子。

清詩受文字獄的影響，人人自危，由是地方詩集興起，吳家遠自遷杭第六代吳灝開始，帶領子孫收集《國朝杭郡詩》的詩集，因吳家中舉的人多，認識的詩人也多，到第八代，吳仲雲編續輯與三集詩歌系列，歷時五代，跨越一世紀，從清初到光緒初年，包羅杭郡八千詩人詩作的時代巨作。其中最難得的，是收集了閨秀與方外僧道的作品。目前以此書作研究寫的論文有十二篇之多。

不久前傳來杭州電視新聞，杭州市政府擬收回吳宅玉市場，作文化之用。又傳來好消息二〇〇〇年「國家清史編纂委員會」，清代詩文集，發佈前朝（清朝）詩文總集，由中國人民大學與北大聯合主持，整理清詩稿，由上海古藉出版社獨家影印出版，全書收集清代詩稿文四千種共八百冊，按作者出生年月日排序。吳家入選的有吳曼雲的《硯壽堂詩抄》詩八卷、詩餘（詞）一卷收入第五百一十六冊。吳仲雲的《花宜館詩鈔》十六卷、續存一卷。《無腔村笛》二卷收入第五百七十六冊。

從二年前老公無意中看到今日浙江徵稿、到我自動請纓連投兩稿、到表弟的找到我、宗親會的召開、家譜的收集、祖先作品的收集、到吳宅玉市場之收回等等，環環相扣，冥冥中似有天意，只是想不到這所有的一切，都是從我的一篇不打眼的文章——〈母親的吳宅〉開始的。

祖先的詩集：《江鄉節物詩》

《江鄉節物詩》是清吳存楷所著。吳存楷字端父，號曼雲，嘉慶十年乙丑（一八〇五）進士，著有《硯壽堂詩鈔》，是我母親的第五代先祖。

我母親浙江杭州人，是「錢塘吳氏」後裔。吳氏家族原是徽商，明萬曆年間來杭定居。自遷杭後，子孫科舉順利，代代舉人，家族遂由商轉儒，以詩文傳家。後傳至第八世存楷，振棫兩兄弟，在嘉慶年間先後榮登進士之榜，然兄弟兩人官運懸殊，哥哥存楷官至當塗縣令，而弟弟振棫則為雲貴總督。

滿清末年，戰亂頻仍，吳氏子孫在戰亂中遷徙流離，散居各處，祖先著作多有遺失。就連吳氏家譜也在文化大革命中毀損無存，幸賴我母堂兄，當時年近八十的吳廷瑜老先生，就記憶所及，寫下兄弟兩房的簡明家譜。

我就靠這份簡明家譜，與無遠弗屆的網際網絡，從網上看到哈佛燕京圖書館收藏了先祖吳存楷的《江鄉節物詩》。在詩集前言中，作者說這些詩文是他病中閒來無事之作。他的侄孫吳慶坻（字子修，光緒十二年進士，吳振棫之孫），在跋中對這本《江鄉節物詩》的出版作了簡短說明：

「先伯祖當塗君嘗有江鄉節物之詠……先伯祖學博行絜，低顏矖官，連蹇失職佗傺，以老遺詩，刊成毀（按：原文係「火尾」一字）於庚辛之亂，從兄子厚薄宦楚北，方謀重雕，丁丈斯舉，其亦導之初桄，發此潛曜也乎。」

因原著毀於庚辛之亂（八國聯軍），這本詩集是光緒八年春中，泉唐丁氏（丁丈）的重刻本。跋中的「從兄子厚」，是存楷老人之孫，應是我母親的曾祖父。我六世祖工於詩，拙於政，一生官運蹇滯，大概是他「學博行絜」的個性所使然吧！

此詩集以七言詩的形式記述清嘉慶年間杭郡過年過節的一些風俗。以時間推算，這些詩文寫於兩百年前，但他老人家詩中所描繪的杭郡民俗，至今依然新鮮有趣，當今在網上引述《江鄉節物詩》詩文的人數也依然可觀。詩中所言風俗，如老鼠娶婦過年；端午小孩用雄黃水蘸額以避邪防五毒、大門貼道家符咒以保平安；中秋乞巧求一家團圓等等習俗，在我兒時還常聽到外婆和母親講述。

〈壓歲錢〉是詩集中我最喜歡的一首：

兒童度歲，長者與以錢貫，用紅（線）置之臥所，曰壓歲錢。

百十錢穿綵線長，分來枕角自收藏
商量爆竹餳簫價，添得嬌兒一夜忙

餳（音「形」）是麥芽糖，餳簫是賣麥芽糖小販吹的小竹簫。從壓歲錢的描寫，老人家對兒孫的嬌寵與疼愛躍然紙上，幾個小鬼頭拿到銅錢後左盤右算，要買糖買爆竹的一點小小心思，也被描繪得活靈活現。作為後代的我，想到詩中形容的幾個頑皮小兒後來都長大成人，成了我的祖先，這種時空交錯的感受實在太神奇了。

佳節當前，思親憶祖，我在網上讀到這本詩集時，不禁想到在戰亂中飄落外鄉，最後終老臺灣的母親。她若地下有知，一定會為《江鄉節物詩》的被美國哈佛、史坦佛、康乃爾等大學圖書館收藏而喜而傲。尤其哈佛大學還將詩集放在網上，人人可上網閱讀，這些讀者之中包括身居海外，對祖先詩文一無所知的我和弟弟。由是我趁羊年春節，就我之所知，補充說明，寫成此文，獻給母親，作為我春節期間對母親的思念，與對祖先的敬意。

父親的甌江

暮春三月，柳葉新綠，桃花盛開，我在濛濛細雨中，回到甌江，回到了「湧沙墩」。「湧沙墩」位於溫溪與青田之間，是一個由上游泥沙沖積出來的大沙墩，那是我父親出生的地方，也是他九十三歲在臺灣過世前，最念念不忘的故鄉。

甌江上下，處處都是沙石、沙灘與沙墩。從甌江出海口一直上溯到溫溪，水深可行船，其中有一個有名的大沙灘，那就是歷代文人多所題詩寫詞的江心嶼。而從溫溪再上溯至青田、麗水、松陽、龍泉大都是淺水和急灘，河水時深時淺，一般船隻不能暢行，於是適應特殊地形的舴艋舟，就應運而生了。

舴艋舟又叫蚱蜢舟，船形狹長，兩頭尖尖，「倒U」形的蓬帳由青竹編成，因貌似蚱蜢而得名。「船上備有槳、篙、竹索、和桅帆。行船時深水用槳，淺水用篙，遇風用桅帆，急灘用竹索。竹索是用竹片編為繩索，聯合數人到岸上去強拉過灘。」

舴艋舟之所以有名，是因宋朝女詞人李清照「武陵春（春晚）」的詞句：「只恐雙溪舴艋舟，載不動許多愁」。李清照到了中年，經歷靖康之亂，喪夫之痛，追隨高宗之後，一路南逃，最後逃到浙江一帶。國愁與家恨，對一個孤苦零丁的弱女子而言，「怎一個愁字了得！」

想不到七百年後，我的祖父在太平天國的戰亂中，成了孤苦零丁的孤兒，靠著「撐」舴艋舟為生，後來省吃儉用，白手成家，在永嘉縣城開了煤炭行。我父親年幼時，常跟著祖父，來去甌江，對甌江地形十分熟悉，對甌江的感情也特別深厚。

在缺乏玩具與娛樂的時代，甌江的潮漲潮落是兒童們的天然遊樂園。父親對他「有趣、富生機」的童年，有生動的回憶：「甌江潮水可沖到湧沙墩附近的花岩頭。花岩頭是花白色的懸岩峭壁，奇形怪狀聳立天空，突出江中和對岸山脈遙遙對峙，形成天然閘門，形勢雄偉瑰麗。甌江水受到兩山之約束不能恣意奔流，經年累月，江水把花岩頭的江面沖得特別寬廣。平時的花岩頭是一大片一大片高低起伏、沙丘和鵝卵石羅列的石灘，幾泓清澈碧綠的急流在卵石沙灘間匆匆流向東海，游泳能手三五成群，以逆流搶渡為樂。」

「每月陰曆十五左右，潮水最大可達三公尺，淹過沙丘與石灘，潮水低時不到一公尺，是兒童逐潮戲水的最佳時光。潮水到了湧沙墩，已到盡頭，漲落不大，常常看到一群群全身透明，長約三寸的針魚，凸著一寸多長，焦灰色的嘴巴在潮水的前端逍遙自在的往前遊去。潮退後低窪的沙灘上露出無數小圓圈，都是蛤貝窩。附近村童帶著竹籃，紛紛結伴去撿蛤貝，無不滿載而歸。此刻雪白的鷺鷥也來分一杯羹，三五成群，從容不迫的飽食而去。蛤貝撿回來，放在清水中養一兩天，等沙粒吐光後，再來煮食。嗯！其味鮮美無比。」

現在的湧沙墩，經過百年沙石的沖積和沉澱，又擴充了不少。湧沙墩，後改名為「學詩村」和附近的「神道門村」合併為「學神村」。學神村碼頭邊的榕樹，高大密集，綠葉成蔭，江邊開闢了雅緻的「江南榕堤」公園。高速公路建築在江邊水中，由四根一排的粗大水泥圓柱支撐，在圓柱上可以清楚的看到甌江潮漲潮落的浮水印。

大榕樹後面有一座叫「銀杏宮」的廟，據說有洪水飄來「銀杏」救民治病的一段傳奇，祖父曾在廟裡留下「一時千古」的匾額。這座非佛非道的廟，至今香火仍然旺盛。溫州地區，宗教多元，各種「神仙廟」多種多樣，可以說是該地區特有的文化特色。

在沿江的高速公路通行後，人們就不必靠甌江載人載貨了，舴艋舟也就走進了歷史。現在人們可從高速公路上，遠望甌江兩岸的自然景觀。江中仍可見三隻兩隻小船，閒閒的停泊岸邊，不見漁人蹤影；有時兩岸青山重重，層層相疊，錯落有序，有如門扇，迤邐遠去；有時綠水一平如鏡，兩岸竹影倒映水中；也有時江水淺淺，大小鵝卵石堆積成灘。每到一處，景色個個不同，無論清秀、淡雅，或險奇都是美麗的江南風光。

一九四八年後，學神村劃歸青田。青田縣城是著名的華僑之鄉，自稱世界上每一個國家都有青田人。小小青田縣城，背後青山重重，連綿不絕，風景極為秀美，但山多田少，求生不易，所以青田人不得不去異國他鄉打拼，尤其歐洲各國，是青田人的集中地。現在的青田，已被打造成一座有歐洲風味、富有巴黎風情的小城。

青田高市村是近代名人陳誠的故鄉。當年我們造訪時，重修陳誠故居的工程還剛開始動工，典型的白牆黑瓦，簡樸如昔，正門門楣上有黑色「潁川舊家」四字，原來陳氏家族源自河南潁川。陳誠的父親曾是高市養正小學和縣立敬業小學（今縣人民小學）的教師和校長。現在紀念館修整完畢，已於二〇〇九年正式對外開放了。

麗水，名符其實的「秀山麗水」，景色比美水墨國畫的山水畫卷。離麗水市區約二十裡的「古堰畫鄉」，景緻更是八百里甌江的精華所在。古堰指的是建於南朝蕭梁天堅四年（西元五〇五年）的通濟堰。江水至此，被沙灘一分為二，兩株高大的樟樹下有一座「雙蔭亭」，從亭中望出，層層青山開啟遠去，株株小樹淡淡排列於沙渚之上。岸邊的江水中，停泊著各式小船，中間正有一隻兩頭尖尖，上蓋竹蓬的舴艋舟。

如今故鄉青田不僅通了鐵路，還開通了高鐵，而高速公路更是縱橫交錯，甌江已不再是當地人出行的主要通道，人們已不必靠甌江運送貨物，十分便捷的現代交通，帶給這個山區僑鄉的是經濟的空前繁榮。

人間百年滄桑，甌江船夫已成絕響。如今我從美國回來，踏著父親的腳印，感受到了父親的鄉愁。作為甌江的兒女，帶著祖先的勤勞堅毅，在世界各地立足生根，不論走到哪裡，我們都能在血脈中「聽到」甌江的潮汐，漲漲落落，生生不息。

溫州情懷

我祖籍溫州，然而我卻沒去過溫州。我父親的一位同鄉在臺灣高雄事業興旺，常回溫州。有一次他問我，你想回溫州嗎？我馬上回答：想。

原來臺灣高雄有座有名的半屏山，溫州洞頭也有一座半屏山，現在兩座半屏山交流，合而為一，由高雄市兩位市議員率高雄工商業者去交流訪問作生意。我聽說要去溫州，並訪問雁蕩山和江心嶼，就很高興的答應了。

洞頭這個名字怪裡怪氣的，卻非常的溫州。洞頭位於甌江口外，原是一個島縣。二〇一五年改屬為溫州市直轄區。根據維基百科，洞頭列島現有一百六十八個島嶼和一百七十六座島礁組成，其中有人居住的島有十四個。又因洞頭位於閩南和東甌文化的交匯處，所以當地人同時講溫州與閩南語。風俗習慣亦溫亦閩，所以這次兩岸的半屏山交流，其實是很合情合理的。

因是交流之旅，在我去溫州半屏山之前，特別要求去參觀高雄半屏山，於是在父親同鄉的安排下，我先去參觀了臺灣半屏山。半屏山是一座呈東北往西南走向的小山，主要由石灰岩構成。半屏山這個名字的由來，在《鳳山縣采訪冊》裡提到：「平地突起，形如列幃、如畫屏」。因為半屏山其外形像被斧頭削去一半，遠遠看去，也像展開的屏風旗幟，所以就有了半屏山的稱呼。

半屏山曾是臺灣重要的石灰礦區，經長期開採，原有的自然生態遭到破壞，在發生兩次嚴重的山崩後，半屏山的採礦止於一九九七年，高雄政府將該區綠化，使它成為一座自然公園。

半屏山以前也是煉油廠之所在，後來因為石油污染，民眾抗議，就荒蕪不用了。但從所留下的花園，仍可見當年煉油廠的優雅氣質。園中亞熱帶花木多種多樣，雖然已久無人照顧，依然整齊翠綠，尤其一座美麗的荷塘，荷葉都枯爛了，但荷花依然掙出枯葉，開出豔紅的花朵來。另一座秀麗的蓮池，蓮塘零亂，但白色的睡蓮仍然精神奕奕地盛開著。

溫州洞頭的半屏山可就大不相同了，因洞頭是百島之鄉，到處都是岩石丘陵，以前島島之間，想必是用小船連繫，最近建了「七橋連五島」的公路，將五座小島聯了起來，洞頭成半島，可以直通溫州。

洞頭風景極美，我們到達時，正是落日時光，金黃色的落日，灑在海水、礁石和長橋之上，自然天成。不管如何拍攝，照出來的照片，張張都是美麗的沙龍之照。

洞頭東岸沿海，猶如刀削斧劈，山成半片，直立千仞，連綿數千里，有如海上岩雕長廊，我們乘汽艇到石廊正前面，看到石刻行草「神州海上第一屏」七個大字。從石廊正面仰望大石，石高千仞，雄峙東海，氣勢磅礡。

高聳石牆之下，風平浪靜，廣大的海域已闢為海洋農場，種植大量的紫菜和羊棲菜。羊棲菜和紫菜都是海藻植物，只是羊棲菜比較少見。羊棲菜看起來，像海帶絲。根據最近的科學研究，羊棲菜含有人體所需的十八種重要氨基酸，十四種重要微量元素，具有很高的營養價值，深受日人喜愛，稱為「長壽菜」。可惜如此好菜，在國內名氣不大。但常吃海產的溫州人，一般長壽，我爸活到九十三歲，我爸的妹妹活到一百零三歲，都是長壽之人。

「半屏山，半屏山，一半在大陸，一半在臺灣。」這是在溫閩地區流行的名謠，據傳說，古代溫州半屏山曾被巨龍一劈為二，一半飛到了臺灣。但事實上這兩個半屏山並不相似，但因名同，兩岸代表仍然興致勃勃地，在高山之上，藍天之下，共同種植了一株「相思樹」以為記念。

植樹完畢，我們旅程的下一站是位於溫州樂清境內的雁蕩山，諸山之中，我以為雁蕩山的名字最美、最浪漫，據說「山頂有湖，蘆葦叢生，結草為蕩，秋雁宿之」而得名。但以山形而言、雁蕩山山石粗獷，沒有山名字那麼浪漫好聽。我之久仰雁蕩之大名是來自近代畫家潘天壽的畫作。潘天壽是浙江寧海人，生前一定常去雁蕩山寫生。潘天壽是天才型的花鳥畫家，他的畫氣勢奪人，無論矯健的蒼松古梅、特兀的荷花巨石、高瞻的雄鷹禿鷲，無不驚心動人。他常用幾條簡單的輪廓線畫大磐石，占滿整張畫面，然後在畫上加添一些翎毛花草，化呆板為靈活。

我在雁蕩山博物館看到一幅潘天壽的「大龍湫」真跡，隸書題字。潘天壽時常畫雁蕩山山花、小龍湫、大龍湫瀑布。雁蕩的瀑布很有名，但並不雄偉，我走遍世界，看過各式瀑布，覺得只有潘天壽的畫法，才能顯得出大小龍湫的可愛。

潘天壽精通指畫。指畫是用手指作畫。因為手指不吸墨，所以要快沾墨，快落紙。潘天壽生前，因為歷經戰亂，文具紙張不易獲得，他就試用手指畫畫，發現指畫，最能表現他畫風的「剛、拙、辣、澀」的味道。目前他留下的精品中有四分之一是指畫，都是他人生後期的作品。

潘天壽生不逢時，一再經歷戰亂，他的一生以教學為主，畫作本不多，他又遭逢種種國難，作品損失極多，所以市面上潘天壽的作品就少之又少了，以前中國政府嚴禁潘畫出國，不知現在是否還是如此？

雁蕩山是數億年前火山爆發的結果。現在雁蕩山是世界地質公園，「流紋質火山岩的博物館」。雁蕩山以「靈峰夜景、靈岩飛渡、龍湫飛瀑」三者最有名。雁蕩山上的瀑布，細細長長，所以叫龍湫，不稱瀑布。但相反的，山中岩石、石峰石塊，就極為高大粗壯，所以夜訪石峰、石岩就成為雁蕩山的一大景點。

在吃了晚飯後，大家不約而同的向山中走去，此時月光明亮，照在各式大小靈石之上，隱隱綽綽，有如皮影戲之上演，有的巨石如夫妻相擁，有的如祖母抱孫……一齣齣動人的人間悲喜故事，在月光下上演，隨著眾人的走動，巨石黑影角度不斷的改變，故事也如連續劇般，不時的變化。

第二日早起，我到旅館「朝陽山莊」附近看山景，初春三月，雁蕩山山花開得正盛，桃花紅李花白，東一片，西一片，遠遠望去，十足的春到江南景致，路邊粉紅色的木蘭花盛開、山花清新爛漫。

雁蕩山下來，我們造訪江心嶼。甌江處處沙丘，其中最大、最著名的就是下游的江心嶼。江心嶼歷史悠久，從南北朝至今已有一五七〇年的歷史，前人留下的足跡與詩詞甚多。嶼上最有名的是江心寺，寺院大門兩邊有宋王十朋撰寫的疊字聯。這疊字聯是溫州人的自豪，記得我小時候，父親就教我們子女：「雲朝朝朝朝朝朝朝散；潮長長長長長長長消」。這是幅巧對，是利用破音字（同字不同音）的讀法成句。同一字用不同讀法混搭著念，就變成一幅雲翻潮滾的連續鏡頭。這兩句大致可翻譯為「雲天天都會出現，也會散去；潮水常常漲上來，也會消下去」。

在參觀江心嶼之後，半屏山交流的正式活動就結束了。我就去看我的堂姐，她比我大二十歲，目前住在江心嶼對面，在談話中，她忽然指著家前的甌江說：「這是祖父當年卸貨的地方」。使我非常吃驚，聽爸說，祖父在我出生前就走了，難道她見過祖父？

我祖父在洪楊戰爭中，父母雙亡，他早年在甌江靠划舴艋舟為生，後來白手成家，晚年在永嘉縣開煤炭店，他生前行船載貨到溫州是有可能的。

堂姐我倒是見過的，那時我才五、六歲，她陪祖母到我們家住的廬山來玩。回家鄉後，由他父親作主結了婚，堂姐夫因曾讀軍校，逃到了臺灣。堂姐為了照顧公婆就留在家鄉。後來堂姐夫在臺灣又結婚了，他們一家人為了感謝堂姐養育公婆之恩，堂姐夫的弟弟就把兒子過繼給她，由她扶養成人，如今她的兒子在溫州城裡開建築公司，堂姐夫也定時寄錢回去，她的生活過得很不錯，只是堂姐一生獨守空閨，與丈夫分離，這不就是「半屏山，半屏山，一半在大陸，一半在名灣。」民謠的寫照嗎？和當年許多已婚的青年一樣，堂姐夫迫於局勢，隻身逃往臺灣，後來眼看時日久遠，返鄉無望，他就在臺灣再婚，生兒育女，另組新家了！

第八章　懷念友人

別了，玲瑤！

如果說朋友中玲瑤會先離我們而去，我絕對不會相信的。因為我認識的她，永遠都精力充沛，熱心助人。想不到，她竟這麼早就離我們而去了，她那用不完的精力，居然會枯竭了，她先我們一步，去了天堂。

我比玲瑤大許多，卻一直受她照顧。那是多年前，我開始試著投稿，我最初寫的是幽默類的散文，有一天收到一位陌生人的邀約去美西華人學會舉辦的文學講座，那邀我的人就是玲瑤。我原是學工商管理的，所以我發現，人到中年，我認識的人，都是工商學術界的人，她邀我去的文學座談，我幾全不相識，顯然，這是一個人突然轉行的困境。

就因我入文壇的時間極晚，所以在寫作方面，處處受她照顧。後來，我因受到母親的強烈反對，我也改變風格，不寫幽默文章了，反倒是玲瑤成了幽默大師，每提起我早年寫幽默文章的事，她總笑我「自毀長城」。

她在寫作上的幫我是持續不斷的，因為我母親的反對，我不只起步極晚，而且極容易氣餒，每次都靠玲瑤拉我一把。因為她對寫作，涉足極廣，極深，有機會她總會通知我。

我很喜歡她的演講，好幾次，我近距離的觀察，覺得她不只會說故事，而且富於表演。她的幾個笑話，被我老公學到，常在我家引用，給我家添了不少歡樂。

我出第一本書時，她剛好打電話來，我就請她寫序，她一口答應，我這才知道，她做事極認真，不只把我的文章看過，還上網查了許多新的資料。對此，我非常感謝。

她過世後，我看文友們的紀念文，大家對她的古道熱腸，都稱讚不絕。所以我看她的熱心是天生的，她對所有的人都施予同樣的愛心。

別了，玲瑤！相信你在天堂一樣的把善心和愛心分給別人，我何其幸運，一直受你照顧，謝謝你，一路好走，來日在天國再相見。

懷念陳殿興教授

陳教授是位謙謙君子，人緣極好，他平日言語不多，但言必有物，是我最尊敬的教授。

我認識陳教授是在文友黃美之和伊犁的讀書會上，因為早期的《臺灣時報》和《中國日報》只登繁體字，于疆和陳教授都有繁體字的根基，而我來自臺灣，自然而然地，我就加入《洛城文苑》當繁體字編輯。後來副會長黃宗之去創《洛城小說》，陳教授就升任《洛城文苑》總編輯，陳教授就告訴我們：以後《洛城文苑》就由他、于疆和我當編緝就夠了，後來我們分了工，我就專改繁簡體字，以後，我們就各忙各的，合作無間，成了三人小組。

我來自臺灣，對大陸文化瞭解不多，多虧兩位老前輩的教導，我才能擔任編輯的工作。我對俄國文學尤其沒有印象，剛好陳教授是俄國文學專家，他多次的俄國文學講座，使我印象深刻。

我們三人可以說個性都很硬直。我看起來似乎容易說話，但倔起來也頗有意見的。于陳兩位老師似乎知道我的脾氣，總能把我說服。慢慢地我們就磨合得很好了。我也開始感激陳教授對我的評語：「寫得不夠認真」。我以後下筆就比較認真了。後來，我出我的第一本散文集《蝴蝶之歌》時，我第一個想到的就是聽陳教授的評論。也感謝他幫我寫了序。

我後來發現陳教授對所有的新作家都鼓勵有加，而且鼓勵得十分有理，使人不得不佩服。

數年前新疆出版社徵稿，我們協會的四位會員：董晶、劉松、楊慰慰、陳哲想出一本散文合集，還差兩萬字。陳教授就推薦了來自臺灣的我，這可是非常大膽的推薦，從很多方面來說，這都是一個多元、大膽、奇特的組合。

在最後一次作協會議中，文友王哲特地幫于疆、陳殿興教授和我合照了一張照片，想不到這是我們三位《洛城文苑》老編輯最後的合照。想到兩位老前輩的提早離去，我心中不免難過萬分，尤其在不久前才看到陳教授說到他自己身體康復的消息。

逝者千古而去，我們作家協會在短期內痛失兩大文學支柱。但望陳于兩位前輩，一路好走，我們後輩都會踏著你們的足跡，牢記你們的箴言，昂首前行。

千橡雜誌第一位主編——李雅明教授

感謝康谷華協（CCCA）會長王玉琴和千橡雜誌主編管海玲，邀約千橡雜誌作者座談，多少千橡往事，都回到眼前來、這使我想起千橡雜誌的第一位主編李雅明博士。

李雅明當時是名作家，香港民報的當紅作者，以寫政論著名，他後來在臺灣中央日報刊登的一篇半導體的文章，引起臺灣高層注意，是為啟動臺灣電子工業的濫觴。如今台積電成為臺灣的護國神山，執世界半導體之牛耳，李雅明教授功不可沒。

現在的我，認識不少作家，但我在寫作上起步相當晚，直到六十歲才認真寫文章，再加上我大學讀的是國際貿易，隔行如隔山，和寫作扯不上半點關係，甚至和寫作有關的行業都拉不上關係。李雅明是我認識的第一位作家，以後我在寫作方面有問題也都去請教他。

我是在康谷華協認識李雅明和他夫人張寧孜的，大家聊起來，我才發現張寧孜是我臺北第二女子中學和臺灣大學的學妹，李雅明也是我臺大校友。因為他們的兩個兒子都在千橡中文學校讀中文，我常在中文學校和他們夫妻碰面。後來，康谷華協改組，我們夫妻和他們夫妻同時被推薦進入了理事會，同時我也被選為第四任會長，此時我想辦一份中文的地方雜誌，我就想起李雅明。也是我的運氣，我一問他，請他擔任千橡雜誌的首任總編輯，他立刻答應，李雅明有一絕活，就是在中文電腦初期，還不能直接打中字的時候，他就能用阿拉伯數字打出中文字，所以千橡雜誌是在尚無法用中文打字時代就以電子版出書的雜誌，算是走在時代最前鋒的刊物了。

後來李去西南大學當教授了，後繼無人，我們只好用手抄寫了兩期。

我出第一本書的時候，想請一位文友寫序，我第一個想到的就是李雅明，我同時就向他請教出書的細節，我對出書一無所知，他極有耐心，一一指點。此時他已回臺灣清華教書，本人並不常住千橡，我趁他回美探親時拜託他為我寫了序。以後我只要出書，都麻煩他寫序。

最後我出了第一本散文集，我參加的洛城作家協會要開新書發表會，出書人要請名人推薦，我唯一想到的人又是李雅明教授，這時他已是臺灣清華大學書籍出版社的負責人。

自李雅明回臺灣執教，我就不常見到他了，幸虧康谷華協舉辦講座，大部分講座是與健康有關的，我在逐漸衰老，對健康不能不注意，想不到此時倒常在各種講座時見到李教授。

最近因Covid-19瘟疫猖獗，我又罹患「三叉神經痛」，極少出門，誰知道就在這時傳來驚人惡耗，李雅明過世了，想到以後我如有寫作問題，都無人可問了，好在我也垂垂老矣！對寫文章的熱情也漸漸淡了，文章也少寫了。

每想到當年為了在異國傳承中華文化，一路開疆闢土、並肩作戰、一起努力打拼的舊友一一離去了，叫人好不傷感，唏噓！

老友去矣！李教授，感謝你在寫作上給我的指點，祝你一路好走。

懷念同學胡有瑞

二〇一一年的詩人節，我忽然接到邀請，要到加拿大溫哥華去參加一個文學座談會。在出席人的名單上，我意外地發現了一個既熟悉又陌生的名字：胡有瑞。

胡有瑞和我是一九五九年同一屆的北二女校友，她智班，我義班，我們在學校常見面，但從未講過話（就是講過話也記不得了）。

因為這場文學座談，我和胡有瑞，與後來加入座談的朱立立（荊棘），三個五十年前的老同學得以共住一室（其實是相通的兩室）促膝談心。我們連著兩夜，從黃昏一直談到三更半夜，談到眼睛都睜不開了，才昏昏睡去。

就是在這些夜談中，我對胡有瑞有了一些瞭解。原來自我們一九五九年驪歌唱過以後，她考上政大新聞系，從此平步青雲，成為臺灣新聞界的寵兒，她和她的先生魯稚子都以文采出眾而被人讚譽為臺灣新聞文學界的一對金童玉女。

據媒體報導，說她是叱吒臺灣報界的名流，《陳立夫傳》等專著的作者。她曾主持過電視藝文節目，擔任《中央日報》副刊主編（總編輯），與《中央月刊》總編輯。這些都是臺灣新聞界、文學界最重要、最令人尊敬的「高官要職」。她獲有「中國文藝獎章新聞文學獎」與「中山文藝報導文學獎」等各種重要獎項，是一位極為優秀傑出的新聞人物。

我因出國甚早，對這位在臺灣新聞界紅極一時的老同學所知甚少。所以這次見面，我不免好奇，一心想從她的談話中找到她成功的祕訣。經過日日夜夜、與她形影不離的相處以後，我想我找到了一些答案。

據我的觀察，胡有瑞聰明、反應快、記憶力強；她有口才，卻不咄咄逼人；她長得漂亮，卻不豔麗張揚；她極有人緣，與她相處，你會感覺到她的真心誠意與平易近人，在溫哥華的幾天，無論走到哪裡，她都受到同學、同事、與朋友們熱烈歡迎。最重要的，據她自己說，是她年輕時的一段「瘋狂戀愛」，與從事戲劇文學的魯稚子締結良緣。亦夫亦師，魯稚子是她終身的導師。

魯稚子過世後，她傷心欲絕，單身一人到北加州灣區與女兒同住。我們在溫哥華見面時，她才來美國不久，她看起來精神奕奕，心情愉快，談起她的過去，故事一個連一個的講。她認識的人多，臺前幕後的人物與故事，個個新鮮，件件有趣，我們常常聽得入神而不知疲累。

她也直言不諱，說她曾罹患癌症，在服用了各種中西良藥以後，癌症得到控制。然而，去年（二〇一三）十月，卻噩耗傳來：她癌症復發，於十月八日病逝北加州。

聽北二女同學告訴我說，同學們體諒她才來美國不久，人生地不熟，在她臥病期間，大家輪流去探望照顧她，她就在家人與同學們溫馨的關懷之中，走完了一生。

人生如戲張明玉

張明玉是臺灣影劇界的編劇奇才，一生編劇數十部，尤其是她在一九九一年以後所寫的十四部電視連續劇，例如「女人香」、「君子蘭花」、「春風不問路」等等，每一部都是叫好叫座的劇本。

凡是影藝界的紅人，都免不了是影迷與媒體關注的對象。有關她的傳聞很多，我有的是從報章雜誌上看來的，有的是從她的著作《人生如戲》看來的，還有的，就是她親口告訴我的。

當我遇到她時，大概是她從人生巔峰停下來暫時休息的時候。二〇〇四年我們參加「北美洛杉磯華文作家協會」與「中國作協」的交流旅行，這時候的張明玉跟傳聞中的女強人是完全不同的，那也許是因為我們一團人一到九寨溝的黃龍，立刻被高山症所擊倒，全身乏力、難以動彈的緣故吧！

在旅遊的兩個禮拜中，我發現張明玉對人物的觀察，非常的細膩敏銳，據她說這是寫劇本練就出來的本領。在回洛杉磯的路上，她問我們這次旅程中最好吃的一道菜，大家異口同聲的說是「公館菜」菜館中的東坡肉。

公館菜的菜餚號稱來自四川大軍閥劉湘、鄧錫侯、劉文輝等公館的私房菜，自然特別的精緻美味。那小小一碗東坡肉，更是精華中的精華，碗中四四方方的肉皮，泛著紅黃色的光澤，輕輕一咬，入口即化，一點也不油膩，這種把肉皮和肥肉煮得滑嫩滑嫩的口感是我們從未嘗過的。

作為一個好編劇，吃飯的場景一定少不了的，張明玉本人就精於烹調，聽說她能做酒席菜，做得又快又好，她曾告訴我她做的東坡肉和「公館菜」餐館的差不多。

有一回她邀了文友到她家去吃東坡肉，也來約我，我剛好沒空，她就用一貫豪爽的口氣跟我說：「妳隨時來，我隨時燒給妳吃！」誰知道，就這一次的「沒空」，我就永遠吃不到她的東坡肉了。

在洛杉磯我們住得相當遠，一個城東，一個城西，除了通電話，只有在洛杉磯的蒙市（小臺北）偶爾相見。她比我年輕，人生的閱歷卻比我豐富得多了，跟她聊天說話，我常誤以為她是大姊，而我是小妹妹。

我跟她談得最多的一次是去拉斯維加斯參加「海外華文女作家協會」大會，自洛杉磯去的會員很多，熱心的會友就特別為大家包來一輛大巴士，因為我和明玉都是新會員，我們就自然而然的坐在巴士第一排，互相照顧起來。

張明玉是極會聊天的人，無論什麼話題，經她一講，都鮮活有趣。從洛杉磯到拉斯維加斯，來回十多個小時（中間巴士拋錨二個小時），我一路上跟她聊天，笑得沒有停過。她經驗多，見識廣，思想獨特，聽她說話，妙語連珠，簡直好像在看一場生動有趣的連續劇。

我們這種自由自在、高談闊論的時光是極其難得的。在沉寂了一陣子以後，她成立了「風鈴劇社」，並開始忙著大型史詩舞臺劇「春夏秋冬」的演出。「春夏秋冬」是她一生中極重要的作品，在劇中，她擔任編劇兼導演，是全劇的靈魂人物。

「春夏秋冬」的演出是南加州華人界的大事，在洛杉磯的幾場演出，場場爆滿。我請明玉為我訂了星期六下午的票，戲後，她在百忙中過來跟我們打招呼，這時的她意氣風發，神采飛揚。我這才明白，張明玉是為舞臺而生的，在舞臺上，她容光煥發，光芒四射，是一個完完全全的女超人。

挾著洛城演出的成功，她遠走北加州繼續「春夏秋冬」的演出，後來又乘遊輪環遊世界……，那個時候有關她的消息都是成功的、歡樂的，所以我一點也沒想到一個堅強好勝的她會與癌症有任何的關連。

我最後一次見到她是在「北美洛杉磯華文作協」的一次會員新書發表會上，她告訴我說，醫生說她得了肺癌，已到第四期，正在做檢查。從外表看來，她瘦長的個子與平日差不多，精神也很好，並無一點病容。誰知就是從那個時候開始，她的健康狀況就急轉直下了。

前年的聖誕節，我去鄰居家過節，回家比較早，我忽然莫名其妙的想到了明玉，我就寄一張我和老公的電子卡片去賀節，想不到一分鐘不到，她就回函了，說她在做身體檢查，很不順利，出了很多血。

她去世以後，我看到她的微電影「人生多美麗」，才知道那一天她一個人在醫院做身體檢查，感覺很不好。我這個住在五、六十英哩外的朋友，怎麼會在聖誕節的晚上想到她，還寄了電子卡片去問候，現在回想起來，仍覺得不可思議。

今年二月，我從世界日報上看到洛杉磯文友訪問她的照片，這時的她已經被癌症折磨得全身浮腫，她的照片使我難過了好久好久，我真的不願意看到這個樣子的張明玉。

今年三月，我和老公參加了她的喪禮。在告別儀式中，我終於感覺到那個我所熟悉的張明玉又回來了，靈堂中掛著她面帶笑容、充滿自信的照片。

她生前的助理告訴大家說，這整個告別儀式與靈堂佈置都是她親自籌畫的。她的家人遵照她的遺願，在她喜愛的鮮花圍繞中，播放她向親友告別的錄影帶；她的劇友播出她劇本中精采的對白；她的好友以她的名義設立了基金會，幫助貧困兒童等等等等。她什麼都想好了，什麼都做到了……，我忽然發現，張明玉並沒有走，她只是又寫了一個劇本而已，而這次她所寫的，是她自己精采的一生。

跋

因我起步晚，我錯失了寫作的黃金時代，但也因此享受到了電腦的種種好處，甚至有了自己的部落格，成了自己寫作作品的發言人。

因為電腦AI的飛快發展，我趕也趕不上，再加上自己個性保守，對不習慣的事有抗拒之心，我一直喜歡看方塊文字，看包裝他們色彩繽紛的封面，所以我才鼓足勇氣再出第二本散文集。

我很感謝我老公，他不但贊同我的意見，而且鼓勵有加，對我這麼微小的一點成績的稱讚。

我在今年初才出了一本《會飛的恐龍》詩集，在詩中，我從一隻笨重的恐龍演化成一隻小鳥，我想像的自己是一隻在空中飛行的小小鳥，想不到出版社經理洪聖翔和他的團隊在封面上畫成一隻展翅高飛，威武神勇的大鵬鳥，這個小小的認知誤差，居然鼓舞了我，我突然覺得已經衰老的軀殼騰雲駕霧，又有了活力。這，就是出書的好處吧！

「上有天堂，下有蘇杭」。西湖，這個美麗的世外桃源，是我母親的家鄉，也是我父母相識的地方，我何其幸福，在美國也找到一個西湖。在美國西湖，我建家立業，交朋結友，從中年到老年，一直到退休。

寫作是遲來的意外。在第二本新書出版前，我真要感謝在我的寫作途中一再鼓勵協助我的人，是他們一路的打氣加油，使我繼續寫下去：他們是我的親人，我的朋友，和許許多多陌生人，他們默默地看我的文章、詩歌、時時給我讚許。

親人中除了我的老公，我還有一個了不起的公公，我老公的父親，他學貫中西，是他們那一代極少的留美留學生，他在我正式寫作之前，就把我這醜媳婦的作品推薦給他們大學的中文圖書館。

很感謝我的小學同學簡玉美，當她發現我在洛杉磯時，她不遠千里從加拿大帶來小學畢業照，還裝框送我。

我也特別感謝千橡雜誌主編蕭明花的先生蔡嘉倫先生，蔡先生業餘的興趣是幫朋友照片作電腦修改，他幫我電腦修改的一張照片，是我宣揚一九九〇年人口普查的宣傳照，他保留我形象的原汁原味，修改得極為自然，是我心中最理想的自己，也是我最想留給世人的形象樣貌。

如說我這一生有什麼值得提及的事，就是我書中所寫的種種小確幸，是我笑著走完一生的點點與滴滴，是我最想留給世人看到的真實形象樣貌。

國家圖書館出版品預行編目

人在美國西湖 / 張棠著. -- 臺北市 : 獵海人,
2025.04
面； 公分
ISBN 978-626-7588-24-6(平裝)

863.55 114004205

人在美國西湖

作　　者／張　棠
出版策劃／獵海人
製作銷售／秀威資訊科技股份有限公司
114 台北市內湖區瑞光路76巷69號2樓
電話：+886-2-2796-3638
傳真：+886-2-2796-1377
網路訂購／秀威書店：https://store.showwe.tw
博客來網路書店：https://www.books.com.tw
三民網路書店：https://www.m.sanmin.com.tw
讀冊生活：https://www.taaze.tw

出版日期／2025年4月
定　　價／500元